朝倉瑠嶺子

馬琴 椿説弓張月の世界

―半月の陰を追う―

附 信多純一
「三島由紀夫『日本文学小史』と馬琴」

八木書店

『馬琴 椿説弓張月の世界 ―半月の陰を追う―』目次

図版出典一覧

※印以外は全て信多純一氏所蔵

序　章　扉図　『椿説弓張月』前篇巻之三　第六回　挿絵
図１（７頁）　同　前篇　見返し　※国立国会図書館所蔵
図２（７頁）　同　残篇　見返し　※国立国会図書館所蔵
第一章　扉図　同　前篇巻之一　口絵　簓江少女　※国立国会図書館所蔵
図３（15頁）　同　後篇巻之六　第三十回　挿絵
図４（24―25頁）　同　続篇巻之四　第四十回　挿絵
図５（26―27頁）　同　続篇巻之四　第四十回　挿絵
図６（39頁）　同　残篇巻之五　第六十七回　挿絵
第二章　扉図　同　後篇巻之四　第二十五回　挿絵
図７（50頁）　同　前篇巻之六　第十五回　挿絵
図８（50頁）　同　前篇巻之六　第十五回　挿絵
図９（53頁）　同　後篇巻之四　第二十五回　挿絵
第三章　扉図　同　前篇巻之一　口絵　虬陽寧王女
図10（84頁）　同　後篇巻之四　第二十三回　挿絵
図11（85頁）　同　後篇巻之一　口絵　球陽福禄寿
図12（105頁）　同　残篇巻之四　第六十六回　挿絵
図13（107頁）　同　残篇巻之五　第六十八回　挿絵　※国立国会図書館所蔵
図14（116頁）　同　続篇巻之三　第三十六回　挿絵
図15（123頁）　同　拾遺巻之五　第五十六回　挿絵
図16（123頁）　元至治本『全相平話三国志』巻下　挿絵　※鄭正浩氏所蔵
図17（135頁）　九曜の星曼荼羅図
図18（135頁）　九重守の図
図19（135頁）　『椿説弓張月』続篇巻之六　第四十四回　挿絵
第四章　扉図　同　拾遺巻之五　第五十六回　挿絵
図20（163頁）　同　拾遺巻之一　第四十七回　挿絵
第五章　扉図　『西遊真詮』口絵　玄奘三蔵
図21（203頁）　『南総里見八犬伝』第九輯巻五十二　挿絵　※国立国会図書館所蔵
図22（204頁）　『西遊記』第百回　挿絵
結　章　扉図　『椿説弓張月』前篇巻之一　口絵　源為朝

序章

前篇巻之三　第六回　挿絵

　源家《げんけ》の御曹司鎮西八郎為朝《ためとも》は稀代の弓の名手であったため、かえって時の権力者信西《しんぜい》入道から激しい憎しみをこうむり、父源為義《ためよし》の命で九州に下る。ある日阿曾の山中で曾祖父八幡太郎義家《よしいえ》が、昔放生した鶴の一羽を助けるという奇縁に遭遇する。その鶴は以後、為朝にたいし様々な奇瑞をあらわすが、まず阿曾の領主忠国《ただくに》の姫白縫《しらぬい》を正室にむかえるという幸いをもたらす。義家ゆかりの鶴の噂を聞き、信西がその鶴を御所に献上せよと命じたため、いったん放した鶴のゆくえをたずね、為朝は陰陽師の告げによりはるばる琉球渡りを決行することになる。為朝は無事琉球に上陸するが、鶴は容易に捜せず、山中に隠棲する悪道士曚雲《もううん》に大切な旅の荷物を奪われ、それを追って険しい山中に分け入るものの、崖から転落し命をおとしかける。その場で彼を助けたのが、国王の側室廉夫人《れんふじん》と娘寧王女《ねいわんにょ》であり、彼の鶴もまた偶然王女が幽閉されていた館の庭に同じ朝降りていた。王女は王位継承のしるしの二つの珠をさずかる正統であったが、妬み深い王妃と共謀する曚雲の妖術により、大切な神宝の一つを失っており、曚雲らの進言を聞き入れる父尚寧王《しょうねいおう》から廃嫡の命をうけていた。このとき為朝が阿曾山中で射殺した大蛇の腮《あぎと》の下から取り出した白珠を懐に所持していたのを見つけた王女と夫人はそれがうり二つの珠であることを知り、ただちに鶴との交換がおこなわれる。為朝はしばしの滞在を勧められるが、帰心矢の如く帰国した。

　時に崇徳院と後白河法皇父子の皇位継承にかける戦い（保元の乱）が勃発し、為朝は上洛して父とともに崇徳院側につき戦うものの、味方の敗戦により、捕えられ伊豆大嶋に流罪となる。しかしその島で良き指導者となり仰がれた為朝を官軍が攻め、忠義の家臣鬼夜叉《おにやしゃ》が身替わりに焼死し、為朝は心ならずも島を脱出。その後崇徳院の讃岐白峯の御陵をたずね自決を図るが、夢現《ゆめうつつ》のうちに院の神霊が現れ、彼の刃を握る手をとどめる。その後為朝は讃岐木原山に潜伏する白縫姫との再会をはたし、一子舜天丸《すてまる》をもうけるが、崇徳院の御恨みを晴らす誠心《まごころ》を常に忘れず、平家討伐を目指し水俣から出港する。だが激しい海上の嵐に出あい、白縫は夫と子のいのちにかえて我が身を海神《わたつみ》の犠牲《にえ》とし入水する。しかし、暴風はやまず舜天丸は守役紀平次《きへいじ》に抱かれて海中に沈みかけるが、不思議な沙魚《わにさめ》に助けられ、琉球の姑巴嶋《こはしま》に上陸する。為朝は破船の上で崇徳院の神霊が遣わす、天狗の一団に助けられ、夢とも現ともわからぬまま波に漂い、いつしか彼も琉球に漂着する。時に琉球王朝では、暗愚な尚寧王を廃し王位を奪おうとする佞臣利勇《ねいしんりゆう》の姦計に躍らされる王妃を中心に内乱が出来《しゅったい》していた。利勇と王妃は巫女《みこ》阿公《くまきみ》と共謀し旧虬山《きゅうきゅうざん》の虬塚《みずちつか》を掘り起こし、土中に隠棲する異人（道士）曚雲を現出させ、彼の妖術により廉夫人の産む寧王女を不義の子と王に思わせ、殺させようと図る。その刺殺の瞬間に、海に沈んだ白縫の霊魂が突如王女の遺体に飛び込む。それは昔年、為朝が奇縁をもつ王女の悲劇を救うのみならず、さらに夫と子のゆくすえを現世で見まもるための白縫の亡魂の顕われであった。

　すなわち、二女の死後の魂気《こんき》と魄気《はくき》が聚《あつ》まり、鬼神《きしん》となって現われ、顔かたちは琉球王女にして、心は白縫という世にも不可思議な白縫王女《わんにょ》となり、勇敢に闘い危急を脱する。だが曚雲の幻術が出現させた禍獣《わざわい》に追われてさらに小琉球に逃れるが、このとき為朝も小琉球に渡っており、果敢に曚雲の軍勢から王女を助ける。この邂逅により白縫王女は為朝を仮の夫として、ともに曚雲と戦闘し、琉球王国の再生にかけることになる。為朝は昔年、幽閉の身であった寧王女との出会いがあり、出没不可思議な曚雲にも難儀をかけられていた所為で、王女を擁して曚雲との対戦を開始するが、彼の妖術によって敗れ、味方は離散。そこに、かの鶴にまたがり天地を逍遥する神仙の使いである童子があらわれ、為朝・白縫王女は姑巴嶋に渡ることを勧められる。そこで奇しくも舜天丸・紀平次と再会。その神仙福禄寿の応護により神童と育った舜天丸を従え、本島に戻った為朝は最後の決戦を曚雲に挑み、ついに父子の力を合わせ勝利する。まず舜天丸が神仙の教えで作った桃の矢に、例の鶴の足につけられていた義家の黄金の牌をそえて朦雲の吭《のどぶえ》を射抜くと、為朝は、見事九刀《ここのかたな》に刺し殺した。このとき朦雲の屍骸を見ると、彼の正体は琉球太古の先住の王、毒悪の虬竜《みずちのたつ》であったとわかる。琉球国に平和の時をむかえると、亡き白縫・寧王女の二女は宿願みちてその魂魄を再び天地にかえす時機をむかえる。白縫の魂は天にあがり、王女は突如くずおれ形骸となり地に帰る。為朝は福禄寿の神託により日本への帰国の決意をし、御霊神崇徳院が天より遣わす白縫神女や眷属にまもられ昇仙すると天駆けて故国へ向かう。父を見送る舜天丸が新王舜天《しゅんてん》となり、中山《ちゅうざん》王朝を栄えさせる。帰国した為朝はただちに白峯にむかい院の墓前に立ち往生死をとげると、忽然と遺体を消し去る怪奇な現象を示す。

『椿説弓張月』（以下『弓張月』）は江戸文化の爛熟期といわれる文化年間、曲亭馬琴がはじめて執筆した長編ロマンであり、葛飾北斎が全編に見事な挿絵を描いたことでも、読者の人気を大いに博したとされる。『保元物語』に見る、保元の争乱で崇徳天皇の側について戦い敗れ、大嶋に流されてその地でさらに官軍に攻められ自殺した源為朝の生涯を題材とし、さらに為朝が琉球に渡り彼の国の争乱を鎮圧して覇者となるまでの物語が描かれている。

この為朝の琉球渡りについては、寺島良安の『和漢三才図会』という絵入り事典に、「大嶋を脱出した為朝は、琉球において魑魅《ちみ》を駆逐し百姓を安心させたことから、島民は皆日本の風俗となった」という記事がある。また中国清朝の琉球視察史、徐葆光《じょぼっこう》による聞書『中山伝信録《ちゅうざんでんしんろく》』には、「日本人皇後裔朝公が大里の按司《あんず》の職を授けられ、その男子が逆臣利勇を殺し、中山王朝中興の祖舜天王《しゅんてんおう》となった」とする記事も見られる。馬琴は、はじめは『和漢三才図会』の記事のみを鍵として、『保元物語』の世界を離れて、為朝をふたたび生の世界に転じさせる物語を構想、執筆したのである。

『保元物語』の世界においては、大嶋で最期をむかえた為朝であり、『中山伝信録』などではその為朝が後に琉球で活躍したことになる。当時の読者には、すでに史書の性格をもつ『参考保元物語』（水戸藩の修史学問所が『保元物語』の異本を集めてまとめた本）がそなわり、人口に膾炙《かいしゃ》した大嶋における為朝の死を史実と見ていたに違いない。馬琴自身、本作の前篇を執筆時期には『中山伝信録』の記事をまだ知らなかったほどであり、ましてやそれが世間に知られていたはずも無いのである。そもそも『参考保元物語』の記事を細部にわたり参考にする『弓張月』が、為朝の死をくつがえす局面を後に展開することは、馬琴にとって構想の段階から直面せざるを得ない大問題のはずであった。馬琴は「この弓張月は、すべて風《かぜ》を捕《と》り影《かげ》を追《お》ふの草紙物語《さうしものがたり》なるに」と記し、為朝の大嶋脱出から琉球渡りの段に架ける橋わたしの言葉とする。物語を中断してまで史的考証をおこない、琉球漂着のことにリアリティをもたせようとする一方で、以下に始まるのは南柯《なんか》の夢のごときファンタジーであるという言葉を添えていることはまことに奇妙である。しかしそれは、「この後の物語は、いずれの資料によってもその虚実を証明することが不可能な世界に入る」という、ひとえに作者の姿勢をあらわす文と読めるように思う。

さて、初版本系『弓張月』の前篇表紙の見返しには、角印篆書《てんしよ》体の形式で上段に「為朝外伝」と陰刻で、下段には「弓張月記」と陽刻で、朱に摺り出してある（図1）。「弓張月記」という表題からは、本作が源為朝の史実に即した伝記であることを標榜しているのがうかがわれる。一方「為朝外伝」という副題からは、本作が正史にはもれた伝奇的物語であることを暗に示していると見てよかろう。こうして陰陽に表すその文字が象徴するものは、同時に本作にかける馬琴の創作態度の表明と思われる。ちなみに、掲出図版では不鮮明であるが、前篇見返し図の篆刻字による「弓張月記」の「月」の字は、古い篆書体に似せながら正確ではなく、やや作字した感じの字体に彫られている。他の三文字が縦書きであるのに「月」のみが横書きに「月」と倒されているかに見え、馬琴が月の満ちか

図1　前篇　見返し

図2　残篇　見返し

けで変化するその象《かたち》にこだわりをもつ、遊び心が透かし見えるようである。この手法は大団円をむかえる残篇見返し図でも繰り返され、こちらは黒地に白抜きの陰刻で「弓張月残篇」と篆書体で摺り出されている（図2）。見るからに月の字がまさに弦月の弓の象《かたち》に作字された独特な字体であり、しかも月の陰陽を強調するかの異様な黒白の単純な図案で『弓張月』の終篇を飾るのである。弓張月の見える月面を陽の世界と見立て、その見えざる月面を陰の世界と見立てるならば、為朝の史実と虚構という二項対立を止揚するものは、本来の全円を半ばに見せる弓張月そのものであり、虚実一体のロマンをまさに象徴する形象となろう。馬琴がこうして弓張月の陰《かげ》の世界に託して為朝のロマンを描こうとした姿勢は、前編から大団円にいたるまで変わらなかったことを示す格好の意匠と思われる。

『弓張月』の為朝は大嶋を脱出の後、海上で嵐に遭遇し楫《かじ》折れた破船にゆられ、亡き崇徳院の神霊《あらみたま》の冥助《みょうじょ》により夢現《ゆめうつつ》のまま琉球に漂着する。そして為朝をかこむヒロインはいずれも死に際して、現世にかぎりない愛着を残し、魂魄《こんぱく》を天地にかえすことなく、かえって魂魄をあつめて、その姿やあるいは声を現象するという怪異をあらわす。このように死から再生するヒロインたちは、朝《あした》の露となりはかなく消え去るような幽霊として描かれてはいない。皆いちように妹《いも》の力をあらわし為朝父子のために働くのである。したがって彼女らが宿願満ちて魂魄をふたたび天地に相去らせるという怪異な局面を描くときも、馬琴は実に「鬼神《きしん》」「魂魄」といった儒教用語をふんだんに用い、この物語では、人間の生死を鬼神思想にかけて表すことを暗に約束事として示しているものと思う。中国儒教世界で盛んに論じられた陰陽論に基づく鬼神論は、人間の体をつかさどるのは陰の気＝魄気《はくき》であり、心をつかさどるのは陽の気＝魂気《こんき》であると唱える。すなわち、「鬼」は死者の魂を意味し、「神」は人の心を意味しており、人間の魂魄のありようを考える思想をいう。そこでは自然の摂理により天地に分かれて去らない死者の魂魄の出現の有無が盛んに論じられており、馬琴はこの鬼神思想によって、不可視、不可知のはずの超現実世界をとりこみ、『弓張月』の主人公たちの不可思議な霊魂の物語を構想したのではあるまいか。

物語の表層では、鬼夜叉という忠義の家臣に身代わりの立ち往生をとげさせ、官軍の目をあざむき為朝を大嶋から脱出させる。つまり『保元物語』に見る為朝の最期の姿を鬼夜叉に写し、史実をもじるかたちで複合的に読み替えて見せるのである。しかし、大団円に近づき、為朝は本当に生きて琉球に渡ることができたのであろうかという大きな謎が読者のまえに再び立ち現れる局面を見る。馬琴は、歴史的長編小説『弓張月』において、なぜ鬼神の現れる異次元の物語をさかんに執筆したのであろうか。それはまたどのような文学的世界を目指すための意図であったのか。本書は、馬琴独自の鬼神論をもとにして『弓張月』を読み、まさに馬琴が弦月の陰に秘匿するかのごとき陰微世界を追うものである。さらに「結章」で、『椿説弓張月』の題意について表明する馬琴自身の記事を検討することにより、本作の性格はいっそう顕然となるであろう。

第一章　ヒロインの神性

前篇巻之一　口絵　簓江少女

一　白縫《しらぬい》と夢鬼《ゆめがみ》簓江《ささらえ》

『弓張月』の主人公為朝が、保元の乱に敗れ遠流《おんる》となった伊豆の大嶋で出逢い結ばれた簓江《ささらえ》は、死の翌朝には、たちまち「幽魂《ゆうこん》」（遊魂）と化して、以後の物語に少なからず活躍する。その経緯は次のようである。

簓江は、本島伊豆下田の国府から、流人為朝の預かりを命じられた八丈嶋の代官、三郎太夫忠重の一人娘であるが、父の貪婪《どんらん》で、人にへつらう小人者の性格を承けつがず、怜悧で誠実な気性の持ち主で、為朝との間に二男一女の子をもうけて幸せに暮らしていた。しかし、父の忠重は、しだいに島民の良き指導者となって成功する為朝の治政ぶりを憎み、ひそかに国府に空事を讒訴《ざんそ》し、それがもとで為朝は官軍の包囲を受け、決戦の時を迎える。

簓江は、愚かな父の所業によってわが夫にふりかかった危急の場に臨み、忠と孝の二道、いずれかの決し難い選択に迫られる。彼女は、

「今ははやこゝろ易し。悪人なれども父は父なり。さればとて父にしたがふときは、君に忠ならず。君に従へば不孝なり。とてもかくても簓江が、けふは死ぬべき日なりけり、……」（後篇巻三、上313＝日本古典文学大系本の頁で示し、振り仮名は適宜省略した。以下同）

と、父の卑劣を深く恥じ、さりとて為朝の命《めい》に従い落ちのびる道も選ばず、結局、長男の為頼と共に黄泉への道を選ぶ。だが、後に残す夫や子達（一女嶋君《しまぎみ》、二男朝稚《ともわか》）への断ちがたい愛着から、死後の魂魄《こんぱく》はわかれて天地にかえらず、ただちに変じて冤鬼《えんき》となったのである。

すなわち、自殺の翌早朝のこと、簓江の遊魂《ゆうこん》は為頼の遊魂を伴い、八丈嶋の四男五郎《しょうごろう》（彼地で為朝と縁あった者）

のもとに飛び、今まさに為朝が、無念の果てに、嶋君を手にかけ、自分も自刃しようとしていることを告げ、至急の援護を求める。

四男五郎は、姿を見せぬ女人の言葉を空耳とは疑わずに、為朝のもとにすぐさま舟を漕ぎ寄せ、為朝自決寸前のところで対面することになる。その場を馬琴は、次のように記す。

當下《そのとき》為朝は、為頼、簓江、鬼夜叉《おにやしや》等が自殺のことをしつて、大に後悔し、直《たゞ》に嶋君を刺殺《さしころ》して、後《うしろ》やすく腹を切らんとおぼせしかば、こゝろづよくも稚《おさな》き人をとつて引よし、腰なる刀を握りもちて、吐嗟《あはや》と見えたる折しもあれ、忽地《たちまち》澳《おき》のかたより、ひとりの漁夫《れうし》、船を纜直《まつしぐら》に艚著《こぎつけ》て、為朝の船に乗移り、嶋君を抱きとりてわりなくも住《とゞむ》るを、為朝は、なほ払ひ退《のけ》て刺んとし、はじめてその人を見給ふに、これ別人にあらず。三郎《さぼり》の長女《によこ》が従弟女《いとこめ》の夫なる、四男五郎《しようごらう》なりしかば、こはおもひかけず、とばかりに、左右《さう》なくは逼《せま》り給はず。「汝いかにして、わがこゝにあるをしつて、早くも来つる」と問給へば、四男五郎答て、「僕《やつがれ》たえてこれをしらず。この朝潮に、嶋蝦《しまえび》を釣らんとて、彼誰時《かはたれどき》より船をおろし、彼処《かしこ》の岩陰にさふらひつるが、誰とは知らず年の齢《よはひ》三十《みそじ》ばかりなる女子《をなご》と、十《とお》ばかりなる男《を》の童《わらは》の声して、わが名をしばく呼びかけ、「八郎御曹司《はちろうおんぞうし》、目今《たゞいま》来《こ》嶋に船をよしたまひつ。故あつて、季《すゑ》の小女児《をとめこ》、島君を刺殺し、その身も自害せんとし給ふこと、いと急なり。とく行てとゞめ奉れ」といそがしたつる、その声は耳の辺《ほとり》にありて、その人は影もなし。事の為体《ていたらく》いと怪しけれど、御曹司ときくさへなつかしければ、しばしもあらず船をはしらし、こゝに来て見たてまつれば、果して聞るところに違《たがは》ず。……」といふ。為朝聞て嘆息し、「呀《あ》、汝を呼びたるものは、為頼、簓江が幽魂《ゆうこん》なるべし。彼等黄泉《よみぢ》に赴くといへども、なほわれを思ふ事のかくも深きや。」と宣ひて、哀悼《あいとう》気色《けしき》にあらはれしか、やうやくにして刃《やいば》をおさめ、……（後篇巻四、上325～326）

馬琴が、為朝の言葉として「為頼、簓江が幽魂なるべし」と記す、その「幽魂」、単に死者の魂、いわゆる幽霊などの意味ではなく、儒教に言われる「遊魂」に替って「幽魂」と記したものと思われる。

とすれば『易』大伝（繋辞上《げきじじょう》伝四章）の句「始めに原《もと》づき終りに反《かえ》る。故に死生の説を知る。精気物となり、遊魂変をなす。この故に鬼神の情状を知る」に深くかかわる意味をもつ「幽魂」と考えられよう。本来は、占いの書であった『易』を経書としてたっとぶ精神から生れた易経の解釈によれば、純粋な陽気が凝って万物が形成されること（「精気物となり」）に対し、「遊魂の変をなす」とは、その形体が散乱し、変化をきたすことを意味する。つまり、精気・純陽の気が消滅し、事物・人間の形体が変化することを言う。

このように、人の生死を、気の消長（衰えたり盛んになること）によってとらえうるものと解釈することにより、朱子は「鬼神の状態を推知すべし」と言い、鬼神の意味を、まずは陰陽の気の消長と理解し、究極は、人間の生成と死後にわたる、一陰と一陽が、一瞬たりとも止むことのない自然のプロセスであるととらえている。朱子が唱えるとおり、人間の知覚神経（魂《こん》）と形体（魄《はく》）を、陰陽の理気論によって、魂気を陽の気、魄気を陰の気ととらえるとき、形質をもたない魂が、人の死に際して、自在に遊離すると考えるその思考の先に、新井白石が唱えるごとき「鬼神の情状（有様）」が見え、さらに馬琴が簓江の死後に描いたような「幽魂（遊魂）」説がうまれるのである。この「遊魂の変」については、第二節「白縫寧王女《しらぬいねいわんにょ》の借屍還魂《しゃくしかんこん》」においても、大きな意味をもつため、さらに論じてみたい。したがって今は、簓江の冤鬼を遊魂・幽魂の変による現象ととらえ、この物語を読み進めてみよう。

簓江は、長寛二年（一一六四）四月下旬に大嶋で自殺したのち、夫と子への愛着から、すぐにも霊を顕わし、上述のように四男五郎の力を借り、嶋君を犠牲にしてみずからも果てようとした為朝を抱きとめ、しかもその冬十一月下旬には、為朝との再会を一心に願って肥後国木原山の山中に隠棲していた正室白縫の枕辺にまで立つ。

為朝が大嶋で自殺したとの風聞を得て、今はせめて夫の仇を討ちたいと願い、わずかな味方を集め、明朝は東《あづま》へ出立つというまさにその前夜のこと、白縫には、誰とも分からぬが、じつは簓江の遊魂が夢に現われ、

「君が年来《としごろ》恋しとおぼす人は、翌《あす》の夜こゝへ来給ふ也。東《あづま》へ旅たち給ふ事は、思ひとゞまり給へ」（後篇巻五、上369）

と告げる。この夢から覚めた白縫の枕辺には、鮮血に染まった嶋絹の榛摺《はにずり》の袿《うちき》（八丈嶋で織られた絹に赤色の粘土で染めた袿）と、なまなましい髑髏《どくろ》が置かれており、はたしてその翌日、白縫は木原山の館で為朝と奇しき再会をとげることになる。しかも簓江の「幽魂」は、再度、白縫の夢に現われ、

「われはこのところにありて人を待ものなり。何地《いづち》へも葬《ほうふり》埋《うづむ》る事をせで、こゝにおかし給へ」（後篇巻六、上398）

と告げ、いまだ魄気《はくき》の消滅せぬみずからの髑髏を、為朝・白縫夫婦のところにぜひとどめて欲しいという奇妙な願いを申し出る。それは、その七年後に二男朝稚が、父為朝を尋ねて、はるばる下野国《しもつけのくに》の養家（足利家）から、下向して来るのを予知し、わが子を待ちたいという簓江の切ない母心を秘めた願いであった。

情厚い白縫はこの言葉をあだにせず、大切に髑髏と袿を家廟に納め、その夜の夢中に見て記憶する簓江の面影を宿す朝稚が、ついに木原山（雁回山）をたずね当ててやってきた日に、そのかたみを少年の手に返すことができたのである（図3）。

このとき為朝は、朝稚の養父足利義康への遠慮から、息子との対面をこばむが、朝稚は奇しくも、なつかしい実母簓江の遺骨と対面することができ、これを背負って、野州《やしゆう》足利の地へ帰ることになる。朝稚が木原山を目指して下山する道中、愛《いと》し子によりそう簓江の幽魂は、彼のために危険を防ぎ、良き道しるべとなるのである。

図３　後篇巻之六　第三十回　挿絵

ところで馬琴は、冤鬼出現について、次のように述べている。

しかりとも魂魄久しく凝滞する事あたはず。ここをもて後遂に怪みなし。冤鬼は臨絶《りんしよう》の余煙《よえん》なりみつからもとめて冤鬼となるものにあらず。（文化八年刊『燕石雑《えんせきざつ》志《し》』「鬼神論」）

このように「冤鬼は臨絶の余煙」と記す馬琴の冤鬼出現の説にてらして見れば、簓江は臨終のきわになお残る夫子《つまこ》に対する愛着の「余煙」、すなわち「習気《じつけ》」（煩悩が心に残す影響）により発する薫香《くんこう》（煩悩がきえてもなお残り香のようにのこっている）によって輪廻道ならぬ、儒教が言う魂魄の散滅がとどこおり、みずから「冤鬼」となってこの世に出現したものとなる。従って簓江の現身《うつせみ》の殻《から》である髑髏が足利家ゆかりの大厳山毘沙門堂に納められたとある時をもって、簓江の魂魄はついに散滅し、儒教的に言えば鬼神（天に帰る魂、地に帰する魄）となり、仏教的に言えば成仏したのである。

それにしても、白縫の不思議な夢の話に注目すれば、簓江の幽魂はそのときまさに「夢神《ゆめがみ》」となって枕辺に立ったのである。「夢神」とは、後に『南総里見八犬伝』（以下『八犬伝』）第九輯「回外剰筆」における「夢鬼《ゆめがみ》」（岩波文庫本、十309）と同じ意味を表わす用語、恐らく馬琴独自の用語と思われる。馬琴は夢と鬼神のおおきな関わりをこの表記で併せ示したものであろう。『弓張月』では使われていない言葉であるが、そのくだりの鄺江の霊の作用を表わすに最もふさわしい表現ではなかろうか。つまり、神仏による霊夢ではなく、鬼神鄺江の授けた霊夢によって、白縫は夫為朝の無事を知らされ、さらに白縫主従が明朝旅立とうとするのを中止するよう、夢の警告を受けるのである。

　こうして夢鬼《ゆめがみ》鄺江は、いったん白縫に幸いを告げ、それと引きかえにみずからの髑髏をあずかるように懇願し、実際目覚めてのち、枕辺にそれが置かれて在るのを白縫は見る。あたかも一夜の夢幻と思わせる夢が、世に言う正夢となり、白縫は夢中に物を得て、現実を知ることになる。馬琴が、ここで考える夢は、白縫が真に「夢中の身」となり、夢こころをもって夢鬼鄺江と感応し合った時、はじめて生じる夢見ることの事実である。一口に夢と言っても、それは寝ている人の魂が物と交わって生じる夢、まさに荘子の説く「魂交《こんこう》」による夢の事である。荘子は、「斉物論」（『荘子』巻二）に「其《ノ》寝《イヌル》也《ヤ》魂交《リ》、其《ノ》覚《サムル》也《ヤ》形開《ク》。與《トモニ》接《シテ》為《シ》レ構《フルコトヲ》、日《ニ》以《テ》レ心《ヲ》闘《フ》」という言葉を記しており、「人間の魂は、目覚めている時は、耳目が聡明にして盛んとなり、また睡眠中には耳目に惑わされることなく、純粋に物事と接し交わることができるので、結局人は寤寐《ごび》の異（目ざめている時と寝ている時の違い）によらず、常に心が外物と闘うことになる」ということを説いている。

　儒教において、古来より「夢とは何か」との問いにたいして、馬琴は断然、荘子が思索した、人が眠りについた時の魂こそ、純一におのずから働く魂となり、外物と接し交わるという夢論に感得するところがあり、夢の事実を信じたのである。

たとえば、馬琴は、みずからの夢論「夢に冥土」（文化八年刊『烹雑《にまぜ》の記』）において、宋の銭唐王達《せんとうおうたつ》の『蠡海集《れいかいしゆう》』（人身類）の一説を引き、それを自説として、以下のように記している。「人の夢は神《たま》と物と交《まじは》るにあらず。乃《すなはち》魂《たましひ》と物と接《まじは》るなり」。ここでいう「神《たま》」とは、目覚めているときは、魄気のつかさどる知覚神経の働く魂《たましい》をいう。すなわち、荘子の言う「魂交」によって夢生ず、とする説に同じく、馬琴が引く『蠡海集』の著者も、「目を閉《とづ》れば陰となりて、魂その位を離る。則時ありてか物と接《まじは》る。かゝる故に寝《いね》ては夢生ず」と記し、睡眠中の人の魂は、身体という屋舎を離れ、自在に外物、あるいは他者の魂と接することができるので、夢が生ずると説いている。このような夢論を引用し、それをもって自説とする馬琴の夢についての想いは、いずれにせよ一つであり、夢とは、肉体をはなれた心の魂のはたらきによって生じる現象であり、魂が純陽にひとり働きし、生じるというのである。

このように馬琴は、夢のメカニズムを想定した上で、さらに、あらゆる夢の中でも、最も優れた夢と言えるのは、どのような夢であるかを説く。

唐の段成式が酉陽雑俎《ゆうようざつそ》に云。李鉉《りげん》が李子正弁《りしせいべん》にいふ。至精《しせい》の夢は、則《すなはち》夢中《むちう》の身なり。人《ひとびと》見るべし。劉幽求《りうゆうきう》が妻を見るがごときは、夢中の身なり。則知りぬ。夢は一事をもて推《おす》べからず。愚者《ぐしや》は夢少し。独人《ひとりひと》に至《いたり》て問《とふ》のみにあらず。騶早百夕《すうさうひやくせき》一夢なし　巻ノ八の十二ノ面を照べし」（『烹雑の記』「夢に冥土」）

これは、馬琴が割註に示す通り、『酉陽雑俎』巻八の「夢」の項の一説を読み下した文脈である。

上述の馬琴の夢論によって解釈すれば、「至精の夢」とは、最も純粋な魂、いわば純陽な魂が現象させる夢のことであり、そのような至精の夢の中にいる時、人は「夢中の身」を顕わすことができるため、現実の世界の人が、同時に彼の身体を見ることができる。そうした玄妙な夢の話として、段成式は、唐代の詩人白居易の弟白行簡の作とされる『三夢記』の一話、すなわち、劉幽求が、夢を見ている最中の妻の姿を実際に見たという話を挙げている。

劉幽求は、唐代初期の文臣で、則天武后が廃せられて後の中宗の時代に、皇帝になる以前の玄宗に協力し活躍した人物であるが、彼が妻の夢中の身を見たという話は、およそ次のとおりである。

劉幽求が、ある夜、使命を終えて帰宅する途中、家まであと十余里の所の仏堂院の側を通りかかると、時ならぬ大勢の人の賑やかな声を聞く。訝かしく思い、幽求は、壁の破れ目から中を覗くと、驚くことに、十数人の若い男女と歓談飲食する、自分の妻の姿を見る。驚愕し中へ入ろうとするが、寺の門が閉っていて入ることが出来なかった。そこで瓦を投げつけ、壁を乗り越えて堂の中に押し入ったが、すでに人影さえなく、幽求は不思議な気持で家に帰り着く。すると寝室にいた妻は、たった今まで自分が夢を見ていて、どこかの寺で見知らぬ人々と会食していたところ、誰かが外から瓦を投げつけ、食器が飛び散って、目が覚めたことを告げる。つまり、幽求が先程見た妻は、彼女の夢中の身であったと言う。

唐代の文人思想家である段成式が、『酉陽雑俎』で右の話に着目していることでわかるとおり、『三夢記』のこの一話は、唐代の人々に大変珍重されたといわれる。

馬琴は『三夢記』を、おそらく『説郛《せつぷ》』によって読んでいたと思われるが、『酉陽雑俎』の夢の一説を、「夢に冥土」で引用するにあたり、その前段に次の記述を行っている。

むかし、小野篁《おののたかむら》の生きながら冥府にゆきかひ給ひたる。笙窟《せういはや》の日蔵の焦熱地獄《せうねつじごく》を見給ひたる。その事、妄誕《そらごと》にちかしといへども、夢としいはゞ誣《しう》べからず。けふよりしてわれは信ず。白氏が三夢記寓言にあらず。

馬琴が「寓言にあらず」というのは、すなわち幽求が妻の夢中の姿を見たという話を、事実と認めているのに等しい。「子（孔子）は怪力乱神を語らず」と教える儒教的立場からすれば、およそ荒唐無稽の記事が満載する俗書と見なされ、それが定説となった『酉陽雑俎』であるが、近代の中国において文学者魯迅は『三夢記』に大変注目し、その先駆的研究をおこなっており、次のごとく記している。

『三夢記』の一篇は、原本『説郛』巻四に見る。その劉幽求の一事は、尤も広く伝わっており、胡応麟（『筆叢』三十六）によれば、「『太平広記』に見る夢の数話は、みなこれに類したもので、たぶん、これが実録であり、その他はことごとくその仮託である」と言う。思うに、清の蒲松齢《ほしょうれい》の『聊斎志異《りょうさいしい》』の中の『凰陽士人』も、恐らくこれに基づくのではないか。（『魯迅全集』第十巻、人民文学出版社、一九八一年）

さらに魯迅は、右の書で『三夢記』の注に、「三夢記は、別々の場所で二人が同じ夢を見ること、或いは、夢の中の出来事が現実と符合すること、この様な二種に分けて見ることが出来る、三つの故事が書かれた書である」（「写異地同夢或所与実事相府的三个故事」）と記している。このような魯迅の『三夢記』に関する見識が、すでに馬琴が示す『三夢記』への想いと、完全に一致することは、実に興味深いことである。

『酉陽雑俎』の訳注者今村与志雄の「解説」によれば、同書は、元禄十年（一六九七）に京都で和刻本が最初に刊行されて以来、よく流布してきたが、初版本の訓点に誤りがいちじるしいためか、江村北海の『授業編』において、「百虚無一実の書」と実に否定されたのをはじめ、南方熊楠が登場し、大きな光を当てるまで、我国では、ただ荒唐無稽の読物と問題にされることなく、低く扱われてきたのである。

つまり、江戸後期に考証学というものが、ようやく盛んとなる時代になっても、当時の儒学者たちは、『授業編』による否定的見解に疑いを持たず、『酉陽雑俎』の真価を見出せなかったということである。

だが、馬琴は『三夢記』の夢の一話を事実と信じたのであり、段成式がなぜ唐代を主として古来よりつたわる神異・怪奇な事件・逸事などを収集し、『酉陽雑俎』を編纂したのか、彼の意図を理解することの出来る、まさに江戸時代切っての具眼者であったと思う。

そして「夢に冥土」で、あたかも『西遊記』（第九〜十回）における、唐の皇帝太宗が死んでのちに冥界入りをしたものの、冥府で役人に生死簿の命数を書きかえて貰い、地獄の恐ろしい有様をつぶさに見学させられてのち、再び現世に戻ることができたという話を彷彿とさせるような、己《おの》が冥府行きの夢の体験を記すのも、それが夢であればこそ、事実であると信じることの表明にちがいない。それは馬琴がみた「至精《しせい》の夢」、幻妙な夢であったと。

荘子に「夢の中に、又其夢を占う。覚めて後に、其夢なるを知る」という言葉があるが、まさに白縫も、夢中で夢見る自分を知らず、ひたすら枕辺に立つ夢鬼《ゆめがみ》簓江の不思議な予告に対し、もしやこれは、夢ではないかと訝かしむ夢こころで、「そも御身は、何地《いづち》より来給ひつる」と必死で問いかけるのである。

至純な魂によって、至精の夢を見た白縫は、幽求の妻のように夢中の身となり、遊魂となった簓江からの遺品を預かった。それを馬琴は、「夢中に得たりし袿と髑髏」と記して、このように白縫が夢からさめてのちに、その袿と髑髏が現実の物と化していることに気づくという話が、いささかも怪異ではなく、玄妙な夢の真実が顕すことであると、『弓張月』の読者に読み解いて欲しかったのである。

『弓張月』の完成に期を合わせるかのように上梓した『烹雑の記』において、こうした夢論をあらわしていることは、たんに白縫の夢物語一つのためではなく、その他にも、『弓張月』の大事な場である白峯山の新院（崇徳院）の墓所で為朝が、夢の中で君と父の霊に対面し、その自殺を思いとどまる話や、さらに為朝が夢中に授かった父の記念《かたみ》の宝剣や燧《ひうちぶくろ》袋を目覚めてのちも所持するという話などと深くかかわる、すなわち至精の夢とはなにかを問う上での不可避な問題と思う。

二　白縫寧王女《ねいわんにょ》の借屍還魂《しゃくしかんこん》

保元の争乱で崇徳上皇の側に味方し、敗軍の一将となった冠者源為朝が、君と父の敵である平清盛を誅伐するために肥後国水俣の浦を出航したのは、高倉院の安元二年（一一七六）八月十五日のことと記されている（続篇巻一）。為朝にしたがう正室の白縫と、嫡男舜天丸、そして従者あわせてもわずか三十余名の一行が、わかれて乗る二艘は、順風に帆を上げ航行したのもつかの間のこと、翌日の午後になると、時節柄の大暴風に直撃される。

このとき白縫は、夫と愛児はいうまでもなく、郎党にいたる一行がなんとしても激しい嵐の波風を逃れられるようにと、神仏の加護を必死で祈り、ついにその身を海神《わたつみ》の犠牲《にえ》に捧げる。

「源家氏《げんけうぢ》の太神《おほんかみ》、男山正八幡《をとこやませうはちまん》、肥後国に鎮《しづまり》ます、阿蘇の明神、わきて讃岐院《さぬきのいん》の荒神霊《あらみたま》、哀愍受納《あいみんなうじゆ》の瞻《まなじり》をかへし、八大龍王感応《はちだいりうわうかんおふ》あつて、良人《をつと》をはじめ、船中の党《ともがら》はさらなり、わが子の船も恙《つゝが》なく、湊《みなと》のかたへ吹寄せ給へ。」と高やかに祈請しつ、引とめられし袖ふり払ひ、瀾《なみ》を抜きて千尋《ちひろ》の底へ、身を跳《おど》らして没《いり》給ふ。あはれはかなき最期《さいご》なり。（続篇巻一、上431〜432）

白縫が、この様に、天・地・水界の諸神に裂帛《れつぱく》の祈りを捧げると、たちまち、崇徳院の荒御霊が天狗の一団を上空よりつかわし、為朝の船が転覆するのをとどめる。そして天狗らが舵を取ると、船は疾風のごとく嵐の海上をすべり、為朝は一人、数日のあいだ波の上を漂い、気がつけば琉球の属嶋佳奇呂麻《えだしまかけろま》に漂着していた。

他方、幼い舜天丸は、父母とは別にのせられた船の舵が折れて、あわや最期を迎えようとしたとき、水練の達人である守役の紀平次太夫の腕に抱きとめられて、主従もろともに入水《じゆすい》する。紀平次は、左手に板子を挟み、右手で舜天丸を高く差し上げて、命ある限りはと大波の中を泳ぐが、しょせん力尽き、そのうえ神仏の冥助ならぬ、人喰い「沙魚《わにさめ》」の攻撃にすら遭う。

この時、為朝夫婦につかえる忠義の臣下、高間太郎と磯萩の夫婦は、ひと足でも早く冥土に旅立ち、せめて幼君の「おん亡骸なりとも衛《まもり》儐《みちび》き」たいと、すでに自殺し果てていたが、その最期の一念は、みごとに遊魂の変を生じさせ、直《すぐ》に一団の燃火《おにび》となって現われ、大魚の口から飛び込むと、それに「憑《のりうつり》」、幼主と紀平次を救って、これも琉球の姑巴汛麻《こはじま》へと運んだのである。

海底深く沈んだ白縫は、有り難い崇徳院の霊力と、高間夫婦の忠魂の顕れに感応し、みずからも死後の魂を、為朝父子が期せずして集合する琉球の地へ飛ばす。そして、琉球王の娘寧王女《ねいわんによ》が逆臣の姦計《かんけい》にかかり、いままさに非業の死をとげた瞬間の遺体に「憑《のりうつり》」、白縫の至精の魂は、その後、あたかも琉球王女の甦りを思わせる姿を借りて活躍することになる。時は「安元二年（一一七六）丙申、秋九月二日」の事とあり、白縫の遊魂の顕れは、入水から数えて、二臘《にろう》（十四日）余りのちのことになる。

馬琴は、死者の魄気・身体の霊は、七臘（四十九日）をかけて完全に消滅するものと「鬼神論」（『燕石雑志』）に記しているが（『玉笑零音』にみる説）、とすれば、すでに海の水屑《みくず》となって、まだ二臘にしかならぬ白縫の屍が、魂魄を再び聚《あつ》めて現世の姿を示すこと、冤鬼となって出現することを、なぜかなわぬものとしたのであろうか。

白縫の遊魂は、夫為朝が冠者の頃一度、琉球へ渡ったとき、偶然出会って以来、運命の糸に結ばれていた琉球王女の屍に憑いたのである。つまり「遊魂変を生じて」冤鬼となるのではなく、白縫は、遊魂となってなぜか他者の身体にやどり、自らの思念を発揮することになるのである。

それにしても、白縫の遊魂は、琉球王の姫寧王女が絶命し、身体の霊である魄気の消耗が始まろうとするその瞬間に、王女の亡骸《なきがら》を目がけて飛び込んだのであり、それは世にいう憑依《ひょうい》現象とは明らかにことなる。このくだり（図4・5）を馬琴は、次のように記している。

寧王女《ねいわんによ》はこの形勢《ありさま》に、必死と極めて走りも逃ず、真鶴《まなつる》（王女の侍女）が死を憐れみて、坐《すゞろ》に涙さしぐみ給ふを、一人《いちにん》つと跳《おどり》かゝり、頭髻《たぶさ》を掴《つかん》で引倒せば、又一人の悪少年《あくせうねん》、綷切《ことぎれ》ても放さゞる、真鶴が剣《つるぎ》怪取《かいとり》て、王女の胸前《むなさか》へ閃《ひらめか》し、吐嗟目今《あはやたゞいま》撃れ給ひぬ、と見えたる折から、一団の燐火《おにび》、空中より飛来《とびきた》つて、王女《わんによ》の懐《ふところ》へ入ると斉《ひと》しく、王女は岸破《がば》と身を起し、勿地《たちまち》剣《つるぎ》を奪ひとつて、一二人が首《かうべ》を打落し、佶《き》とにらまへて立給ふ。その形容《ありさま》はじめに似ず。柳眉《りうび》を蹴立《けたつ》る星眼《せいがん》尖《するど》く、百万騎の大軍をも、おそれつべき気色なければ、……（続篇巻四、下67～68）

この「吐嗟目今《あはやたゞいま》撃れ給ひぬ、と見えたる折から」という思わせぶりな表現によって、馬琴は、その場での王女の死を、あえて明らさまなものとせぬよう工夫していることに注目したい。

したがって続く場面でも、馬琴は次のごとく記すのである。

「われは是《これ》、大日本《おほやまと》、清和天皇九代の後胤《こういん》、六条判官為義《ろくでふはんぐわんためよし》の八男、鎮西八郎源為朝《ちんぜいはちらうみなもとのためとも》ぬしの嫡室《ほんさい》、肥後国人《ひごのくにうど》、阿蘇四郎平忠国《あそのしらうたいらのたゞくに》が女児《むすめ》なりける、白縫姫《しらぬひひめ》が亡魂《なきたま》なり。われ近会《ちかごろ》、夫とともに渡海の船中、風濤《ふうとう》の難によつて、身を海底に投《しづむ》といへども、霊魂《れいこん》は、この琉球に漂泊して、こゝに夫を俟《まつ》こと久し。しかるに寧王女《ねいわんによ》は、むかしわが良人《つま》八郎ぬしと、一朝値遇《ちぐ》の縁《えにし》あれば、且《しばら》くこの身体《からだ》を借りて、良人《つま》と子どもに物いひかはし、その創業を輔《たすけ》んとす。かゝれば王女にして王女《わんによ》にあらず、白縫にして白縫にあらず。孝女《かうぢよ》と節婦《せつふ》と合体して、ある時は王女たり、又ある時は白縫たらん。今真鶴《まなつる》が為に仇《あた》を報《むくは》ずば、誰かこれを実《まこと》とせん。其処《そこ》な退《のき》そ。」といきまきつゝ、……（続篇巻四、下68）

すなわち、それ以後の物語では亡き白縫の魂が生者寧王女の身体に憑いて主宰し、或るときは白縫となり、また

図４　続篇巻之四　第四十回　挿絵

真鶴《まなつる》越来に悪少年《あくせうねん》と戦《たゝか》ふ

図5　続篇巻之四　第四十回　挿絵

玉女を祐く
白縫の
灵魂
悪少年ホを
鏖にす
志らぬひ

寧王女ともなるという、不思議な転成を示すことを予測させる文を綴る。

しかし、大団円真近になると、まさに上述の王女刺殺の場において彼女はとうに死んでいたことを、あらためて読者の前に明かしている。

「……僂《かゞなう》れば十《とを》あまり、二夕とせといふ前《さき》つ穐《あき》、安元二年九月二日、佞臣利勇《ねいしんりゆう》（王女の父尚寧王の逆臣）が下知《げち》にしたがひ、欲にぞ聚《つど》ふ悪少年《あくせうねん》等が、寧王女を撃《うた》んとて、山里近く越来《こえぐ》の石橋《しやつきやう》、わたりあふたる真鶴が、雄々しき働き物ともせず、敵は多勢《たせい》を共《とも》ぢから、真鶴遂に撃《うた》れしかば、一人《いちにん》の悪少年、王女の頭髻《たぶさ》を掻掴《かいつか》みて、退《のけ》さまに引たふせば、一人《ひとり》は剣《つるぎ》を閃《ひらめか》して、王女の胸前《むなさか》ぐさと刺《さす》、灸所《きうしよ》なれば得《え》も堪《たへ》ず、立地《たちまち》に縡断《こときれ》たり。その空蝉《うつせみ》の裳脱《もぬけ》の殻《から》へ、白縫が魂《たましひ》 入《い》りて、悪少年等を砍《きり》ちらし、種々の艱苦《かんく》を経《ふる》といへども、終《つひ》に丈夫《をつと》に環会《めぐりあい》、わが子にさへ再会して、 志《こころざし》をいたしたり。疑しくはこれ見給へ」といひかけて身を起し、襟を左右へかきわき給へば、目今《ただいま》刺《つい》たるごとき太刀痍《たちきず》、乳《ち》の下より背《そびら》へかけて、さと濆《ほとばし》る鮮血《ちしほ》とともに、一道《いちどう》の白気《はくき》立《たち》のぼりて、空中へ入ると見えし、王女は撲地《はた》と輾転《ふしまろび》て、朽木の花とちり給ふ、身のなる果こそ怪しけれ。（残篇巻五、下404）

ここにかぎらず、処々で馬琴は亡き白縫の魂が、王女の遺体を借りて再生したことを「しらべ化《あだ》なる磬蝉《うつせみ》の裳脱《もぬけ》し人の躯《み》を借りて」（拾遺巻一、下137～138）と記すなどして、白縫の亡魂と王女の身体の合体が、たんに死者の霊の生者への憑依現象ではなかったことを喚起しているが、そのあたりの馬琴の周到な筆に注視する読者が希少であることもよく承知の上でのことであったろう。

そして我々は、右の文脈から、はじめて白縫王女の本性を確認しうることになるのである。

すなわち、白縫王女の出現は、まさに『西遊記』（第十一回）に見る、劉全《りゆうぜん》の亡き妻である李翠蓮《りすいれん》の魂が、冥界から返され、唐の皇帝太宗の妹姫である李玉英《りぎよくえい》の遺体をかりて、陽界（現世）に生き還ったという、その「借屍還《しやくしかん》魂《こん》」という方法に重ねた死と再生であったと気づくのである。

『西遊記』には、玄奘三蔵法師の西天取経の旅の物語にくわえて、仏教、道教の両世界にわたる様々な説話、民話の類がまとめられているが、右の李翠蓮の奇譚もその一つに当り、これはきわめてよく知られていた（澤田瑞穂『地獄変』）。この李翠蓮の借屍還魂《しゃくしかんこん》の物語は、『西遊記』第十回の「唐太宗地府《じごく》より還魂《いきかえる》」（『遊仙窟』や敦煌文書「唐太宗入冥記」を原話とする）の物語に乗じて展開する、次のような話である。

皇帝太宗は或る夜、夢の中で男の姿に変じた涇《けい》河《が》の龍王と出会う。そこで龍王は、自分が天帝の掟にそむき、長安の都の降雨の量を勝手にした「業龍《ごうりゅう》」であることを告白し、その罪科によって、明日、皇帝の臣下である魏徴《ぎちょう》によって斬り殺される命令が天帝より下っているので、ぜひともそれを阻止して欲しいと必死の命乞いをする。

太宗は、いとも気安く龍王を助けると約束し、翌日は魏徴を召し出し、囲碁の相手を命じてみずから彼を見張っていたが、魏徴は対局の最中にうとうと居眠りをはじめ、ついにその夢の中で、天帝の命ずるとおり、龍王を斬殺してしまった。龍王は、夢の中で太宗が自分を助けると約束しておきながら、その言葉を守れなかったことを非常に怨み、それから夢うつつに皇帝の神経を悩ませ、死の状態にして彼の魂を冥界に送り込んでしまったのである。

こうして冥界入りをした太宗は、閻魔の十王の前に進み出て、まず、かの龍王の怒りがかならずしも正当でないことを告げ、冥界の役人崔《さい》判官に頼み、「生死簿」において、もはや尽きている命数を書き改めてもらい、十王の眼をだまして陽界への帰還の許しを得る（第十回迄の話）。

さて、太宗は冥界を去るにあたり、現世にぶじ戻れたら、十王に供養の品として南瓜《かぼちゃ》を進呈するよう約束した。やがて、いったんの死から息を吹き返した皇帝は、早速その使者となる者を募ったところ、劉全という、やもめ男が大役を果たすものと名乗り出る。劉全には、李翠蓮なる妻がいたが、ある時、全く情のない夫の発言に腹を立て、彼女は首をくくって死んでいた。劉全はこれを悲観し、進んで、わが命と引き替えの冥府行きの使者を引き受ける。そして、冥界には無い南瓜二つを頭にくくりつけられ、毒薬をのまされて、冥界に旅立ったのである。

地獄の森羅殿《しんらでん》の十王の前に立つと劉全は、まず皇帝太宗が甦れたことの御礼言上を伝え、さらに現世でのわが身と妻の間の不幸な出来事を白状した。すると十王は、すぐに役人に命じて生死簿を調べさせたところ、なんとこの夫婦、本来は仙人になれるほどの寿命がのこされていることを知り、驚いて二人を陽界に帰すよう鬼卒に命じる。

ところが、翠蓮の方は、死後の時間があまりたち過ぎていたため、彼女の魂を還《かえ》すべき遺体が消滅しているという。その時、地上では太宗の妹姫である玉英の寿命がまさに尽きようとしていることに気づいた十王は、姫の遺体を借り（借屍《しゃくし》し）て、翠蓮の魂を還す（還魂《かんこん》する）ことを思いつく。

鬼卒は早速、夫婦それぞれの魂を連れて長安の大国に着くと、皇宮の奥庭で遊んでいた姫の「胸にどんとぶつかつて、地べたに押し倒し、その魂を生けどりにして、逆に翠蓮の魂を玉英のからだに押し込み」（岩波文庫『西遊記』二18、小野忍訳）、冥府に引き返す。こうして、翠蓮は玉英の姿形をかりるとその後は、彼女の声と心はもとのままで生きることになり、夫劉全の故郷均州の町で人々に善果を広め、末長く暮らしたという（第十一回）。

この明版『西遊記』の小野忍氏の訳では、「魂を生けどりにして」とあり、いかにも死の寸前とはいえ玉英の息あるうちの魂を抜き出したかに読めるが、その原書では、

李翠蓮帰陰日久屍首無閻王道唐御妹姫李玉英今該促死教翠蓮即借玉英屍還魂

と記されており、翠蓮は陰鬼となって久しく、屍にはすでに首が無く、唐皇帝の妹玉英姫の「屍を借り還魂」させたというのである。

このように、他者の亡魂を他者の遺体に入れるとある、日本人の感覚にはおよそなじまない表現をさけた訳と思

われる。なお清版『西遊記』(『西遊真詮』)を訳された太田辰夫氏も、「使者は公主の胸にどんとぶっかつて地面に押し倒すなり、その魂をつかみ出し、翠蓮の魂を、玉英のからだに押しこみ……」(中国古典文学大系『西遊記』一〇五、平凡社)と記し、やはり「借屍」の直訳はさけられている。

道教における民間信仰の研究をされる鄭正浩氏によれば、「借屍還魂《しゃくしかんこん》」の法は六朝《りくちょう》以降の民間伝承、たとえば明清小説にときおり見かけるという。この「借屍還魂」の法を用いて生き返った李翠蓮の奇譚と同様、白縫は琉球王女の屍を借りたのである。

そして、「借屍」される側の寧王女は、玉英姫と同じく胸先を突かれて、その胸から白縫の魂を飛び入らせたとあり、このように、亡き白縫が王女の遺体をかりた甦りは、まずもって李翠蓮と李玉英による借屍還魂を転化した話と見られる。それは、まさに馬琴の鬼神《きしん》論が好むところの冤鬼《えんき》の出現する話でもなければ、遊魂の憑依現象する話ですらない。白縫の魂《こん》と王女の魄《はく》が合体して生き続けるという、読者にとっては大団円まで、ほとんど目くらましのようなこの借屍還魂の趣向が、単に『西遊記』にみる志怪小説の娯楽的な要素をまねて、『弓張月』に取りこまれたものでないことは、すでに前編から白縫と寧王女の登場することに見て、当初の段階から馬琴の胸中にあった創意工夫であったと思う。

とすれば、馬琴がはじめに『和漢三才図会』の記事から大嶋脱出後の為朝が琉球に渡り、中山世系中興の舜天王となるという歴史的一大ロマンを構想していた時期からあった趣向と言ってよかろう。

後日、馬琴が披見した書物『中山伝信録』によれば、「舜天ハ日本人皇《ニンノウ》ノ後裔〔大里〕按司朝公ノ男子也」(『中山伝信録』「中山世系図」)とあり、馬琴が、すなわち舜天王は為朝の男子であったと認識をあらため、現行のごとく、大団円で舜天丸を中山王となすよう構想を変更する事情については、後篇「備考」に詳述されているとおりであるが、しかしいずれの結末を見るにせよ、為朝が、琉球開闢の祖天孫氏の存亡にかけて、逆賊の曚雲国師と戦う筋書きが変わらないことにおいて、そこにこそ上述のごとき白縫王女出現の意味があるのではなかろうか。

白縫は、ぜひとも源家の再興をと願って入水し、女ながらも大和魂を為朝にささげた烈女であり、彼女の至精の魂がのちに琉球で、暗愚な王をだまし国を乱れさせる逆賊と戦闘する為朝を助けるために「陰陽《かげひなた》」となって活躍することになる。このような物語を読むとき、いやしくも清和源氏の御曹司である為朝が、たとえ赤縄《せきじょう》の縁によるとはいえども、琉球王女と結ばれるという物語は、白縫の和魂《にぎみたま》が宿る王女であればこそ、日本の読者にとって腑に落ちるところとなるのではないかと思う。それゆえに、読者はいつしか為朝が琉球を制覇する物語をもって、源家の再興、日本の武将の快挙と喝采する気持ちになれるのである。

馬琴は、こうして二国の女性の魂魄に守護される為朝を描くことにより、琉球争乱を鎮《しず》めて覇者となる為朝が王《おう》覇名分《はめいぶん》の理をいずれか一方の国にかたよらせない、真に仁義ある静定へと進めることが可能となるのである。

そのあたりの馬琴の苦心は、王位を正統の血脈に返そうとする為朝と、それをいなむ白縫王女との間にかわされる、次のやりとりに最もよくあらわれていると思う。

当下《そのとき》為朝は、王女《わんによ》に対《むか》ひて、「……今や国よく治りにたれど三省《さんせう》に主《あるじ》なければ、民《たみ》の心も定らず。正鵠《まと》なくて躬《ゆみい》るならば、労してその功なきのみならで、人を傷《やぶ》るの愆《あやまち》あらん。王女は国の世子《よつぎ》にして、天孫氏《てんそんし》の血絡《ちすぢ》たり。国の為、民の為に、よろしく王位に即《つき》給ふべし。かくてもいよゝ、推辞《いなみ》給はゞ、為朝は速《すみやか》に、この国を去るの外なし。用られずは、自《み》の別《わかれ》を、告《つげ》ん為に来れり。」と思ひ定めて宣へば、王女は忙しく席を避《さけ》、「心うきことな聞え給ひそ。わらはは旧《もと》の王女に侍らず。王女ならぬを慭《なまじい》に、王女と人に称せられ、国に空位《くうゐ》もわれ故と、思へばひとりうち歎く、別れもいとゞをし鴨の、水に沈みし白縫が、面影は今変れども、かはらぬものは恩愛の、やるかたなさに舜天丸《すてまる》が、生育《おひたつ》ほどを見果《みはて》てと、又ゆくりなく年月を、こゝに過《すぐ》して国民《くにたみ》を、苦しめしこと罪ふかし。わが良人《つま》のうへいへばさら也、やよ丸《まろ》よ、舜天丸よ。賢《かしこ》き王《きみ》の跡とめて、徳を脩め、士をやしなひ、父祖の武徳を輝し、世々の亀鑑《かゞみ》となりたまへ。文あり武あり智勇もて、世にゆるされし良人《つま》を措《お》き、子を閣《さしお》きて白縫が、なでふこの国に王たるべき。……」（残篇巻五、下403～404）

為朝はまず、王女にむけて、王位の継承を強く奨めているが、それにこたえるのは、王女の姿をした白縫の魂であり、まず借屍還魂のことを告白するかたちで、これまで自分が王女となって琉球の国民をあざむいてきた罪を深く詫びる。そしてわが子舜天丸にたいしては、文武を兼備し、琉球人にすでに賢王と仰がれるに近い夫為朝と、その偉大な父を学ぶ舜天丸をさしおいて、母がなぜ王位など継げようかと、暗に舜天丸の王位継承の正当性を勧める。ここにいたって、あたかも琉球王女の子の即位と写る、つまり侵略ではなく、禅譲ともことなる、それにもかかわらず、おのずから日本人の中山王《ちゆうざんおう》　舜天《しゆんてん》が誕生する『弓張月』ならではの仕組みを見る思いがする。しかも、右の「かはらぬものは恩愛の」以下の文脈から、舜天の名を消し、いささか文を書き替えれば、容易に為朝を王とする大義名分が、読者の心に伝わるように描かれていることは言うまでもない。『西遊記』の「尸《しかばね》をかりて還《いきかえ》る李翠蓮」と言う詩句に触発をうけた馬琴の、まさに創意工夫の成果であり、それが白縫王女物語であったと、私は考える。

馬琴は『弓張月』完成の後、文政七年（一八二四）から、『金毘羅船利生纜《こんぴらぶねりせうのともつな》』（以下『金毘羅船』。但し、天保二年［一八三一］に第八編の刊行を以て中断する未完の作）と題して、『西遊記』（従って第四十二回迄の各回）の筋書きはもとより、登場人物にいたるまで、ほぼ原作に対応する翻案の長編合巻を執筆する。

その第三編下巻に、皇帝太宗ならぬ延喜帝（醍醐帝）が、まだ命数の尽きぬうちに、御悩の患いにより崩御し、冥界で地獄巡りをさせられて黄泉《よみ》帰りをする話や、この帝に仕えた菅原道真の旧臣竹田日蔵が、劉全のごとく、帝に代って地獄の閻魔王へ御礼の品を献上すべく、みずから死んで冥土に旅立つ話、そして、日蔵の妻世居《よをり》（夫に先立ち冥土にいた）が、日蔵と共に黄泉帰りを許されるものの、四十九日も過ぎて遺体がそこなわれはじめていたため、帝の妹である三宮節折《よをり》内親王の屍を借りて魂を還すという同趣の話が、すべて備わっているのを見る。

ところで、馬琴は『弓張月』拾遺篇の巻末に「附言」として、日本の金毘羅神の縁起をめぐって実に長文にわたる記述を掲載している。はたして小説のなかになぜこのような考証文が必要なのかと首をかしげざるをえないような難解な文であるが、しかしこころみに右の合巻『金毘羅船』の内容とからめてよく読んでみるとき、玄奘三蔵ならぬ、浄蔵法師が釈迦如来の命により、我国の仏法守護のために金毘羅神を、はるばる天竺まで迎えに旅するという話が骨子となる『金毘羅船』を執筆した馬琴の意図が、一体どのあたりにあったのか、およそ透かしみえてくるのである。じつは、金毘羅神に対する馬琴の宗教的解釈の基本となるものは、すでに『弓張月』の右の附言において十分表現しつくされているからである。

中国白話小説の翻案物が流行の時代に、当然馬琴も大小様々な、その種の作を執筆しているが、この『金毘羅船』は、馬琴が愛書とする『西遊記』のなかでも広義な意味での宗教的な文学性に着眼し、玄奘が大乗経を取経する旅の事跡を、日蔵が異域の善神金毘羅明王を讃岐の象頭山《ぞうずさん》に迎える神話に変えて、すでに仏法に帰依していたとはいえ、我国の人々に仏教と神道の合一性を唱えようとする、きわめて宗教的な姿勢によって執筆された物語と言ってよかろう。

この『金毘羅船』が、第八編で中断された作であるにもかかわらず、馬琴がいかに『西遊記』に深く傾倒し、愛書としていたものかを解読する上での実に重要な鍵をにぎっている書であることについては、つとに信多純一氏が

『馬琴の大夢　里見八犬伝の世界』（岩波書店、二〇〇四年、以下『里見八犬伝の世界』）において開示、考察されていることを、あらかじめここでふれておきたい。

さらに、この『金毘羅船』をめぐっての諸問題については、第五章「馬琴と『西遊記』」の二（「『西遊真詮』をめぐって」）に詳しく論じることとしたい。

それにしても附記と称するには余りある長さで、一見、馬琴の衒学趣味の露出としかうつらない、いかにも神書経書を集めての金毘羅縁起のそなわる意味については、第二章「御霊神崇徳院」の二（「天狗となる崇徳院」）において再び取り上げてみる。

三　白縫神

平清盛討伐の船路につく為朝一行の船が、暴風のためにあわや転覆の憂き目にあったそのとき為朝の正室白縫は、『古事記』（景行天皇の条）に見る日本武尊《やまとたけるのみこと》の東征にしたがった妃、弟橘姫《おとたちばなひめ》の故事にならい、為朝と家臣達、そして一子舜天丸の生命に賭けて、海神《わたつみ》の怒りを鎮めるべく入水《じゅすい》する。『古事記』によれば、その入水七日後、妃が呪具《じゅぐ》とした御櫛《みぐし》が上総の陸（武尊が上陸された地とされる）に流れ着いていたとある。

白縫の犠牲は、海神ならぬ讃岐院《さぬきのいん》（崇徳院）の荒御霊《あらみたま》の御感《ぎょかん》されるところとなり、院の神勅《しんちょく》を受けて天から降った天狗の一団が、ともあれ為朝が一人乗る船を救い、彼を遥か琉球の地へ誘う。そして白縫は入水後二臘《にろう》余りの安元二年九月二日、わが魂を為朝上陸の地琉球へ飛ばし、そこで、かつて為朝が浅からぬ機縁をもった琉球の姫寧王女の空蝉《うつせみ》の殻に仮着し、王女の姿となって活躍する（第四十回以降）ことになる。

馬琴は、入水する白縫の心のさまを、限りなく弟橘姫の故事に近づけてみせるが、さらにそれを離れて、白縫がまさに「臨絶の余煙《りんじようよえん》」からついに「遊魂の変」を生じさせ、寧王女の屍を借りて自らの魂を還魂させ、現世に甦るという、『弓張月』における様々な鬼神・魂魄の活躍する話柄の中でも、取りわけ奇想な物語へと発展させていく。

この白縫と寧王女が、いわば分身《ふんじん》一体となって再生する奇譚は、上述の通り（本章―二）、『西遊記』（第十一回）の李翠蓮の亡魂が、大唐の姫李玉英の屍を借りて還魂する「借屍還魂」の法を用いた、いずれかと言えば道教的な奇話に相似する。しかし、『西遊記』の李翠蓮の話が一つの章回に終わるのとはことなり、白縫の至精の魂は私情により寧王女を動かし、琉球の国乱に戦う為朝を勝利に導く妹《いも》の力となり、大団円直前まで白縫寧王女として活躍するのである。このような白縫の亡魂を表現するのに、馬琴は第四十回以降の執筆において、実に多様な表現方法を凝らしている。

亡魂《なきたま》・霊魂《れいこん》（第四十回）、霊《れう》・魂《たましひ》（第五十回）、鬼神《かげひなた》（第五十三回）、神霊《たましひ》（第六十七回）等、いずれも、各場面にむけて厳選された言葉と見える。

ここで注目すべきは、亡魂・霊魂・魂が同義語であるのにたいし、「鬼神」に「かげひなた」という独自な振りがなをつけ、一つの言葉に多義的な意味を持たせていること、また、「神霊」を「みたま」とも「しんれい」とも読ませず、あえて「たましひ」と読ませていることである。これらは、恐らく通常の霊魂の意を越えた何かを、読者に感じ取って欲しいと願う馬琴の、特別な思惟がこめられたものと思われる。

白縫王女《しらぬひわんによ》は、舜天丸《すてまる》の、往方《ゆくへ》いかにと思ひやり、もし世にあらばこの春は、年は十二になるべきに、この世あの世とわくことなき、わが身二ッの鬼神《かげひなた》、霊《れう》あるものは八重山《やえやま》の、霞《かすみ》の外《ほか》もしるといへど、なほ知りがたき

わが子の存亡《そんぼう》、子故《こゆゑ》の闇《やみ》の闇路には、迷ひの雲の霽《はれ》ぬ歟《か》、とかき口説《くどき》給ふ折から……（拾遺巻二、下217）

「白縫王女」は、いうまでもなく白縫の霊魂が宿る琉球王女が死から再生してのちの名であり、舜天丸にとっては、外形が継母のごとく写る、母白縫という複雑な存在であることを忘れてはならない。

そして、「もしこの世にあらば」以下「なほ知りがたきわが子の存亡」迄の文脈は、あきらかに死後もなお嵐の海上で離別した舜天丸の身の上を案じてやまぬ、実母白縫の心内語である。つまり、独白の「わが身」は白縫の自称であり、それに続く「鬼神《かげひなた》」の意は、次の二つに分けて見ることができよう。第一は、「陰《かげ》となり陽《ひなた》になってわが子を守りたい」と願う白縫の切実な親心をあらわす、「陰日向《かげひなた》」の音に通じさせる掛け言葉として効《き》かせていると読めること。第二は、儒教の「鬼神《きしん》」の字義に帰して、白縫が、身体をつかさどる霊（陰の気＝魄《はく》）と心をつかさどる霊（陽の気＝魂《こん》）の二気を聚《あつ》めて、鬼神・魂魄の顕れとなったことを暗示する言葉と読めること。以上の二つが考えられるとすれば、「わが身二ッの鬼神《かげひなた》」は、この世もあの世も区別せず、真如の世界に存在する「私は、二つの鬼神の宿舎《やどり》であり、あなたの守護神である」と、白縫が舜天丸に告げているものと読み解くことができる。すなわち、白縫の魂魄が世にいわれる、目には見がたき鬼神となり、それだけにとどまらず、寧王女の姿形を借りて、目に見える鬼神となること、つまり二者の鬼神が一体となって現世に在ることを暗示する、儒教的な鬼神思想を底にすべりこませた二重三重の意味をふくめた、馬琴ならではの特異な用語による文と思われる。

現《げ》に寧王女は撃れ給ひて、十年《とゝせ》あまりを経《へ》にければ、白縫の神霊《たましひ》合体して、旧《もと》の形《かたち》にて在《ゐま》せしなり、と人みなはじめて暁《さと》りける。さればこの一条の奇談《くしきものかたり》を、遥に伝へ聞く樵夫漁戸《きこりすなどりびと》等まで、心あるも、心なきも、或は王女の恩沢《おんたく》をおもひ、或は白縫の心烈《しんれつ》を痛《いたま》しみ、潸然《さんぜん》として語り続《つぐ》に、耳を側《そばだて》ざるはなし。（残篇巻五、下406～407）

「神霊」を「たましひ」とあて字に読ませ、いかにも「神霊《しんれい》」の字義にある、人のたましい・霊魂の意にその字を用いているかに見せているのも、大団円にむけて白縫の魂を「神のみたま」に昇華させるための、馬琴の周到な工夫と思われる。これに先がけて、次のように意味深長な表現がなされているのを見る。

「喃《なう》母君、世に在《ゐま》す程は限りある、命なりとも魂《たましひ》の、人に憑《より》ては神《かみ》ならずや。なほいつまでもこの土《ど》に在《ゐま》して、心ばかりの孝養を、などて尽くさし給はざる。南の嶋による浪も、帰るといへば魂《たましひ》の、ふたゝびこゝに立かへり、人のこゝろを慰め給へ。やよ喃《なう》母君、母君」と、声をかぎりの招魂《たまよば》ひ、……（残篇巻五、下405）

為朝の武勇をもって、琉球の争乱が治まったのを見とどけると、白縫王女はわが宿願が満ちて、『竹取物語』のかぐや姫のように帰天する定めの日を迎える。そのときすべての事態をのみこんだ舜天丸は、実母白縫に想いを馳せ、右のような愛別離苦の必死のよびかけをおこなったのである。

馬琴は、その舜天丸の激白において、白縫の魂を鬼神の「神《しん》」ではなく、あからさまに「かみ」と和語でいわせている。この「神《かみ》」が、取りも直さず、日本の「天つ神」を連想させるものであることは、いうまでもあるまい。つまり、白縫の魂は寧王女の亡骸を依り代として化身するほどの霊力をもつゆえに、もはや「神《かみ》」の顕れと同じではないかと、舜天丸に言わせていることになる。

こうして馬琴は、漢字に特異な振り仮名をつけ、神・仏・儒、或いは道教、いずれの宗教的思想にも相わたる「霊魂」の意を表現することに、とりわけ心を砕いていることがよくわかる。

『弓張月』における、そのような字義の操作については、枚挙のいとまもないが、なかでも興味深いのは、「神《しん》を顕《あらはし》て白縫寧王女を祐《たすく》」という第四十回の題である。その物語は、上述のとおり、白縫の遊魂が琉球越来《ごえく》の石橋《しやつきよう》で逆臣の手によって刺殺された寧王女の遺体に飛び込むという劇的な場を展開するが、右の題から読者が予感するの

図６　残篇巻之五　第六十七回　挿絵

は、白縫が「神《しん》」を顕し、その霊力が寧王女を死の淵から救出すると言う筋書きであろう。

「神」を「しん」とよませる所為により、人の魂を意味しているかと思わせるが、馬琴の深意は、恐らく「天つ神」の神を表わす方にあって、白縫の遊魂の顕れを、この時点で早くも神のみあれに同列させているのではあるまいか。すなわち、白縫の霊力は「神祐《しんゆう》」であると。その示唆が、第六十七回で、彼女の霊魂を「神霊《たましひ》」、「神《かみ》」と称える魁《さきがけ》となることは、いわゆる稗史七法則（馬琴の歴史小説を創作する上での七つの方法）の一つである、襯染《しんせん》（物語の筋の展開の上であらかじめ仕込んでおくこと）の筆法を想起させる、馬琴の実に意図的な表現であると直観する。

『弓張月』は、同回をもって筋書きの上での結局を結ぶのであるが、ちなみにその最後の挿絵（図６）を見てみよう。

同図の白縫は、寧王女の屍をはなれてのち、必ず昇天したであろう様を示し、上空より棚引く祥雲に乗じ、夫為朝を迎えに降る様に描かれている。その姿形は、それ迄の琉球王朝の装束ではなく、薙刀《なぎなた》をかまえた巴御前様の姿である。ちなみに彼女をしたがえて立ち並ぶ源九郎為仲（為朝の弟で保元の合戦で討死にした）をはじめ、源家の武者たちの姿は、いずれも天狗の面《つら》に描かれており、ひと目で彼等が讃岐院の眷属《けんぞく》であることを示している。『弓張月』の口絵・挿絵を担当した北斎に、馬琴が細かく指示して描かせた図にちがいない。

『参考保元物語』によれば、為朝は十三歳の時、父の勘当を受けて豊後国に行き、尾張権守家遠を乳母とし、肥後国阿曾三郎忠国の婿になったとある。このわずかな伝記をもとに、馬琴は、為朝の妻となる白縫を構想したのである。

ところで、九州の肥前、筑後、肥後三国に沿う有明海（『弓張月』では「筑紫潟」）は、昔から「不知火《しらぬい》」の見える名所として有名である。馬琴はその「不知火」の音に通じるところから、まずは、筑紫の姫である白縫の名を着想したと思われるが、単にそれだけではなく、「不知火」の語義に深く関わる意味をもふまえて、その名を選んだのではないか。『弓張月』はもとより、随筆類において記紀の世界をとり込むことを好んだ馬琴が『日本書紀』（景行十八年の条）に記された、景行天皇と不知火にまつわる伝説について知らぬはずはあるまい。『書紀』によれば、景行天皇が肥の国を討伐した際、暗夜の筑紫の海上に、誰が燃すともわからぬ無数の火を見て、それをたよりに船をすすめたところ、ぶじに岸に着くことが出来たという。その火は「茲知、非人火」（茲《ここ》にしりぬ、人の火に非ずということを）とあり、「不知火」＝人の知らない火であると称えられた。

このように天皇を導いた沖の怪しい火「不知火」の故事と、さらに弟橘姫がわが身を海神にささげ、武尊を上総の地に到着させた故事をあわせて見るとき、為朝を嵐の海上から救い取り、天狗に命じて介抱させて波の上を十数日間漂わせて琉球へと運んだという不思議な力は、讃岐院の神慮がくだり、すでに霊的な存在となっていた白縫の祐《たす》けも加わっていたものと思われる。

次に取り上げる崇徳院の項で論じるが、白縫は、院がまだ志度の浦に幽閉されているとき、すでに院の荒御霊を拝しており、つとにデモーニッシュな力を授けられていたのである。そして、為朝を琉球にいざなったのちは、まさしく「陰《かげ》」となり「陽《ひなた》」となって為朝に連れ添う、玄妙不可思議な白縫王女となって、きわめて重要な役割をはたすことになる。

このような二女の「分身《ふんじん》一体」は、為朝の勝利を見たうえで天に帰る白縫の神霊《たましい》と、琉球国の平定を見たうえは国主の座を為朝に禅譲すべく、空蝉の殻を払って示寂する寧王女という、ひそかに二構築性の終わりを告げるものとなる。

なおここで、白縫がほかの女主人公達の中でひときわ高く神女としての最期の姿を描かれるのは、為朝にかわって琉球王となる舜天丸の母であった彼女が、すなわち王母になることによるのであろう。

いったい、なぜこれほど人間の霊魂の問題にこだわり続け、観念的な世界に分け入っていくのか、今の段階では、まだその謎の、ほんの糸口をたぐり寄せたに過ぎない。

第二章　御霊神崇徳院

後篇巻之四　第二十五回　挿絵

一　生きながらなす遊魂の変

第一章で白縫の奇譚をめぐって考察してきたが、それにとどまらず馬琴は『弓張月』において多様な魂魄の物語を執筆し、その鬼神の不思議な霊力をもって、為朝の運命を禍から福へと転じて行く契機とする。とりわけ、保元の戦いで、わが味方についた為朝に対する崇徳院の荒御霊《あらみたま》の加護は絶大なものであり、馬琴は、源家の氏神である八幡神をさしおき、まさしく崇徳院の神霊を為朝と正室白縫の守護神の登場に据えている。

その保元の乱の敗者崇徳院の御霊《ごりょう》の物語は、まず白縫が配所の御所から「潜出《しのびいで》」給う新院（崇徳院）と奇しくも対面することができる第十五回（「白縫潮《しほ》を志度《しど》に汲む／新院生《しょう》を魔界に攀《ひき》給ふ」）、そして為朝が白峯の御陵の前で、夢中に新院の竜顔《りゅうがん》を拝する第二十五回（「壮士人を知て割符を与ふ／八郎死を決して霊墳《れいふん》に詣《まうづ》」）、この二段の場が代表するものと言えよう。すでに後藤丹治氏の綿密な考証に見るとおり、馬琴が『参考保元物語』（以下『参考保元』）をまさに参考とし、この書の趣向・文辞を借りて執筆したことをよく示している二段である。

そもそも、保元の戦いにおける為朝の活躍を物語にするにあたり、諸々の系統のある『保元物語』の本の中から、馬琴が選んだ『参考保元』とは、どの様な性格の書であったのか、あらかじめふれておきたい。

後白河天皇の保元元年（一一五六）、天皇と崇徳院とのあいだに生じた皇位継承を争う対立にくわえて、摂関家藤原道長と忠通との家督争いが結びつき、京都に勃発した争乱を物語化した『保元物語』をめぐって、水戸の彰考館が流布本を底本とし、京師《けいし》本・杉原本・鎌倉本・半井《なからい》本・岡崎本の五異本を対校して異同を示し、さらに歴史事実にかかわる校異を示すなど、詳細な考証をくわえた貴重な内容をもつ書であり、元禄六年（一六九三）に刊行された。本来この書は、水戸藩の修史事業の一つとされるだけに、『保元物語』に歴史的書物としての性格を問う視座から編纂されている。したがって研究書としての性格が強いため、一般の読者にとっては、いささかとまどうむきがあると言えようが、馬琴の『弓張月』執筆にかけた熱意からすれば、唯一の歴史的記録に近い、しかも諸本に見る崇徳院の怨魂をめぐる物語の異同を一書の中に読み取れる、これ以上の参考書物はなかったものと思う。そして興味ある諸本の異同を自家薬籠中のものとし、自在に組み替え、あらためて『弓張月』崇徳院の荒御霊となる物語を執筆することになるのである。

なお、以下に『参考保元』を引用するさい、同書が本文（底本）とする流布本の該当箇所については、『参考保元』とのみ記し、上記の五異本の該所については、「○○本」と明記することを、ことわっておきたい。

崇徳院に味方した清和源氏の嫡統源為義を父とする為朝は、保元の戦いに挑んで超人的な活躍をはたすが、万全を備えた後白河天皇側の戦力を前にし、味方のむなしく敗退するに及んで、みずからも落武者となり最後は捕えられて伊豆の国に流される。こうして、流人となった為朝との再会を願う妻の白縫は、流浪して讃岐の千貫の郷《さと》にひそかな詫び住まいをする境遇となる。

その地で彼女は、気強く手なれぬ海人《あま》の仕事をまねて日々を過ごすが、心はたえず夫の身の上を思い、ときに船人や旅人が伝える噂話に耳をかたむけ、ついにある日、為朝が大嶋で無事に島民らに慕われて暮らすという風の便りを聴くことになる。しかし、大嶋への船便は浪風の年中の荒れから厳重に禁じられており、渡航が果たせないまま白縫はふと、直嶋《すぐしま》の配所に幽閉されている崇徳院について、次のような噂がささやかれるのを聞く。

長寛二年八月下旬《はづきすゑつかた》の事なりけん。浦人等《うらびとら》かいひもて伝《つたふ》るを聞《きく》に、「さても新院は、年来御立願《としごろごりうぐわん》の事おはしますと聞えしが、この七日ばかりは、夜なく〳〵直嶋《すぐしま》の磯方《いそべ》に潜出給《しのびいで》ひ、潮水《うしほ》に御姿をうつして、読経し給ふ。龍《りう》顔《がん》のいとおどろ〳〵しきを、面《まの》あたり見奉りしものもありとぞ。こは実語《まごと》やらん虚言《そらごと》やらん。いと痛《いたま》しきこと也かし」とさゝめきあふを、白縫つく〳〵とうち聞て、わが身久しくこの浦に住ながら、守《も》る人の隙《ひま》なければ、わが情由《ことのよし》をしらせ奉るよしもあらざりしに、もしこの事実語《まごと》ならば、玉体《ぎょくたい》に親《ちか》つきて、夫がうへをも聞え、わが誠忠《まこゝろ》の程をもしらせ奉るべしと思量《しあん》し、その夜の深《ふく》るをまちて、只ひとり直嶋《すぐしま》に潜《しの》びゆき、御所のほとりを徘徊して、彼此《おちこち》を尋《たづね》たてまつれば、御所よりは遥こなたなる浪うち際に、磯馴《そなれ》し松一樹ありて、彼処《かしこ》に人蔭《ひとかげ》してければ、是こそと思ひつゝ歩みよるに、新院は、樹下《このもと》よりさし出たる、巌石《いはほ》の上に結跏趺座《けつかふざ》し、さゝやかなる机に経を載せて、御まへに置給へり。（前篇巻六、上218）。

このあまりにやつれ果てた崇徳院の異様なまでの御姿を拝し、「悲しきかな十全の君として、かく薄命に在《おは》するは」と、白縫は思わず涙し、ひときわ声高くうち嘆く。崇徳院はこれに気づかれ、「汝《なんぢ》は誰《た》そ」と問いかけられる。涙をこらえて白縫は、「これは保元の戦《たゝかひ》に比類なき働《はたらき》して、君を輙《たやす》く落しまゐらせたる、為朝が妻白縫といへるもの也」とこたえ、落武者となってのちの為朝とわが身の上を詳しく奏上する僥倖を得ることになる。

白縫がこのように、崇徳院の御所の辺りを徘徊し、ひと目なりともその竜顔を拝したいと切望するまごころが新院に通じるという物語は、『参考保元』三巻（「新院御経沈附崩御事《しんいんおきょうしずめつけたしほうぎょのこと》」）に見る、かつて鳥羽院の北面の武士であった旅の僧蓮誉《れんよ》が、配所の崇徳院を案じて、その様子をたずねようとする物語を思わせる。とりわけ、『弓張月』第十五回における崇徳院が白縫の眼前で天狗道に入るさまを記すまでの物語は、『参考保元』の「新院御経沈附崩御事」全篇をふまえて執筆された物語そのものといってよかろう。

ちなみに、日本古典文学大系本『弓張月』の校訂者後藤丹治氏は、上掲の白縫が「御所のほとりを徘徊して」とある「徘徊」の語意を「あるきまわって」と頭注に記し、さらに次のような注釈を附記している。

> 以下白縫が上皇に謁する一段は趣向、文章ともに主として雨月の「白峯」により、太平記の巻三十四「吉野御廟神霊の事」を加味した（拙著「太平記の研究」参照）。また白縫が御所の辺を徘徊する趣向には、参考保元物語所引半井本にあらわれた蓮如の面影がある（蓮如のことは第二十五回にも引く）。（上218の頭注六）

右にふれるとおり、後藤氏は自著『太平記の研究』（後篇第二章「歴史的英雄の外伝」の第二節「椿説弓張月」の二）において、「「白峯」の成立まで」という一項をもうけられ、そこで特に『弓張月』の為朝が白峯に参詣する一段（第二十五回）を取り挙げ、その構成・文章語句が、いかに上田秋成の『雨月物語』の「白峯」に依拠し、共通する要素をもつものであるかを列挙している。

ついで氏は、馬琴が『参考保元』（「新院御経沈附崩御事」）や『太平記』（「宮方怨霊會《ミヤカタヲンリヤウクワイ》スル六本杉ニ」・「吉野御廟神霊事」）を参照して書いたとする部分についても言及しているが、そもそも『弓張月』の白峯の段は、馬琴が、上述の白縫と崇徳院の対面の段（第十五回）をふまえ、それとの連係によって執筆した話であり、したがって第十五回と第二十五回の物語をあわせて読むのでなければ、こうした比較は空虚であり、その結果は単に表層レベルでの問題を提起するにとどまるものと言って過言ではあるまい。

同じく『参考保元』や『太平記』によって執筆した秋成と馬琴であるが、詳しくはのちに記すように崇徳院の荒御霊、御霊神性のいかなるものかをとらえる二人の姿勢が明らかに異なっているのであり、私はむしろその視座において、二人の作家の描く崇徳院その人を対比させて見ることにいっそうの興味をおぼえる。この問題については後掲（本章─二「天狗となる崇徳院」）においてさらに論じてみたい。

さて、右の白縫と崇徳院の対面の段を精読するとき、馬琴が『参考保元』の世界さえも離れ、独自に院の御霊の物語を構想していることに気づくのである。それは崇徳院が白縫にむかい、保元の乱が骨肉の醜い争いであったこと、そしてそれをめぐる様々な苦しい胸の内を語り、あらためて平家一門への憎しみと討伐への執念を告白されたのちのことを記す、次の文脈のうちに読みとることができる。

新院御頭《おんつふり》をうちふり給ひ、「愚《おろか》なるかな。わが念願成就して命旦夕《いのちたんせき》に迫れるものを、何の遑《いとま》ありて東《あづま》へは赴《おもむ》くべき。されと汝《な》が誠忠《まこゝろ》のうれしきに、報《むく》ひせではあるべからず。つら〱おもふに汝分鏡《ぶんきやう》の契《ちぎり》うすくして、夫婦の縁《え》にし既《すで》に絶《たへ》たり。とても添果《そひはて》ん事かなふべうもあらねど、朕《わ》が霊《たま》夫婦が護神《まもりがみ》となりて、三年《みとせ》が程には、かならず為朝に逢《あは》すべし。今より白峯《しろみね》の奥なる、児嶽《ちごがたけ》に隠れて時を俟《まて》。なほ疑はゞ面《まの》あたり、験《しるし》見せてん」と仰《おふせ》もあへず、彼《かの》経机《きやうづくえ》を高く捧《さゝげ》て、衝《つ》と御身《おんみ》を起《おこ》し給ひ、且《しばら》く咒文《じゆもん》を唱《となへ》つゝ、夥《あまた》の御経《おんきやう》を海上《うみづら》へ、破落々々《はら〱》と擲《なげう》ち給へば、風颯《かぜさつ》とおろし来て、忽地逆《たちまちさか》まく浪のまに〱、潮水《うしほ》激《げき》して立のぼり、鯨《くじら》鯢の吹くに髣髴《さもに》たり。時に一道の黒気《こくき》、玉体を掩《おほ》ひ隠す程こそあれ、電《いなびかり》　晃《きらめ》きわたり、雲間《くものうち》にあやしの御姿《みすがた》、隠々《いん〱》として見えさせたまへば、今ははや天狗道にや入り給ひけん、と思ひ奉るに浅ましく、白縫はしばしそなたを俯《ふし》おがみ、夢路をたどる心持《こゝち》しつ、わが住む浦に帰りしが、果して新院は、次の日に崩《かく》れ給ひぬ。時に長寛二年八月廿六日、聖算《おんとし》四十六歳と聞えし。この秋までもなほ国司の守護《まもり》忽《ゆるかせ》ならざれば、かる〲しく潜出《しのびいで》させ給ふ事はかなはせ給はねど、こは年来執念《としごろしうねく》おはしませしゆゑに、御魂《おんたま》のみ幻《まぼろし》に顕れて、人にも見《まみ》え給ひしとぞ。（前編巻六、上223〜224）

『参考保元』の蓮誉は、厳しい警護のもとに幽閉される崇徳院との対面はかなわぬものの、心ある御所の者の手引きにより、ようやく歌一首、

朝倉や木丸殿に入りながら君にしられて帰る悲しさ

図７（上）・図８（下）　前篇巻之六　第十五回　挿絵

を叡覧に入れることが出来る。これを哀に思い院も御詠、

朝倉やたたいたつらにかへすにも釣りする海士の音をのみそなく

を返される。

そして蓮誉は「是を賜て、笈《おい》の底に納、泣々都へ上りけり」と記されて終わる短い話であるが、この蓮誉のうえにかさねて見ると、白縫が対面する崇徳院は、厳重な幽閉の身でありながら、不思議なことに直嶋の磯辺に潜出《しのびいで》られて、経机を前にしつつ、後白河天皇一統に対する、まさしく「冤《うらみ》」を海神《わたつみ》に訴えられている最中であり、その場の挿絵（図7）においても、すでに冤鬼となられたかのごとき、あさましき御姿に描かれている（画中の文にも「新院直嶋に冤《うらみ》を海神《わたづみ》に訴《うつた》ふ」とある）ことを特徴とする。亡霊として出現するのではなく、さりとて現身《うつしみ》ではない、まして生霊《いきりよう》と称するにもはばかられる様態、激しく燃やす執念から「御魂のみ幻に顕れて」、生きながらに「遊魂の変」を生じさせ、その玉体を白縫の眼前に現し、さながら天狗道にはいられたかと思われると記している。

儒教では人の死後、魂魄が天地に相離れた時点＝死後四十九日で鬼神となることが論じられてきたが、ときには人の執念深さから、生あるうちに肉体を離れた魂が不思議な現象を出来《しゆつたい》させるものとは、新井白石による、朱子の『語類』を出典とする説である。白石は、自著『鬼神論』（元集）において、人の臨終に魂気（心の魂）が魄気（身体の魂）を離れて天に起こり上がることを指し「遊魂変をなす」と唱え、その時に忽然と生じる様々な現象（光を発し、薫香が生じるなど）があることを挙げ、それを「鬼神の情状《じようちよう》」であると述べている。また「遊魂はウカレ行鬼ナリト也」（亨集）とも記している。

馬琴が精通していた白石の、このような「遊魂」説によって見れば、白縫が直嶋で、はからずも拝謁し、言葉さえかわすことの出来た御影は、まさに新院の魂魄の激しさから生じた遊魂の変による、「鬼神の情状」を発現した

御姿であったといってよいのではなかろうか。ちなみに、崇徳院が白縫の眼前で、咒文をとなえつつ、夥の経を海上に擲《なげう》ち、一道の黒気につつまれながらも、なお稲妻の閃光のうちに、怪しの御姿を陰々と見えさせ、「今ははや天狗道にや入り給ひけん」と白縫に思わせる場を描く挿絵（図8）を見ると、画面左下に「新院憤死《ふんし》して神《しん》《タマシイ》を魔界に投ず」と記されている。すなわち、上掲図7の「新院直嶋に冤を海神に訴ふ」という画文につなげて、これを読むならば、まさに新院は崩御されてのち、みずから冤魂《えんこん》となることを暗示しているものと思う。さらに図8の文中で「神《しん》《タマシイ》」の字を用いて「魂」を表わすあたりに、鬼神思想が隠微に示されていることも見過ごせないところである。右の二様の挿絵は、各見開き一丁分あり、それが本文二丁をへだてて連続性をもち、その文意をよく伝えるように配置されている。

なお『参考保元』に引く所の半井本では、崇徳院が励んだ写経を鳥羽か長谷のあたりに納めてほしいと、御室の関白をとおして後白河天皇に願いでるが、非情にも聞き入れられなかった話を次のように記し、まことにすさまじいまでの崇徳院の怨念から、ついには世にいう天狗のごとき様態となられたことを示している。

今ハ後生菩提ノ為ニ書タル御経ノ置所ヲタニモ許サレサランハ、後生マテノ敵コサンナレ、我願《ネガハク》ハ、五部大乗経ノ大善根ヲ悪道ニ抛テ、日本国大悪魔トナラント誓ハセ給ヒテ、御舌ノサキヲ噛《クヰ》切、其血ヲ以テ御経ノ奥ニ、此御誓状ヲソ遊ハシタル、其後ハ御グシモ剃ス御爪モ切セ給ハテ、生ナカラ天狗ノ御姿ニナラセ給フ、云云、（『参考保元』巻三）

馬琴は、こうした『参考保元』の崇徳院の物語をたくみにふまえ、執筆するのであるが、『弓張月』においては、現身《うつしみ》は御所に在りながら、「虚言《そらごと》」か「実言《まごと》」かは判らぬものの、すでに七夜にわたり、崇徳院が直嶋の磯辺に出御《しゅつぎょ》される姿を見た浦人もいるとし、とりわけ崩御前夜に白縫に対面を許すという怪異を出来させるところに注目した

図９　後篇巻之四　第二十五回　挿絵

い。しかも、白縫は崇徳院が雲間に消える怪しい御姿を見て「しばしそなたを俯おがみ、夢路をたどる心地」で帰途につくとあり、この段の崇徳院と白縫の物語を、馬琴はただの夢物語として終わらせていない。

他方、為朝が崇徳院の、白峯の墓所に詣でる後日の物語では、新院とそれにしたがう為朝の父為義をはじめ眷属《けんぞく》の亡霊たちが出現し、軍議の庭を開くのを目のあたりにするが、「為朝こゝに候」と声をかけることもせず、また誰ひとり為朝の存在に気づく者もなく、やがて彼らが一団の猛火となって、金光を発《はなち》つつ、児が嶽の方へ飛び去るのを見る。

これや此《この》天狗道の苦艱《くげん》かと、見しは南柯《なんか》の一夢《いちむ》にて、為朝は、嚮《さき》に短刀を抜《ぬき》かけたる儘《まゝ》、石の玉垣《たまがき》にもたれ、われにもあらで坐《おは》せしが、やゝ覚《さめ》て歎息し、折しも雲間を啼《なき》て過《すぐ》る、初雁《はつかり》が音《ね》をうち仰ば、月はいつしか雲かくれて、雨蕭々《そぼ〳〵》と降出《ふりいで》たり。さては夢にてありけるか。君と父と、夢中《むちう》に霊をあらはして、後事《こうじ》を示し、自害をとゞめ給ふにこそ。（後篇巻四、上354）

このように馬琴は、たびたび「夢」という言葉をもちい、まさにその場が、為朝の夢中の情景にすぎなかったことを強調している。ただし挿絵（図9）においては、児が嶽の彼方から棚引く叢雲《むらくも》のうちに、武者四五十騎の前駆するうしろから、天狗の一団がかつぐ崇徳院の腰輿《ようよ》が見えるあたりに、

讃岐院の陵《みささぎ》に為朝君父の霊を認《し》る

との文言を添えており、為朝の南柯の夢とはいえ、それがただの夢の出来事なのではなく、覚めてのちは、崇徳院のまことに荒御霊、御霊神となられたことを認めることができる霊夢であることを読者に知らせるための文を画中に書きそえたものにちがいない。

それに先がけて白縫は、遊魂の変による出御とはいえ、存生の日の崇徳院の龍顔を拝するという僥倖に恵まれる。この一点において馬琴は、『参考保元』に見る上述の蓮誉の話や、さらに西行法師が白峯の墓所をたずね、夢でもなく現《うつつ》でもない状態で、崇徳院の御霊が歌一首を吟する声を聴くという話の域をこえた、独自な新院の冤鬼の物語を創意工夫したと言えるのではなかろうか。直嶋の磯辺に七夜にわたり出御する崇徳院の姿を見かけたという、浦人等の噂にあがる頃から、新院には鬼《き》・魄《はく》なるもの、すなわち肉体の消滅がきざし、さらに白縫の眼前から去る時には、神《しん》・魂《たましい》のみが、すでに天に起こりあがって行く状態にはいっていたことを思わせる。

馬琴の鬼神論からすれば、死後四十九日を過ぎぬうち（魂魄の散ぜざる間）にこそ、人は死後も冤鬼となって人の眼に見えることがあり、まさに鬼神の「情状」をも知ることができるのであるが、のちに御霊神・荒御霊となることが約束されている崇徳院の魂気は、死の直前から魄気との遊離を発現させていたと馬琴は想定していたに違いない。そのうえで、白縫の眼前に鬼神の情状としての御姿を見せるという怪異な物語を執筆したものと思われる。

ちなみに後藤氏は、『弓張月』の解説において、馬琴の書いた白峯の段（第二十五回）について、右の志度の浦の

段（第十五回）を加味することなく、その一場が崇徳院の亡霊を描いて、秋成のように読者にいささかも怖ろしさを感じさせないばかりか、むしろその点においてはなはだ興味をそがれる筆致であることを、厳しく評している。

確かに白峯の墓所で為朝が霊夢のうちに、崇徳院をはじめ父為義らが出現する様を見る段は、『参考保元』に見る西行の白峯参詣の話を背景に、『太平記』の「宮方ノ怨霊六本杉ニ会スル事」の構成・文辞を根底に置いて書いたと見られ、それだけに馬琴のオリジナルなものを感じさせない一場と批判されるのはやむを得まい。

しかし上述のごとく、第十五回において「遊魂の変」による崇徳院の御姿が白縫の眼前に現れ言葉さえ交わすという怪異な場を、馬琴はすでに執筆しており、第二十五回でさらにその種の趣向をこらし、新奇な物語とする必要をとくに感じていなかったのではあるまいか。そして馬琴にとっての白峯の場は、いずれかと言えば為朝に自殺を思いとどまらせるための守護神としての崇徳院の存在を印象づける、絶好の一場として創意工夫されたものと見られる。

二　天狗となる崇徳院

『弓張月』拾遺篇が上梓された文化七年（一八一〇）の翌年に上梓された随筆『烹雑《にまぜ》の記』（中之巻）において、馬琴は天狗に関する、かなりまとまった次のような考証文「天狗《あまつとゝね》」を執筆している。

抑《そも〳〵》天狗と名《なづく》るもの、和漢一ならず。星なり、夜叉《やしや》飛天《ひてん》なり、山神《やまのかみ》なり、獣《けだもの》なり、山魅《こだま》也、冤鬼《ゑんき》なり、但《たゞし》当今《いま》、和俗のをさ〳〵天狗と唱《となふ》るものは、なほ天魔《てんま》といふがごとし。しかるにその説《とく》ところを聞けば、善に福《さいはひ》し、悪に禍《わざはひ》す。魔羅波旬《まらはじゆん》（釈迦の時、魔王の名なり。翻訳名義集考べし。）と同じからず。しからばこれ何物ぞ。姑《しばらく》置て論ずる事なかれ。いさゝか旧記を参考して、もて世の童子等に暁《さと》らしむ。

右の書き出しではじまる馬琴の天狗についての考証は、例によってその故実、由来などを神儒仏三教の世界から広く収集する。

第一証は『史記』「天官書」を引き「天狗状《ハカタチ》如《シ》㆓大奔星《タイホンセイノ》㆒」とする説、第二証は地蔵経を引き「夜叉天狗（夜叉飛天）」とする説、第三証は「山海経」を引き「山の神」とする説、第四証は『広西通志』を引き「唐山《もろこし》の山魅《こだま》」のなかに日本で言う天狗の形状《かたち》に似たものがあるとする説、そして第五証は『保元物語』と『太平記』を参照して作文したうえで、まさしく馬琴による独自な説を展開する。すなわち次の条がそれであるが、第一証より第四証までの論証が経典・漢籍から引くところの見解であるのに対し、第五証は日本の文学世界によるものであることに注目したい。

第五証、保元物語、及《また》太平記に、所謂《いわゆる》天狗は冤鬼《ゑんき》《ユウレイ》なり。保元物語巻三に、この君崇徳天皇。怨念によりて、生きながら天狗の姿にならせ給ひける云々。同書同巻に、又云、人の夢に、讃岐院を輿《こし》に乗《のし》奉り、為義判官子供相具《あひぐ》し先陣仕り、平馬助忠正《へいまのすけたゞまさ》後陣《ごじん》にて法住寺殿《ほふぢうじ》へ渡御《とぎよ》あるに、西の門より入《いれ》奉らんとするに、為義申けるは、門々《もんく》をば不動明王大威徳の固《かため》給ひて入りがたしと申せば、さらば清盛が許へ入れ進《まゐ》らせよと仰せければ、西八条へなし奉るに云々《しかく》。こゝには天狗といふよしはなけれど、前の文と併見るべし。又太平記、巻廿五、貞和の比、往来の禅僧、夕立の雨を仁和寺の六本杉の下《もと》に避《さけ》て怪異を見たる段に、夜痛く深《ふけ》て、月清明たるを見れば、愛宕の山、比叡の嶽《たけ》の方《かた》より、四方輿《しほうこし》に乗けるもの、虚空に集《あつまつ》て、此六本杉を指《さし》てぞ並居《なみゐ》たる云々《しかじか》。座中の人々を見れば、上座に、先帝後醍醐。の御外戚《ごぐわいせき》峯の僧正春雅《しゆんが》、香染《かうそめ》の衣《ころも》に袈裟《けさ》かけて、眼《まなこ》は如《ク》㆓日月《ノ》㆒光《ひか》りわたり、嘴《くちばし》長くして鳶《とび》の如くなるが、水晶の数珠《ずず》爪繰《つまぐ》りて坐《ざし》給へり。……皆古《いにしへ》見奉りし形《かたち》にて有ながら、眼《まなこ》の光常に替《かはつ》て、左右の脇より、長翅生出《ながきつばさおひいで》たり。

往来の僧、これを見て、怪しや我は天狗道に落ぬるか、将《はた》天狗の我眼《わがまなこ》に遮《さへぎ》る歟《か》と、肝心《きもたましひ》も身にそはで、目もはなたず守り居たる程に、又空中より五緒《いつゝを》の車の鮮《あざやか》なるに乗て来る客あり。搨《しゞ》を踏《ふみ》て下《くだ》るを見れば兵部卿親王のいまだ法体《ほったい》にて御座ありし御貌《おんかたち》なり。先に座して待《まち》奉る天狗共皆席を去《さつ》て蹲踞《そんこ》す云々《しかぐ》。この両説は、人の死後、怨念によりて天狗となりたるよしをいへり。

このように馬琴は『保元物語』と『太平記』の物語をいささか潤色して記し、「天狗は冤鬼なり」と唱える自説を立てるための論証とする。ちなみに、右に引くところが原文では、どのように書かれているものか、その該当箇所を順次見てみよう。

まず『参考保元』（巻三）では、次の（イ）と（ロ）の条がそれに該当する。

（イ）　角テ八年オハシマシテ、長寛二年八月六日御歳四十六ニテ、志渡ト云所ニテ隠サセ給ヒケルヲ、白峯ト云所ニテ烟ニナシ奉ル、此君怨念ニ依《ヨリ》テ、生ナカラ天狗ノ姿ニナラセ給ヒケルカ、其故ニヤ中二年有テ、平治元年、云云、此乱ハ讃岐院イマタ御在世間ニ、マノアタリ御怨念ノ致ス処ト人申ケリ、……

（ロ）　誠ニ幾程ナクテ、清盛公物狂敷成給フ、是讃岐院ノ御霊也トテ、宥《ナタメ》進ラセン為ニ、昔御合戦有シ、大炊御門カ末ノ御所ノ跡ニ社ヲ造テ、崇徳院トイハヒ奉リ、……

馬琴は（イ）において、崇徳院の生きながら天狗の姿となったことが記されている以上、（ロ）において特に天狗ということわりがなくても、清盛を物狂おしくさせたほどの怨念という言葉と結びつけ、崇徳院の死後は、「怨念によりて天狗となりたるよしをいへり」と読み解くことができるというのである。

さらに『太平記』（巻二十五）における当該箇所について見ると、馬琴がほぼ原文通りに引く右のくだりに続いて、次のような興味深い物語が続く。

暫 有《シバラクアツ》テ坊官カト覚シキ者一人、銀ノ銚子《テウシ》ニ金ノ盃《サカヅキ》ヲ取副《トリソヘ》テ御酌ニ立《タチ》タリ。大塔宮《オホタフノミヤ》御盃ヲ召《メサ》レテ、左右ニ屹《キツ》ト礼有《アツ》テ、三度聞召《キコシメシ》テ閣《サシオカ》セ給ヘバ、峯《ノ》僧正以下《イゲ》ノ人人次第ニ飲流《ノミナガ》シテ、サシモ興《キヨウ》アル気色《ケシキ》モナシ。良遥《ヤヤハルカ》ニ有《アツ》テ、同時ニワット喚《ヲメ》ク声シケルガ、手ヲ挙《アゲ》テ足ヲ引《ヒキ》カ、メ、頭《カシラ》ヨリ黒烟燃出《クロケブリモエイデ》テ、悶絶躃地《モンゼツビヤクヂ》スル事半時許有《バカリアツ》テ、皆火ニ入ル夏ノ虫ノ如クニテ、燋《コガ》レ死ニコソ死《シニニ》ケレ。穴《アナ》恐シヤ、是ナメリ、天狗道ノ苦患《クゲン》ニ、熱鉄《ネッテツ》ノマロカシヲ日ニ三度呑《ノム》ナル事ハト思《オモヒ》テ見《ミ》居タレバ、二時許有《フタトキバカリアツ》テ、皆生出《イキイデ》給ヘリ。爰ニ峯《ミネノ》僧正春雅《シュンガ》苦シ気ナル息ヲツイテ、「サテモ此《コノ》世《ノ》中ヲ如何《イカガ》シテ又騒動セサスベキ。」ト宣《ノタマ》ヘバ、……

往来にいた僧は、仁和寺の六本杉の上空に集まって座す僧正春雅をはじめ、南北朝の戦いで後醍醐帝の側に味方した僧たちが、大塔宮の盃を受けたのち、一時《いっとき》を経ると突如として、大喚声をあげ、頭より黒烟《くろけむり》を燃えださせ、全身でもがき苦しむと気絶し、ついに焼死するというすさまじい彼らの有様を見る。僧はこれが、熱鉄の塊《かたまり》を日に三度呑むという、まさに天狗道の苦しみかと怖ろしく思って見ていると、二時《ふたとき》ばかりで不思議なことに、皆生き返り、もとの姿にもどるのであった。そして峯の僧正は、こののちはいかにして世上を攪乱するかと発言する。

馬琴は、『太平記』に書かれた、かくまで激しい怨みの情念を焔《ほむら》のごとく発現させる南朝側の僧たちの天狗道に苦しむありさまと、『保元物語』の崇徳院の怨念が平清盛を物狂いに死なせるほどのすさまじものであったという、二つの物語をあわせて、「人の死後怨念によりて天狗となりたる」と言う説の論証とし、さらに怨魂を冤鬼にまで飛躍させてとらえ、「天 狗《あまつと、ね》」第五証の冒頭に示す。「天狗は冤鬼なり」とする自説に帰納させているのである。

馬琴の鬼神論によれば、怨魂と冤鬼の差異は決して微妙なものではなく、かなりはっきりとしており「天狗は冤鬼」と唱える時、すでに鬼神論の世界に天狗をとらえていると言って過言ではあるまい。ここに冤鬼とおなじく、天狗も人が死ぬ時の魂魄の激しさから、遊魂変をなし鬼神の情状を顕す、奇しきものとしてとらえる、馬琴にとってのまさに天狗の真骨頂が考えられるのではあるまいか。

上掲の「天狗《あまつとゝね》」において馬琴は、世につたわる天狗についての様々な考証のうちから、どれか一説に傾倒し、「天狗は如何々《しかじか》の物なり」などと唱えては、かえって天狗の真実から遠ざかることになると、その誤りを警鐘している。そして『保元物語』や『太平記』の物語の世界に見た天狗の奇しき性《さが》をもって、わが心情のうちなる天狗とし、『弓張月』における崇徳院の天狗の性を描いたものと思う。

さて『弓張月』拾遺篇の巻末に載せられた「椿説弓張月拾遺篇附言」（内題「金毘羅《こんぴら》名号《みやうごう》并《ならびに》安井《やすゐの》金毘羅《こんぴら》之事《のこと》」、以下「拾遺篇附言」と略す）には、讃岐の象頭山に祭られる金毘羅の神とその神社に合祀されるという崇徳院の霊神《あらみたま》（「拾遺篇附言」で馬琴は荒御霊に「霊神」の文字を用いる）をめぐる、実に意味深長な考証文が見られる。

曲亭子、案を拊《ぶ》し、硯《けん》を浄《きよ》め、更に記して云《いはく》、讃岐国鵜足郡《うたるこふり》に霊山あり、象頭山《ざうづさん》と号《なづく》。山の勢《かたち》おのづから象の頭《かうべ》に似たり。祭神一座《まつるかみいちざ》、これを金毘羅大権現と称ふ。按ずるに、和漢三才図会に云《いはく》、「金毘羅権現は、鵜足郡《うたるこふり》にあり。祭神《まつるかみ》いまだ詳《つまびらか》ならず。或《あるひ》はいふ三輪《みわ》大明神《だいみやうじん》、又いふ素盞烏尊《そさのをのみこと》なり。云云《しかぐ》。」この説頗《すこぶる》悞《あやま》れり。夫《それ》金毘羅は異域《いいき》の善神《ぜんじん》、仏法守護の明王《みやうわう》なり。今象頭山の別当《べつたう》を、金光院《こんくわういん》と号す。社家雑《まじは》れり。開基の年月詳《つまびらか》ならず。世俗 崇徳院天皇《しゆとくいんのてんわう》を配 祀《あはしまつる》といふ。これらの弁は下《しも》に云はん。（拾遺篇附言、下254）

右の条は「拾遺篇附言」の導入部分であるが、馬琴はそこでまず『三才図会』（巻七十九「讃岐」の項）に記された金毘羅神についての考証記事、すなわち「祭神一座《まつるかみいちざ》」を特定しえないとする寺嶋良安の説を否定し、金毘羅はもと異域・インドの善神、仏法を守護する明王であること、そして世俗に、「崇徳院天皇《しゆとくいんのてんわう》」の御霊が象頭山の金毘羅宮に合祀されていると言うことを説く。

上述の『烹雑の記』の天狗についての考証がそうであったように、馬琴はここでも、その結論から示し、以下に続く条で讃州覚城院南月堂三等の撰による『金毘羅霊験記』（馬琴は『金毘羅名号考』と記すが、正確な書名ではあるまい）を第一の参考書物とする、金毘羅神についての考証文を延々と記すのである。

○不空三蔵所翻《ふくうさんぞうしよほん》の、金毘羅天童子経《こんひらてんどうじきやう》ニ曰《いはく》、「仏歓喜園中《ほとけくわんきゑんちう》に在《ゐま》して、諸衆生《もろ〳〵のしゆぜう》の為、説法し給へり。是時外道《このときげどう》波旬《はじゆん》、諸悪障《もろ〳〵のあくせう》を起して、諸衆生《もろ〳〵のしゆぜう》をして、大苦悩を受《うけ》しむ。尓時如来《そのときによらい》、密《ひそか》に自身を化《け》して、金毘羅童子と作《なり》て、外道諸魔《げどうしよま》を調伏《ちやうふく》し、悪世《あくせい》の中《うち》に於《おいて》、衆生を饒益《にようゑき》し給へり。」已上、見つべし、諸経文《もろ〳〵のきやうもん》に載《の》するところ、金毘羅は、仏法守護の大善神、或《あるひ》は釈尊分身《しやくそんふんじん》の自在明王《じざいみやうわう》たり。既に六万八千の薬叉衆《やしやしゆ》あり。薬叉天狗、亦等類《またとうるい》、地蔵経に所見あり。寺嶋が和漢三才図会に、「象頭山《ざうづさん》の天狗を、金毘羅坊と名《なづ》く。霊験多し。崇《たゝ》る所も亦甚厳《またはなはだげん》なり」といへり。此《こゝ》に天狗と唱《となふ》るものは、所謂《いはゆる》金毘羅王所領《しよれう》の、大薬叉《だいやしや》なるべし。○亦《また》金毘羅翻名《ほんみやう》本地《ほんち》の弁に云《いはく》、「大宝積経《たいほうしやくきやう》に、金毘羅天といへり。又金毘羅神王、金毘羅世羅《せら》といへり。大般若経には、迦毘羅神《きやひらしん》と説《とき》、薬師経には、倶毘羅神《ぐひらじん》と説《とき》、大日経に倶鞞羅《ぐへいら》と説《とけ》り。皆梵語《ぼんご》の転声《てんしよう》也。天台妙文句《てんだいみやうもんく》に鞞羅《へいら》といふ、蓋旧訳《けだしきうやく》の畧《りやく》ならん。金毘羅は、此《こゝ》に翻《ほん》して威如王《いにようわう》といふ。言《いふこゝろ》は、この神の威勢通力《いせいつうりき》、譬《たとひ》ば世間の王者、其邦内《そのほうない》に於《おいて》、能自在《よくじざい》を得たるが如し。故に以《もつて》これに名つく。其本迹《ほんしやく》を論ずるに、大宝積経《だいほうしやくきやう》に由《よる》ときは、本地《ほんち》釈迦如来なること明《あきら》けし。又増一阿含経及興起行経等《ぞういつあごんきやうまたきやうきぎやうきやうとう》に由《よる》ときは、本地《ほんち》不動明王なりといはんも亦宣也《またむべなり》。然れども、其実《そのじつ》を約《やく》するときは、同一法身《どういつほうしん》なる故に、釈迦は、即《すなはち》不動、不動は即《すなはち》釈迦にして、不二即離《ふじそくり》不謬《あやまたず》。又旧説に曰《いはく》、本地に顕密二仏《げんみつにぶつ》あり。八幡宮、天満宮の類《たぐひ》あり。なほ深旨《しんし》あり」といへり。

此《これ》に由《より》てこれを観れば、象頭山《ぞうづさん》に祭る所、三輪明神《みわみやうじん》、素盞雄尊《すさのをのみこと》にあらざることしるべし。唯世俗崇徳院《たゞせぞくしゆとくいん》を以《もつて》金毘羅とす。その事絶《たえ》て考《かんがふ》る所なしといへども、天皇《てんわう》は讃州志度《さんしうしど》にて崩御《ほうぎよ》ならせ給ふに、その比《ころ》この君の神霊《みたま》の崇《たゝ》らせ給ふとして、世間騒擾《よのなかさわがし》かりしかば、追号《ついごう》をまゐらし、洛《みやこ》のほとりにさへ、御霊《ごれう》を鎮《しづ》め祀《まつ》り給ひ

にければ、象頭山の金毘羅に配祀《あはしまつ》れりといはんも、故なきにあらず。（拾遺篇附言、下255〜256）

以上の説はすべて、馬琴が『金毘羅霊験記』を参照し、作文するところであるが、すなわち、玄奘三蔵の漢訳経典「金毘羅童子威徳経」（馬琴は『金毘羅天童子記』と記す）によれば、大日如来がひそかに金毘羅天童子に化現したという説、あるいは「大宝積経・金毘羅天受記品」によれば、釈迦如来を本地とする分身《ふんじん》であるとする説、さらに「増一阿含経」等によるときは、金毘羅は不動明王を本地とするが、そもそも釈迦と不動は分身一体であるという三説によって、金毘羅は、もと異域・インドの本地垂迹神（大日如来、釈迦如来が衆生を救うために仮にこの世に神となって現われる＝垂迹する神）であり、わが日本にも仏法を守護するために迹《あと》を垂れた大善神であることを唱えている。

ところで馬琴が右の文中に、顕教・密教において唱える本地仏の各々に異なることを記すところがある。恐らく、金毘羅の本地を大日如来、釈迦如来、そして釈迦と分身一体の不動明王であるとする考証の一環と見られるが、続けて「八幡宮、天満宮の類《たぐひ》あり、なほ深旨《しんし》あり」と読者の注意を喚起するかに記しているのは、いかなる意味があるのであろう。

八幡宮は本地を仏・菩薩とする権神《ごんしん》（高位の神）を祭る神社であり、天満宮は本来、菅家の霊、日本の御霊神を祭る神社であるが、本地物の先蹤とされる『琉球神道記』によれば、十一面観音を本地とする権神を祭る神社でもある。したがって神仏習合の視座からすれば、八幡神《やはたのかみ》と菅原道真の御霊は同格神ということになろう。

しかし馬琴は、そのように菅家の霊を本地垂迹説（本地＝仏・菩薩が衆生をすくうために、垂迹＝神などの仮の姿をとることを説く）により、天満大自在天と称号し、八幡神と同位の権神とする説には、必ずしも賛同していないのではあるまいか。

それは後年の『玄同放言』（巻二「第廿八人事」）の「祭《ル》二父祖讐《ノヲ》一禍福」（父祖の讐《あだ》を祭る禍福）おいて、馬琴が菅家の御霊神性について次のように記すところにも、読み取れることと思う。

非《シテ》二其鬼《ニ》一祭《ルハ》レ之《ヲ》諂《ヘツラヘル》也。為政。といふ聖教《ひじりのをしえ》は、自他《われひと》総角《あげまき》のころより、をさ〳〵記誦《きじゆ》することなれども、釈教《ほとけのをしえ》を伝へたる、今にしていかゞはせん、右大臣顕忠《あきたゞ》公、毎夜《よごと》に天神を拝《おがみ》たてまつり玉ひしは菅家の祟《たゝり》を憚り給ふなるべし、されば天神とのみいへば、菅家のおん事に限るにあらねど、当時朝野《ノ》、共に菅家の冤《ゑん》をいふもの多かり、顕忠公その故なうして、天神を祭り給へるにはあらず、……

馬琴はそこで、聖教（孔子『論語』）の教えによれば「自分の先祖でもない鬼（神）に祈ることは、鬼神に対するただのへつらいである」と述べているが、仏教のもとにある今の我々はどうすればよいのであろうかと言うことわりをしたうえで、藤原時平の子顕忠公にしてもなぜ天神（この場合は菅家の御霊を指すもの）に対し誠の心から祈ったのかを説くために、とくに道真の霊を挙げて、それをいったん、みずからの鬼神思想・魂魄論のうちにとらえ、つまり儒教や仏教の魂魄論にとらわれず、その鬼神の顕れを、すなわち日本古来の天神の霊力と捉えてみせ、そのうえで時平の子孫が道真の霊に祈ることの意味を説くものと思う。

ちなみに同じ箇所において馬琴が、世俗に道真公を天子の御子とする説のあることを完全に否定しており（注）、そもそも天皇であった崇徳院の御霊に対し、道真の霊を同位に扱えないことを暗に示しているといえよう。したがって、馬琴にとって菅家の霊を祭る天満宮は、八幡宮のごとく権神（高位の神）を祭る神社ではないと言うことになるのである。道真の本地を十一面観音とする仏説や、あるいは天子の御子とする俗説のあることを除けば、菅家は儒家から左大臣の高位に昇った者とはいえ、臣下の身であり、権・実の神に分けて見るならば、本来は実の神（明神層の神・蛇や猿など動物の神のような低位の神）と位置づけされてしかるべきであろう。ただし馬琴は特に明神という低い神に見るのでもなく、ただ日本の習俗の神、天神としてとらえているものと思う。

なお『参考保元』巻一（「後白河院御即位事」）に見る岡崎本によれば、崇徳院の父である鳥羽上皇は、堀河院の后が身籠ったとき、后の母なる尼が賀茂神社の明神に男子を祈請し誕生した申し子であったという。

そして後段（「鳥羽院熊野御参詣并御託宣事」）の本文には、その鳥羽院が久寿二年（一一五五）の冬の頃、熊野に参詣し、不思議な童子が宝殿から現われ、奇瑞《きずい》を示すのを見て熊野権現を勧請するようにと、山中に並ぶもののないすぐれた巫を召し出し、それを命じる話が見られる。

すなわち、古老の山伏達が読誦する般若妙典と、その巫が五体を地に投げ肝胆砕けるばかりに祈請することにより、ついに熊野の神の降り給うところとなるが、権現は「右手ヲ指揚テ、打返シ打返シ」する動作を示され、今後、世の中が手の裏を返すごとく乱れること、明年秋頃には法皇がかならず崩御されることを託宣する。

これを聞かれた法皇をはじめ供奉《ぐぶ》の人々は皆涙を流して、御延命の方法はないものかをたずねたが、権現は「定業アレハ力及ハス」と託宣するのみで、あがられる。法皇は以後、祈祷・治療をも断たれて翌年七月に崩御されたという。

このように『参考保元』における鳥羽法皇は、皇統を継ぐ生まれながらにして神位の身＝現人神《あらひとがみ》であるはずが、加茂明神の申し子として、仮にこの世に生まれ、三熱の苦しみを経てのち、熊野の神の引接《いんじょう》によって、成神成仏されたことを示している。馬琴が『参考保元』のなかに、上述のごとくまさに本地物の形式による天皇の物語があることに注目したことは、容易に察せられるところであり、恐らくその視座から、崇徳院が金毘羅神に合祀される権神となったことを想定し、それをもって「拾遺篇附言」の考証文を熱心につづったのではあるまいか。そしてそこで「本地に顕密二仏あり、八幡宮、天満宮の類あり」と述べて、密教（仏教の中でとくに祈禱を重視し、そのための呪文や儀式を整備している）・顕教（密教に対し、言語によってあきらかに説き示された仏教の教え）二教の説く本地仏に異説のあることを指摘し、ついで八幡宮と天満宮の祭神についても異説があり、権実二類あることを言う記述により、馬琴は崇徳院の神としての本性を仏法守護の大善神金毘羅と見る心があったのではと忖度する。

ところで馬琴が『弓張月』で描いた崇徳院の御霊神性は、ただにその神霊の徳をたたえるだけのものではなく、むしろ馬琴の内心に息づく、おおいに祟る神としての怪力乱神性を顕在化させることにも、きわめて熱心なことに注目したい。

上田秋成は『雨月物語』の「白峯」で、崇徳院が、西行法師の詠じた歌の心に感応され、

御面《みおもて》も和《やは》らぎ、陰火《ゐんくは》もやゝうすく消《きえ》ゆくほどに、つひに龍体《みかたち》もかきけちたるごとく見えずなれば、……

と、さしもの荒御霊を鎮められて静かに消え去るくだりを描いている。

さて秋成がこのときの西行に詠ませたのは、

よしや君昔の玉の床《とこ》とてもかからんのちは何にかはせん
殺利《せつり》も須陀《しゆだ》もかはらぬものを

という歌である。

『参考保元』における西行の白峯で詠じる歌「ヨシヤ君昔ノ玉ノ床トテモカ、ランノチハ何ニカハセン」の下に秋成は、『沙石集』八、高岳親王の御歌「イフナラクナラクノ底ニ入リヌレバ殺利モ首陀モカハラザリケリ」、この歌や、『保元物語』の記事を用いて、「殺利も須陀もかはらぬものを」と言う句をつけ「以前は立派な御座におられたとしても、無差別の死にあった今は、それが何となろうか。ただ成仏を祈るのみだ」という、ことさら仏教的な意味をくわえているのである。

これに対し、馬琴の描いた崇徳院は白縫の眼のあたりで天地を雷鳴させ「雲間にあやしの御姿」を陰々として見え隠れさせ、やがて天狗となり御阿礼《みあれ》することを予見させている。

読者の好むところはそれぞれであろうが、早くに『参考保元』をもとに崇徳院の御霊を巡る物語を執筆した秋成（秋成は西行の諸国巡りの旅立ちの日を仁安三年［一一六八］秋と記し、さらに「白峯」全体の構成から見て、『参考保元』［引く所の京師本・杉原本］に拠るところ大と見られる）と同じくその世界に依拠した馬琴の姿勢は全くことなり、まさに天地相去るごとき異次元の物語へ我々を誘うことになる。

「縦鳥ノ頭ノ白クナル共、帰京ノ期ヲ知ス、定テ望郷ノ鬼トソナランスラン」（巻三）、或いは「此君怨念ニ依テ、生ナカラ天狗ノ姿ニナラセ給ヒケルカ」（巻三、引く所半井本）とまで記されるほどの、崇徳院のこの世での苦しみを、そもそも現人神《あらひとがみ》が人間界で受ける苦楽の相の顕れの一つととらえるならば、秋成による西行法師のごとく、早くに成仏せよと念じる祈りの詞は、馬琴にとって不要ということになろう。

しかしいつまでも院が天狗道に苦吟されるのではなく、後に因位《いんい》（まだ修行中で、成仏していない菩薩などのような地位）の権神の境に入られたと考えたと思われる。

はたして『弓張月』の大団円に真近い第六十七回では、福禄寿仙が為朝に教えを示すなかに「崇徳院の神霊、白旗の上に出現し、軍威を祐《たすけ》給ひし也。その神徳又思ふべし」（下413）とあり、さらに為朝の昇天を描く条には、

「……帰国の準備《ようゐ》は舟車《しうしや》に及ばず。讃岐院のおん迎《むかひ》はや近づきぬ。」と告《つげ》もあへぬに、紫雲靉靆《しうんあいたい》として、東のかたより天引《たなびき》つゝ、（下417）、……為朝は欣然と立むかひ給ふ程こそあれ、忽地《たちまち》雲にかき乗せられ、……（下418）

とあって、『参考保元』の鳥羽法皇のように、崇徳院・讃岐院自身が成神成仏する様が読み取れる。そして第六十八回の大団円においても、

かくはこの比《ころ》都鄙《とひ》良賤《りやうせん》の夜話《よはなし》するに、崇徳院の神霊、為朝の神通《じんつう》、善に福《さひはひ》し、悪に禍し給ふことのみ、いひ罵《のゝし》りけり。（下429）

と見える。

上述のとおり、私は馬琴が鬼神論や本地垂迹説をもとにし、宗教的にも文化的にも実に自在な、およそ独自な崇徳院の御霊神性を造型したと読み解くものである。

なお、馬琴と本地垂迹の思想については、『里見八犬伝の世界』の「馬琴と本地物」（八―四）において、これまでの馬琴研究に見られない本格的な論が展開されており、その中に袋中《たいちゅう》の書『琉球神道記』をめぐる考察も開示されていることを記しておきたい。

（注）　馬琴は『玄同放言』（巻二「第廿八人事」）で、白石が『読史余論』壱上に「菅家は是善《これよし》の子なりといへり、一説に天子のおん子なりといへり、しからば仁明のおん子にや、仁明は諱《いみな》は道康《みちやす》、公の諱《いみな》を、道真《みちざね》といへばなり」と注するのに対し、「しかれども是より前後に、至尊のおん諱《いみな》を、避《さけ》ざるも稀《レ》にはあり、且《ツ》父祖の片名《かたな》をつぐ事は、此おん時より後なればおぼつかなし、吉備《きび》公の外に例《ためし》もなく、儒家より出て、大臣に上《のぼ》り給ひしかば、さる説などもいで来たるにや、またく証文なき事なり」と、道真が天皇の子であったとする説に反論している。

三　天皇の流罪と人道の大変

『弓張月』において馬琴が、みずからの鬼神思想をはじめ、本地垂迹の思想をもとにして用い、原拠である『参考保元』の世界を越えたと見える独自の崇徳院の物語を創意工夫し、執筆したことについては、すでに本章をとおして記すところである。しかし『弓張月』の「拾遺篇附言」の後段には、さらに崇徳院の御霊信仰そのものを主題とする次のような記述が見られる。

○同書（『東鏡』）巻《けん》之五、文治元年乙巳《きのとみ》、九月の條にいはく、「四日甲申《きのえさる》、云云《しかぐ》、崇徳院《しゆとくいん》の御霊《ごれう》、殊《こと》に崇奉《あがめたてまつ》らるべきよしの事等《ことゝう》京都に申さる。是朝家《これみかど》の宝祚《ほうそ》を添奉《そえたてまつる》べきの旨二品頼朝《にほん》の御存念《ごぞんねん》、甚深之故也《はなはだふかきかゆゑなり》。」これらの文に由《よる》ときは、当時朝家《みかど》はさらなり。武家に於て、亦崇徳院御霊《またしゆとくいんのごれう》を崇信《そうしん》し奉ること浅からず。……或《ある》は醍醐院の、菅家の霊を怕《おそ》れ給ひたる、或は頼朝卿が、安徳天皇の霊を怕《おそ》れ奉りたる、……皆年を同《おなじく》して論ずべし。夫《それ》乱世の世に鬼神《きしん》顕《あらは》る冤魂下《ゑんこんしも》に鬱《うつ》するときは、祟《たゝり》あらずといふことなし。匹夫匹婦《ひつふひつふ》もそのこゝろざしを奪ふべからず。況《まい》て人君《じんくん》、冤《ゑん》を含《ふくみ》て辺境に遷《うつ》さる、是《これ》人道の大変なり。こゝにおいて鬼神《きじん》顕《あらは》れ、遂に大《おほひ》に祟《たゝり》あり。人はじめてこれを暁《さと》る、亦遅からずや。曾子《そうし》の曰《いはく》、「これを慎《つゝし》めや。これを慎めや。汝に出《いで》て汝に返るものなり」とは、抑《そもく》これをいふ欤《か》。されば屈原《くつげん》汨羅《へきら》に投《しづみ》て、楚国《そこく》に不祥《ふせう》多く、菅家宰府《さいふ》に薨《こう》じて、雷雨宮闕《らいうきうけつ》に迫《せま》れり善人忠臣不幸にして、世の苛政《かせい》にあへるすら、天これを痛《いたむ》こと深し。後人《こうじん》なほ思はず、冤《ゑん》を人主《じんしゆ》に致せり。悲しいかな。（拾遺篇附言、下261～262）

本来、「拾遺篇附言」は、上述のとおり（本章―二）崇徳院の御霊について、金毘羅の神位に分身一体の神であるととらえるために書かれた考証文であるが、右の文脈は馬琴が、その主題を離れて、崇徳院や菅家のごとき日本の御霊神に対し、人はいかなる倫理観をもって祈るべきかを説くところである。

まず、「夫《それ》乱世の世に鬼神顕る」以下の文脈に見る「鬼神」と言う言葉に、崇徳院のみならず菅家の「御霊」のことをもかさねて読むことができることに気づく。すなわち、崇徳院は保元の乱を起こすが、その志を奪われた敗者である。それゆえに、かつて天皇という人君のきわみに立たれた方であるにもかかわらず、まさに冤《うらみ》を含んで辺境に遷《うつ》されたのであるから、その鬼神が大なる祟りを世にもたらす霊神《あらみたま》、大冤鬼《だいえんき》となって出現するのは当然の成行きである。

そこに怨み死をした人の魂魄が冤鬼となって顕れるという馬琴の好む鬼神解釈が介在していることはいうまでもあるまい。そのうえで馬琴は、崇徳院の流刑など絶対にあってはならぬ事態、尭舜《ぎょうしゅん》（古代中国の伝説にいわれる、理想的な徳をもつ二人の帝王）の教えに背く不善の行為であると、そのような非道を完全に否定する心情を明確にし、後白河天皇とその一門こそが「人道の大変」を犯した大罪ありと文外に非難の声を上げて、矛先を向けているかにうつる。

そして馬琴は菅家の霊についても、まったく同様の立場からの考えを示しており、菅家が大宰府に死去して、雷雨が宮中にはげしく迫ったといわれるが、これとても菅家のごとき善人忠臣が苛酷な政治の犠牲となったことへの痛みにかわって、天が発現させた異変であり、後人《こうじん》（菅家の時代から後世の崇徳院に仇なす人々［後白河天皇とその一門派］）が、その天の怒りに気づかず、冤《うらみ》の思いを院のような人主にまで与えたりしたのは、悲しむべき不幸なことであると断じている。

すなわち右に馬琴が説く所は、天皇であった崇徳院の霊神《あらみたま》も、臣下であった菅原道真の霊も、鬼神論からすれば同じ魂魄の顕れであるという見識を示すことであり、それだからこそ乱政の世に冤鬼は顕れやすく、そのいわゆる祟りが、冤魂そのものの顕れによるのではなく、天がかわってくだす処罰であると説くことにある。馬琴がここで「天」と記すのは、儒教的な天ではなく、神仏と言う意味であろう。易姓革命論によれば、きわめて奇妙な論となる右の馬琴の説は、天は崇徳院の流罪の悲劇を憎んで、本来天が選んだはずの覇者である平家一門に対し、応報するという図式になる。

このように朱子学説に対して、人倫の道を天道に先立てる馬琴の倫理観は、まさに伊藤仁斎の「蓋《けだ》し天地の道、人に存し、人の道は考弟忠信より切なるはなし」（『論語古義』一）と唱える「天人合一」の人道の教えを思わせる。馬琴は随筆「造化《ぞうか》の功《いさお》」（注）（『燕石雑志』巻五下）において、「聖人が人（道）を天（道）に同一視しないのであるから、人は自らの知によって善悪を判断し、人情を失わずに人道に尽くせばよい」と言う意の、すなわち天の理よりも人倫の道に立って問う仁斎の性学説に従った、人間の「性」についての論を示している。

この「造化の功」によって見れば、右の附言で馬琴が、崇徳院のみならず菅家のこうむった悲劇に同情する人々を人情ある側に立つ者と捉え、乱政の世に顕れると記す鬼神についても、やはり人情論のうちに捉え、冤鬼といえども、善をよみする応護の力があり、それを敬い、御霊（神）在すが如く祈ることこそが大切と暗に述べていることがよくわかる。

（注）『燕石雑志』（全五巻六冊。文化八年刊）巻五下に所載の「造化の功」は、朱子学の鬼神論にとって絶対の理論とされる「理気二元論」に相対する仁斎学の解釈が潜む点において、馬琴の鬼神論と深く結びつく記述と思われる。仁斎は「楽記」（『礼記』十九篇）に見る「人生れて静なるは天の性なり。物に感じて動くは性の欲なり」以下の章句を注疏し、「性は生なり」と捉え、孔子も朱子が言うような「本然の性」、すなわち自然界を支配する絶対的な「理」が人間の「性」をも支配するなどと言うことは問題にしていないと主張する（『語孟字義』性一）。従って「楽記」の「物に感じて動く」性の欲とは、「人情」であると言い、人の生（質）は教えによって養い、自然と正しい方向へ向かわせることができるものと説く。馬琴は、このような仁斎による性学説を下敷きにして、物事《ものごと》に感じて動くのは、「生

の欲」（仁斎と同じく性を生と記す）であり、その物事に応じる「神《たましひ》」とは「知」の働きによるものと捉え、ゆえに生ずる人間の「好憎《こうぞう》」を「情」であると肯定する文辞を記す。ただし人欲（人情）を肯首するためには、「人欲の私」を取り去り、性善を失うことのないように警鐘しており、「造化の功」において馬琴が仁斎学の血脈を引く人道主義を尊ぶ姿勢を示していることは明らかと見える（「楽記」では、人欲の進むところは好悪の生ずるゆえんとあり、朱子は本然の静かなる性が動いて発する欲は悪と唱え、情を否定している）。

第三章　『弓張月』における道教世界

前篇巻之一　口絵　虬陽寧王女

一　為朝と神仙の鶴

日本の御霊神を代表する崇徳院の荒御霊に対し、為朝の運命をあやつる、いま一人の神仙が登場し、為朝と彼の眷属に重要な転機をもたらす、いわば応護神として活躍する。しかしこの神仙は日本の仙人ではなく、あらかじめふれるならば、為朝にとっての司命《しめい》（人の運命を幸福にみちびく寿星）の神として馬琴が道教の世界から招来した福神であり、『参考保元』による為朝伝奇物語の舞台に迎えるには、いささか奇妙な神仙といわざるをえない。

前篇巻一で、豊後国木綿山《ゆふやま》に山狩りをする為朝は、一羽の老いた鶴が足に着けられた鎖を松の枝に絡めて、飛べずにいるのを見つける。為朝の従者八町礫《はっちょうつぶての》紀平治《きへいじ》は、手練の礫《つぶて》でたちまち鶴を打ち落とそうとするが為朝は彼を制し、その日山中で雷に打たれて死んだ、為朝の乳母の息子須藤九郎重季の供養にと鶴の放生会《ほうじょうえ》を思い立ち、一矢でみごとにからまる鎖を射切ってやるが、すでに深く傷つき弱っていた鶴は、放たれても飛ぶことができず、そこで為朝は、鶴の足に結ばれた鎖に一片の金《こがね》の牌《ふだ》が着けられているのを見つける。

その牌には「康平六年（一〇六三）三月甲酉《きのえとり》源朝臣義家放焉《はなつ》」と彫られており、すなわち、前九年の役（平安末期、陸奥の豪族の反乱を源義家らが平定した戦い）で、源氏が東国に勢力を築く礎《いしずえ》となった源頼家の子八幡太郎義家が、戦死者の追善のために放生した「夥《あまた》の鶴」の中の一羽であったことを認める。為朝は「曾祖父義家の神霊、われを導きてこの鶴を、救はせ給ふものなるか」と、その奇遇をよろこび、鶴をたいせつに抱いて館へもどると、笳《かご》に入れ手厚く養ったのである。こうした奇縁から、為朝が飼育をはじめたその鶴は、やがて為朝を幸いに導く次のような霊力を顕す。

八郎冠者為朝は、重季山雄《しげすゑやまを》を喪ひて（山雄は為朝が飼っていた狼であるが、上述の山狩りの折、主人為朝をうわばみの害から守る為に犠牲となる。重季は為朝の身替り同然に落雷死する）より、こゝろ鬱々とたのしみ給はず。来しかたゆく末の事など思ひつゞけて、春の夜の短きも、寝覚がちなる夢の中《うち》に、一人の女子《をなご》、白綾《しらあや》の袿《うちぎ》に、おなじいろの袴《はかま》着て、紅《くれなゐ》なる一枝の花を頭挿《かざし》したるが、端然として枕辺に立在《たゝずみ》ていふやう「近曽《ちかごろ》君が養ひを得て、吾身恙《つゝが》なかりつるうれしさに、いま告まゐらすべき事の侍る也。君明日わらはを将《い》て、肥後に赴き、阿蘇の宮のほとりにて、わらはを放《はなち》給はゞ、かならず艶《あてやか》にして且《かつ》賢き妻を娶り、よろしき後楯を得給ふ事あるべし。吾身彼処《かしこ》にて別《わか》れまゐらするといへども、久しからずして、南海の果にて見《まみ》えまゐらすべきにこそ。」といふとおもへば夢さめ給へり。つら〳〵このことを考給ふに、近曽養ひを得て、その身恙なかりつるといひしより、彼女子が模様を思ふに、わが得たる鶴既に神《しん》に通じ、われに吉祥《よきさが》を告るよと思《おぼ》しければ、聊《いさゝか》も疑はず。……（前編巻二、上102〜103）

春の夜の夢中に現れた鶴の化身が告げることを、為朝は真《まこと》と信じて翌朝目覚めると、すぐにその不思議な夢の話を、主人《あるじ》の権守季遠《ごんのかみすえとお》（為朝は十三歳の時、信西入道から激しい憎しみをこうむり、それを案じた父の配慮で勘当の身となり、九州に下っていた。季遠はその時の豊後国での養父にあたる）につたえると、鶴を笯に入れたまま次の日主人から借りた下男二人に担がせ、肥後国へと旅立ったのである。為朝が鶴の夢告にしたがい、まさに阿蘇山のほとりにある文殊院《もんじゆいん》という古刹にさしかかった時、寺の門柱に、

文殊院塔上の猴《さる》を射落したらんものは、最愛の女児《むすめ》白縫《しらぬひ》をもて妻《め》あはすべし。久寿元年三月日、阿曽三郎忠国

と書かれた貼紙のあるのを見つける。それは、肥後国阿蘇の国主三郎忠国の愛娘白縫の、日頃めでて飼い慣らしていた猿が、腰元の若葉に執拗に淫《たはむ》れかけたという、畜生にあるまじき不埒《ふらち》をしかけたことに発端する触書《ふれがき》であった。

そもそも白縫が腹立ちにまかせ、長押《なげし》の長刀をかまえ猿を打ち殺そうとしたために、驚いて猿は脱走し、さらにその夜半、ふたたび館に潜びこむと、宿寝《とのこもり》する若葉を無残にも噛み殺してしまったのである。白縫による一部始終の報告に父忠国も激怒しただちに腕に覚えのある郎党を呼び集めるが、猿は並の弓矢ではとうてい及ばぬ高み、文殊院のそびえ立つ塔上の宝珠に登りつめてしまった。忠国は「この畜生我を恥《はづかしむ》る事かくの如し。もし立地《たちどころ》に打殺して、醢《しゝびしほ》となすにあらずは、ふたゝび館《たち》へ帰らじ」と息巻くが、その命に応じて役立つほどの郎党は一人も無く、やむなく右のような触れ書きを出す次第となったのである。

偶然、通りがかってそれを見つけた為朝は、「是《これ》わが夢の告《つげ》に妍《かほよ》き妻を娶る事あらんと聞えしは、この事なるべし」と感得し、たちどころに猿を射殺すべく強弓を引きかける。だが、寺の住持は「彼《かの》塔には、勅封の仏舎利を納《おさめ》たるに、これに対《むか》ひて弓を引《ひか》んは、朝敵仏敵に斉《ひと》しかるべし」と、寺内での殺生を制止する。

為朝が、ひそかに望みを失いかけたその時、笳の鶴のにわかな羽ばたきと、しきりに外へ飛び立とうとするそぶりをすることに気づき、ようやくこの鶴が、夢で「阿蘇の宮のほとりにて、放てよといひしはけふの事にて、彼みづからなす事あるべし」と推量し、鶴を放すことにする。鶴は虚空遥かに舞い上がり、人々の視界から消えるが、ふたたび飛んでくるとどこから啄《ついば》んできたのか、猿の眼に砂をふりかけ、これにあわてて逃げようとする猿を、すかさず嘴で激しく突きころしてしまう。こうして源家の御曹司為朝は、曾祖父の八幡太郎が放生した鶴の導きによって、阿曾三郡の領主の娘で、女ながらも智勇に優れ、しかも見目麗しき白縫姫と結ばれるという最良の吉事を得る。さらにこの鶴は、夢のなかで為朝に後日の別れと再会を約束したとおり「南海の果」なる地を目ざして飛び去り、琉球王女寧王女《ねいわんによ》の侘び住まいの庭に降り立つと、奇しくも為朝と再会する日をそこに待つことになる。

為朝が白縫をめとり一年が過ぎ、次第に九州を統一すべく戦いをくりかえしていた頃、いつまでも為朝の優れた武勇を憎み怖れる京《みやこ》の信西入道は、噂に聞く為朝がさる日に得たという、黄金の牌《ふだ》を脚につけてすでに百歳を生きるめでたい鶴を、鳥羽上皇に献上せよと為朝の父為義に命じる。為義は、為朝がもはやその鶴を手元に飼っていないことを知って、上皇にその旨を伝えるが、上皇は「為朝は近曾宰府《ちかごろさいふ》にありて武威を逞《たくましう》すと聞《きけ》り。鶴を放せしと申は偽《いつはり》にて、惜《をしみ》みてまゐらせぬなるべし」と、ただならぬ不快を示され、こののち百日以内に鶴を捜し求めて来るよう約束させる。驚いた為義は、嫡男の義朝をとおして陰陽師阿陪易詵《あべのやすなり》の卜筮《ぼくぜい》に占わせたところ、その鶴は琉球国に渡っているという。それを伝え聞いた為朝は第一回目の琉球渡りを決行するのである。そして為朝が琉球まで鶴を追うことにより、寧王女との運命的な出会いが生じる。

ところで上述の文殊院境内で、為朝の鶴が悪猿を退治し国主忠国を感嘆せしめる場で、馬琴が次のように記す文辞に注目したい。

……、忠国　掌《たなそこ》を拍《なら》していふやう、「はじめ彼《かの》鶴が、いづ地ともなく飛《とび》ゆきしは、この砂を銜《ついばみ》来て、猴《さる》の眼つぶしにせんが為なり。飛禽《ひきん》〇トリといへども事に臨《のぞみ》て、よく剛敵を拉《とりひし》ぐ。その智ははかりしるべからず。嗚呼《あゝ》奇なるかな」と嘆賞し、更に為朝に対《むかひ》て礼儀《いや》を正《たゞし》くし、「そも御身はいかなる人なれば、輙《たやす》くわが仇《あた》を亡《ほろぼ》し給ひたる。もし仙境の客《まれびと》ならずは、必ず名ある武士《もの丶ふ》ならん。今日の事いと不思議に候」といへば、……（前編巻二、上113）

馬琴はここで「もし仙境の客《まれびと》ならずは」と問いかける忠国の科白を借りて、その鶴が八幡太郎の神霊が通じる神鳥であると同時に、そのような不思議な霊力を顕す鶴を連れて旅する為朝も、あるいは神仙の化現ではないかと暗示する。

他方、為朝が琉球まで捜しに出掛けて連れ帰った鶴を、ようやく鳥羽上皇に献上すると、ときに上皇は皇子である近衛天皇の病が重いことに心憂いており、「むかし義家が居多《あまた》の冤魂追福《べんこんついふく》の為にとて放《はなち》たるものを朕《わ》が畜《かは》んもよしなし」と思いかえし、みずからも鶴を放生してしまうのである。

久寿二年（一一五五）七月に近衛天皇は崩御し、翌三年四月に保元と改元がある。そして、鳥羽上皇・美福門院の画策によって、あらたに崇徳上皇の弟後白河院が即位されたことから、わが第一皇子こそを天皇にと強く望んでいた崇徳上皇側の確執はいっそう激しいものとなり、世にいう保元の戦いの幕が切って落とされた。為朝は兄達と共に父為義に従い崇徳上皇側の味方につくが、この内乱は鳥羽上皇の勝利に終わるところとなり、敗者となった為朝が捕縛され、ひとり伊豆大嶋の地に遠流となることは、『保元物語』などの史記によって歴史的によく知られる話である。

『弓張月』の為朝は、流人として大嶋に着くと、まず嶋の代官《あづかり》三郎太夫忠重によって人里離れた山かげの苫屋に侘び住いをさせられる。そこで、為朝と鶴が三度目の邂逅をとげる左のごとき局面が展開する。

原来《もとより》この嶋は、去年《こぞ》の冬さへ暖《あたゝか》にて、雪の降こともなかりし程に、春は殊《こと》さら住よくあれど葦鹿《あじか》鳴く、浦の苫屋に風をいたみ、岩うつ浪に夢をやぶられ、寝覚わびしき暁に、鶴の鳴声聞えしかば、為朝枕を欹《そばたて》給ひて、「奇なるかなこの嶋に、獣《けもの》は牛馬猫鼠《きうばねこねずみ》の外はなく、鳥は鴈鴨《がんかも》、さては尋常《よのつね》なる小鳥やうのもののみぞ、渡り来ると思ひしに、今鳴ものは鶴にやあらんか、かゝる鳥も又稀には、渡るにこそ」とひとりごち、やがて起出て見給ふに、果たして一隻《いちは》の鶴、飄々然《ひやうくぜん》として飛来《とびきた》り、ほとりちかう下《おり》たつとき、物の響あるにこゝろつきて、眼をとめて纉《みそなは》するに、足に着《つけ》たる黄金牌《こかねのふだ》なりければ泫然《げんぜん》として懐旧に堪給はず「是なんさきつ年、われ琉球国より得てかへり、鳥羽上皇に献《たてまつ》りしを、又放させ給ひしと聞たるが、われに往返する事既に三たびに及び、今又こゝに来れるは、かならずふかき故あらん」とひとりごち、搔よせつゝ彼牌《かのふだ》を見給へば、牌の背《うら》に墨くろく、

眠《みん》柳《りう》閑《かん》花《くわ》遶《めぐる》二水《すい》亭《ていを》一　仙《せん》禽《きん》再《ふたゝび》去《さりて》還《かへる》二東《とう》溟《めいに》一

逢《あふて》レ春《はるに》便覚《すなはちおぼう》孤《こ》霞迴《かのはるかなることを》　清《せい》影《えい》何時《いづれのときか》照二我《てらさんわが》庭《ていを》一

と写《しる》せしかば、うちかへして読をはり、しばし尋思《しあん》して宣《のたま》ふやう、「親兄弟《はらから》はいふもさら也。妻子眷属《けんぞく》みな死亡《しにう》せて、今は為朝をおもはんもの、世にはあらじとおぼえしに、こは何人の筆ならん。よしその人は誰にもあれ、かへしせん」とて、彼牌に水を沃《そゝぎ》かけ、袖もて楚《しか》と印《おし》給へば、文字は左《ひだり》施に見えながら、衣《きぬ》の上にぞうつりける。やがて禿《ちび》たる筆をとり出《いで》、又この牌に、

いにしへのためしも思ひいづの海にことゝふ鳥の跡を見るかな

と書《かい》つけ給へば、鶴は忽地飛揚《たちまちまひあが》り、往方《ゆくへ》もしらずなりにけり。（前編巻六、上208〜209）

為朝は鶴が運んできたその詩句《からうた》をながめて、現在の彼の境遇を案じてくれる曾祖父八幡殿の神霊が授けてくれたものであろうと感得し、思わず、その筆跡をなつかしむように返歌を認める。その漢詩は、一見して閑雅な情景描写にたくし、為朝の未来を明るく予言する慰めの詩と感じられるが、馬琴がそこで実に意味深長な表現を用いていることに注目したい。それは、それまで八幡殿にゆかりの鶴とのみ唱えてきた為朝の鶴を、突然「仙禽《せんきん》」と称し、上述の為朝を指して「仙境の客《まれびと》」ではないかと訝かった阿曾忠国の科白を効かせ、それに呼応させていることである。つまり、八幡太郎が放生した鶴の一羽のうちに、そもそも神仙の鶴が混在していたのかと言う謎を秘したまま、しかしどこかそれを予感させるおもむきを添えた、その詩の真の意味を作者が為朝に悟らせるのは、遥かにのちの物語となる残篇巻一の第五十七回のことになる。

さてそれから、数年に及ぶ伊豆大嶋での紆余曲折をへて、為朝ははからずも再び琉球に渡ることになるが、そこで、そのときの愚昧な尚寧王《しようねいおう》が佞臣利勇《ねいしんりゆう》に欺かれていることに気づかず、王の第二夫人である廉夫人《れんふじん》とその姫である寧王女《ねいわんによ》を虐《しいた》げ、ましてや国民を苦しめる乱れた政事をおこなっているところに遭遇する。他方、国王を諫め、

国乱を紊そうとする忠臣毛国鼎《もうこくてい》がおり、彼はあくまでも寧王女が正嫡の王女であることを進言するあまり、ついに非業の死を遂げることになる。そして、王女と廉夫人も逆臣によって殺される運命をたどるが、上述のとおり王女は死の直後、その遺体に為朝の正室白縫の遊魂を飛び込ませるという怪異現象を出来《しゅったい》させ、白縫の魂を宿す寧王女として甦ると、さらに為朝との不思議な再会をはたすのである。

王女はその日を限りに、琉球の衣装を脱ぎ、為朝が妻の像見《かたみ》とたずさえていた大和衣《やまときぬ》に着替えると、その名も寧の字を捨て「白縫王女《しらぬいわんにょ》」と改めた。そして、王女の面影をとどめる白縫を王女と見上げる嶋人《しまびと》（琉球属嶋の民）らと心を一つにし為朝を主人として、逆賊利勇を操る真の敵対者である、朦雲国師《もううんこくし》という怪奇な道士と戦闘する物語がそれより始まるのである。

ところで、この朦雲は大団円近くなって、琉球太古の毒悪な「巨虬《おほみづち》」の怨霊（琉球始祖の天孫氏に滅ぼされたことを怨んでいる）の化身であり、人間ではないことが明かされる。すなわち、はかりしれない幻術を振るう妖怪であり、さすがに智勇共に優れた為朝といえども苦闘をしいられ、ついに山南省島袋に敗退する（第五十六回）。

さてここから、前にふれた残篇巻一、第五十七回の物語が次のように展開するのである。

まず、朦雲につきしたがう兵達が、島袋からさらに「具志頭《くしかみ》の東なる松山の磯」まで逃走する為朝夫婦を追いかけ、夫婦はかさなる危窮に直面するが、そのとき突然、佳奇呂麻《かけろま》の長林《おさりん》太夫が現れ、彼等を独木船《まるきふね》にたすけ上げると船足早く佳奇呂麻へ向かう。林太夫の手漕ぎ船が二、三里進むうち、風向きの逆であることに気づいた為朝は、明日の順風を待つよう提案する。林太夫は近くに見える無人島の巴麻嶋《はましま》を目指してそのかたに漕ぎ寄せると、一夜の仮寝をすべく島の磯に船を乗り着けるところから、上述（第二回の物語）の為朝と鶴の牌《ふだ》に記された詩句の問題がふたたび浮上するのである。そして、次のような新たな局面を迎える。

元来《もとより》船には斎《もたら》したる、糧《かて》も水もあり。人住む嶋にあらずといへば、岸にのぼるも益なしとて、主従三人、楫《かじ》を枕にして、長き夜すがらあかし給へば、舷《ふなばた》を洗ふ浪の音のみ凄《すさま》じくて、睡《ねふ》らんとするにいも寝られず。ややくに苫《とま》を漏《も》る、星の光りも薄くなりて、しら波の隙《ひま》よりあけゆく随《まゝ》に、嶋山のかたに、笛の音幽《かすか》に聞えにけり。為朝枕を欹《そばだて》て、こゝは人なき嶋なりといふに、物の音のするはこゝろ得がたし、あれはいかに、と訝《いぶかり》給へば、林《りん》太夫も耳を側《そばたて》、しばしこれをうち聞て、「思ひあはする事こそ候へ。今より六七年《むとせなゝとせ》むかし、何処《いづこ》ともしり候はねど、仙人の在《をは》するとて、をさ〳〵人のいふ事候ひし。件《くだん》の仙人、天《そら》よく晴たる日は、鶴に駕《の》り、雲に坐し、三十六の嶋々を、めぐり給ふとなん。もしこの嶋が彼仙《かのひじり》の、すませ給ふ処にやあらんずらん。さらずはかゝる無人嶋《むにんしま》に、翫水遊山《くわんすいゆさん》するものゝ、あるべうも覚《おぼえ》候はず。」といふ。為朝これを聞て、亦王女《またわんによ》にむかひ、「いかに思ひ給ふやらん。瀛洲蓬莱《えいじうほうらい》は、仙人の集会《つどふ》ところ也とて、ふるく物にもしるしたり。しからばかゝる孤島なりとも、仙境ならずといひがたし。もし値遇《ちぐ》する事もあらば、朦雲を撃破《うちやぶ》る、たつきともなりぬべし。いざ訪《とは》ばや」と宣《のたま》へば、「わらはもしか思ひ侍り。倶し給へ」ともろともに、潮水《うしほ》にて漱《くちそゝ》ぎ、鮮血《ちしほ》に塗《まみ》れたる、上の衣《きぬ》を脱捨て、心ばかりは祓禊《みそぎ》しつ。」（残篇巻一、下283～284）

為朝夫婦が、たがいに助けながら岸に這い登り、くだんの笛の音にひかれて歩き出すと、そのあたりは、「桃源郷に至りしもかくや」と覚えるほどの佳境で、やがて彼等の眼の前に、横笛を吹きつつ三歳駒ほどの大きな白鹿に乗る童子が現れる。為朝夫婦は、この童子が世にいわれる「仙童《やまわらは》」かと推察し話しかけようとするが、逆に仙童の方から、

「来つるものは、為朝夫婦ならずや。きのふわが師の宣《のたま》はせしことあり。「翌《あす》なん大里《おほさと》の按司《あんず》、八郎為朝（白縫王女と再会して後、為朝は朦雲を討つために仮に利勇に従う事にしたので、山南省大里の按司＝領主の地位を与えら

れており、このように呼称している）、その妻白縫王女を将《い》て、詣来《まうく》ることあるべし。汝わが為にいへ。為朝ふた、び残兵を聚《あつめ》て、曚雲を撃滅《うちほろぼ》さんとならば、直《たゞ》に姑巴嶋《こはしま》へ推渡《おしわた》りて、その人を索《たづね》よ。こよなき翼《たすけ》を得つべし。しかはあれど、今茲《ことし》は為朝四十三歳、しかも絶命遊年《ぜつめいゆうねん》に当《あた》れり。その星は計都《けいと》にして、無空所在巽《むくうしよざいたつみ》の隅《すみ》にあり。いまだ寇《あた》を撃《うつ》べからず。明年《みやうねん》の春の季《すゑ》に至て、事を謀らは大吉なり。按司功成り名遂るの後、われ必《かならず》ゆきて相見《あいまみ》ゆべし。今より六年《むとせ》を経たらんには、八重山《やへやま》の辺《ほとり》に俟《まつ》べし、と聞えしらせよ。」と宣《のたま》ひき。かくてわが師は鶴にうち乗りて、東海へ赴き給ひしは、きのふの亭午《まひるなか》にこそ。さればわが師はこの嶋にましまさず。按司はやく旧《もと》の船にかへりて、姑巴嶋へ渡りたまへ」（残篇巻一、下285〜286）

と、たちどころに為朝の運命を占う、驚くべき予言を伝える。ここでいわれる為朝の「絶命遊年《ぜつめいゆうねん》」とは、「九曜《くよう》の当年星《とうねんせい》」というものによる星占いであり、詳しくは後述（本章―五「曚雲の正体」）のとおり、人の死期を言いあてている。そして、童子の師であるその預言者は、先の林太夫の話にも符合する鶴に乗り空を飛行する神仙であることをも明かすのであった。為朝夫婦は、一体どのような神仙が自分達の運命をこれほど案じてくれるのであろうか、せめてその道号（出家者の法名とは別の称号）なりとも教えて欲しいと仙童にたずねるが、「わが師の事は、忽卒《あからさま》にいひがたし。これを見ばおのづから、暁《さと》る事あるべし」と答えて、一枝の桃の花を手渡すのである。それは、香気《こうき》馥郁《ふくいく》とした花が八英《やふさ》あり、よく見ると短冊一枚をつけていた。為朝がうやうやしくその短冊を眺めると、左文字に印字されているが、確かに為朝自身の筆跡による歌一首「いにしへの、ためしも、思ひいづの海に、こととふ鳥の、跡を見るかな」であることを知って愕然とする。かつて伊豆大嶋に流されていた為朝が、その当時は、ただ八幡太郎義家が放生した鶴の一羽とのみ思っていた、その鶴につけて返した自作の歌である。為朝は、その歌と鶴のかかわりの一部始終を、まだ何も知らぬ白縫王女に次のように語り聞かせるのであった。

この鶴はその已前《いぜん》、古院《こいん》の仰《おふせ》によりて、為朝潜《ひそか》にこの国へ索《たづね》来て、王女《わんによ》（寧王女生存の時の王女を指す）に玉と換たるもの也。しかるに彼《かの》鶴は、鳥羽院《とばのいん》にて放生《ほうぜう》行《おこなは》れたり、と聞えしに、蒼海原《あをうなばら》を凌《しの》ぎ来て、為朝が謫居《てききよ》を訪《と》ふこと、鳥すらこゝろあるに似たり。加之《しかのみならず》彼金《かのこがね》の牌《ふだ》の裏に、

眠《みん》柳《りう》閑《かん》花《くわ》遶《めぐる》二水《すい》亭《ていを》一　仙《せん》禽《きん》再《ふたゝび》去《さつて》還《かへる》二東《とう》溟《めいに》一
逢《あふて》レ春《はるに》便覚《すなはちおぼふ》孤《こ》霞迥《かのはるかなることを》　清《せい》影《えい》何時《いづれのときか》照《てらさん》二我《わが》庭《ていを》一

と詩句《からうた》をさえ写《しる》したり。ぬしを誰とはしらねども、故ありぬべく思ふ随《まゝ》に、牌に水を沃《そゝ》ぎかけて、文字をは袖へうつしとり、われも又、禿筆《ちびふで》を染てその牌へ、件《くだん》の和歌を書つけしに、鶴は再び空中に翔《まひ》のぼり、雲を凌ぎて飛去りぬ。今に至て廿余年、疑ひたえて解ざりしに、はからず粤《こゝ》にわが筆の、迹を見るこそ奇特《きどく》なれ。是彼《これかれ》思ひあはするに、鶴はその比《ころ》より、この嶋に往来したる歟。鶴の異名を「仙客《せんかく》」と唱へ、又「仙人の驥《うま》」なりといへば九皐《きうこう》に鳴き、天外に逍遥し、かゝる孤嶋にあらん事、そのよしなしといふべからず。この短冊も白やかにて、さながら鶴の君《きみ》しらず羽《ば》に似たり。」（残篇巻一、下287〜288）

すなわち、昔日、為朝が伊豆大嶋で受け取った一片の牌に記した歌の文字と、現在、琉球巴麻嶋で拝受した短冊の歌の左文字が、まさしく契合《けいごう》することをもって、馬琴は、八幡殿の放生した鶴のうちの一羽が実は神仙がもともと飼っていた鶴であったことの証しとする。そして、伊豆に流されていた時代の為朝の孤独を慰めてくれた、なつかしい詩句《からうた》の作者が南海の果なる琉球の小嶋に隠棲する神仙であったことをも、あわせて読者に示唆している。つまり、馬琴は『弓張月』第二回を執筆する時点において、鶴が源家との縁をもつ以上に、異国の神仙に帰属する性格を強く持ち、為朝にとって「こよなき翼《たすけ》」となる使者をつとめる仙客となることを構想していたにちがいない。

為朝自身は、右の場（第五十七回）で、自分の運命を占星術で占う神仙が道教の真を修めた真仙《ひじり》であると、はじめ

て悟るのであるが。

それは、同時に我々読者が『弓張月』の冒頭部分（第二回）から、為朝の運命の曲折にかかわり現れる鶴が、のちのちに琉球で為朝を応護する道教の神仙を登場させるための周到な用意であり、また以後の物語に道教的世界を強く招来するうえでの、不可欠の要素であったことを気づかせる決定的な場と言ってよかろう。はたして、このように日本の武将に味方する神仙とは道教のいかなる神であり、また何のためにその神が為朝の応護神となるのか。馬琴が、おそらく『西遊記』からの触発によって構想したと思われる、道教のその神、福禄寿（星）神をめぐる興味深い物語については、次節でさらにくわしく読み解いてみたい。

二　球陽の福禄寿と南極老人

馬琴は、源為朝の守護神として崇徳院の荒御霊を描き、さらにくわえて彼の応護の神として、日本では七福神の一神とされる福禄寿を描いている。

保元の争乱で崇徳院の側に味方した為朝の、大嶋に遠流されて以後の波乱の人生を、院の御霊が守護するという『弓張月』の物語は、読者の誰もが頷けるところであろうが、はたして「福禄寿」を応護の神として招来し活躍させる意味は、いかなるものであったろうか。歴史上の悲劇の若武者と世俗の福禄寿の取り合わせの奇妙さに、読者は首をかしげざるを得ないであろう。しかも、為朝と彼の眷属が遭遇する不幸を転じて幸いへと導く、その福禄寿の登場は、実に謎めいて見える。それは、後篇巻四で、はじめてその神体を示現させる福禄寿をさして、浩処《かゝるところ》に、磯にふりたる松の梢に、一朶《いちだ》の白雲靉靆《あいたい》とたな引つゝ、化《け》してひとりの老翁《おきな》となり、長女《にょこ》がほとり

図10　後篇巻之四　第二十三回　挿絵

に立在《たゝずむ》を見れば、その形容《ありさま》、頭《かうべ》長くして身に半《なかば》し、童顔白髪凡《よのつね》ならず、手には一箇《ひとつ》の大麻《おほぬさ》を捧げもち、莞然《にっこ》と笑《えみ》ていへりけるは、「善女かならずしも怪しむことなかれわれは原《もと》、八郎為朝有縁《うえん》のものにて、年来《としごろ》大嶋に往来《ゆきゝ》し、影のごとくに附そひて、彼《かの》人を守《も》るをもて、此度亦《こたびまた》従ひて、四国へ渡らんとてこゝを過《よぎ》り、節婦別離《せつふりべつ》の悲嘆に堪《たへ》ずして、命を隕《おと》さんとするを見るに忍びず。天機を洩らすのおそれはあれど、しばし立かへつて後来《こうらい》の吉事《きちじ》を告《つぐ》。……（後篇巻四、上331）

と示し、かつその場を描く挿絵（図10）において、この「老翁《おきな》」を後篇巻頭の口絵「球陽の福禄寿」（図11）の像と全く同趣に描かせていることから、生ずる謎である。

まず右の文によれば、為朝が八丈の女護《にょうこ》の嶋で娶った三郎《さぼり》の長女《にょこ》の危急（官軍に敗れた為朝が別離の言葉ものこさず、ひとりで大嶋を脱出してしまう、武士の強情を怨んで海に身を投げようとしていた）を救うべく、突如たな引く雲のうちから出現した老翁《おきな》は、長頭短身の異形にして、それ迄大嶋の為朝の身を陰ながら案じていた例の神仙であったこ

図11　後篇巻之一　口絵　球陽福禄寿

とを告げる。

そして、この老翁が昔、鶴に托して為朝に漢詩を贈った謎の神仙であったことがここで明かになるのである。なお口絵と挿絵の二図を相関させて見なければ、かの「老翁」が「福禄寿」であるとは判らぬような、曖昧とした筆遣いをしており、挿絵では、伊勢のお祓いを捧げもち日本的な神仙であることを象徴しているにもかかわらず、口絵の方では、その画賛の言葉に示す通り、異国「球陽」の福禄寿であることを印象づけている。以上の二点をもってしても、『弓張月』の福禄寿は、一元的な見方ではとうてい理解しえない、複雑な性格をもつ福神であることが示唆されているといえよう。

さてその後、続篇巻一では、琉球の姑巴嶋に漂着する為朝の嫡男舜天丸《すてまる》の絶命を回生させるべく「老翁《おきな》」が出現する。この老人は「紅帽《あかきぼうし》を戴《いただ》き、鶴　裳《つるのけごろも》を被《き》て、巌《いはほ》の上に端座せり。その形容《ありさま》、頭《かうべ》は長くして身に半し、眼秀《まなこひいで》、眉髯《まゆひげ》白く、童顔仙骨　凡《よのつね》ならず」とあり、三郎《さぼり》の長女《にょこ》のもとに現れた神仙と同一であることが、まず先に示されている。紀平次が神仙の名を問うと、姑巴嶋の地理や舜天丸の未来を長々と語り、白雲に乗じて失せる。さらにその語りの中で古りたる桃の木をたずねよとあり、

かくて教《をしへ》られたる木《こ》の下《もと》は、そこか彼処《かしこ》かと索《たづぬ》るほどに、老樹《おいき》の枝に、黄金《こがね》の牌《ふだ》を結び下《さげ》、そのほとりに白き鳥の羽《はね》五六枚あり。さればとて彼牌《かのふだ》を見れば、「康平《こうへい》六年三月甲酉《きのへとり》、源《みなもとの》朝臣《あそん》義家《よしいへ》放《はなつ》焉」とつけたれば、紀

平次は半《なかば》は覚《さと》り、半は訝《いぶか》り、忙《いそが》はしく件《くだん》の牌をとつて押戴き、「稚君《わかぎみ》これを御覧ぜよ。これなん昔時《むかし》前九年の合《たゝ》戦果《かひはて》て後《のち》、義家朝臣、亡者追福《もうじやついふく》の為にとて、夥《あまた》の鶴を放《はなち》給ひぬといふ、標《しるし》の札に疑ひなし。その鶴一隻《いちは》、往《さき》に木綿山《ゆふやま》にて、厳君《おんち》八郎御曹司に、再生の恩を稟《うけ》しより、しばしば霊奇を示せし事あり。既に稚君の誕生し給へるときも、白鶴屋《しろきつるや》の棟《むね》を舞わたりぬ。夫《それ》鶴は仙禽にして、鳥の聖《ひじり》と称せらる。……常言《ことわざ》に「鶴は仙人の驥《うま》なり」とぞいふなる。……つらく縁故《ことのもと》を考《かんがふ》るに、彼老翁《かのおきな》は、八幡殿の放給へる鶴にして、御曹司の為に、再生の恩を報ずるもの歟《か》。亦彼鶴に乗《のつ》て、九霄《きゆうせう》に遊行《ゆぎやう》するといふ、福禄寿星《ふくろくじゆせい》なる歟《か》。……」（続篇巻一、上449〜450）

と記され、読者がそれ迄の為朝にまつわる鶴の霊験を思えば、すぐそのあとに続く紀平次太夫（舜天丸の守役）の科白に、なぜ神仙をただ「福禄寿」と言わずに「福禄寿星なる歟《か》」と自問させているのか、そのことに気づかせるのである。

それはまさに老翁をして、中国の道教や民間信仰に盛んであった星精信仰の中でも、とりわけ寿星と呼ばれて人気の高かった南極老人星（カノープス）の星宿であると指す表現である。そして、予め触れておくならば、紀平次による暗示に違わず、『弓張月』の福禄寿は以後、南極老人の星宿を秘匿する神性へと変容する。しかも驚くことに、大団円の直前になると、その神の本地は突然「琉球開闢の神阿摩美久《あまみく》」であったと明かされ（残篇巻五、下411）、これほど錯綜した多重な神格をもつ、奇妙な福禄寿をなぜこの作に登場させるのか、読者にとっては謎がいっそう深まるばかりである。

そもそも琉球の内乱を鎮圧し、再興をなす為朝の応護神として琉球神道の神をたてることは、本来であれば、琉球にとっての正統な王位継承をすすめる物語のうえで、最もふさわしい趣向と言えよう。しかしそれでは昔日源家に、えにしの鶴（の神霊）を遣わした福禄寿も、琉球に渡った為朝・舜天丸父子を応護した南極老人の星宿が化現するがごとき福禄寿も、すべて琉球の人の始祖と言われる天孫氏の父たる「阿摩美久」を本地とする神であったということになる。とすれば、上述の神々はいずれも阿摩美久の分身一体と見なすべきなのであろうか。馬琴は、このように謎めいた福禄寿を描く一方で、物語の進むにつれ次第に複雑になるその神性について、読者の解読を助けようとして、本文中に考証文の形式でたびたびヒントとなる記事を熱心に書き込んでいる。とりわけ大団円の直前に綴った、それまでは読者に秘匿していた、福禄寿とその本地たる阿摩美久をめぐる、いわば馬琴の謎解きに相当する記述の中には、確かに作品解釈に深く関わる文辞が見られるはずである。

「やをれ八郎、われは是《これ》、源家に旧《ふる》き好《よしみ》あり。亦只源家のみならず、神代《かみよ》よりして日《ひ》の本《もと》に、好《よしみ》あるものなりかし。まづその縁故《ことのもと》をいはん。われはこの国開闢《かいびやく》の祖、天孫氏《てんそんし》の父にして、世に天孫《あまみこ》と称せらる、彼《かの》阿摩《あま》美久《みく》といふもの也。されば天地に逍遥し、到れる所、名を異《こと》にす。海にあつては、海神《わだつみ》と称せられ、国に在《あつ》ては君真物《きんまんもん》、又唐山《もろこし》に遊べる日は、南極老人と唱《となへ》られ、世俗は福禄寿仙と称す。われを南極と唱《となふ》るよしは、琉求は南海の陬《すみ》、南の極《はて》なる老人也。しかるに後世《こうせい》好事《こうず》のもの、南極星に配したり。……（残篇巻五、下411）

と言う福禄寿の神託に注目する読者は、少ないことと思う。右の文は一見、「球陽の福禄寿」、「南極老人星」が阿摩美久の分身一体の神であると示す、その由来を説く文辞と読める。しかし、精読すれば、はたして琉球の天地をつかさどる阿摩美久が唐山《もろこし》や日本《ひのもと》の天地に遊行するときは、それぞれの地で南極老人、福禄寿などと呼ばれているという、当時の読者にとっても、まったく耳慣れぬいわれを記しているだけで、ここにいたっても、馬琴は、この星宿と阿摩美久の神を分身一体として結ぶ、宗教的な意味がどのようなところにあるのか、その謎を解くための真の鍵となるメッセージを読者にあたえてはいないのである。

そもそも、続篇巻六（第四十四回）の紀平次の科白に見る「福禄寿星」と呼ぶ星宿は、二十八宿（昔中国で星を二十八宿にまとめた、その星座・黄道に沿う天空の部分に設けた二十八の星座）に存在せず、実は室町期の五山の僧の記録に見られる和製の名称である。『臥雲日件録《がうんじっけんろく》』・『蔭凉軒日録《いんりょうけんにちろく》』によれば、この南極老人星の星宿の顕れは、天下泰平の代《みよ》の寿ぎという意味があるため、我国でも室町将軍足利義満のいたく好むところとなり、長頭単身のいわゆる福禄寿の像をこしらえ、五山の僧らに贈ったとのことである。以来、その像が世に伝写され普及するにいたり、将軍のもとで、南極老人の星祭りの行法の一つとして、福禄寿像に祈ることが巷間でも流行したという。すなわち『福神』の著者喜田貞吉は、『蔭凉軒日録』から左の一節を引用し、その一例として次の如く記している。

> 文明十七年（一四八五）五月九日、奉相公（東山公足利義政也）の御奉牌の書き様につき、草案を調《ととの》へて献ず可きの旨、調（阿）を以て仰せ出ださる。五様に書きて以て之を献ず。
>
> 乙卯当生本命元辰福禄寿、乙卯本命元辰吉凶星斗
>
> 此《か》くの如く書きて以て之を献ず。「乙卯本命元辰福禄寿星」、此の書き様、台慮に契《かな》ひ乃はち御前に留まる。
>
> 乙卯は将軍義政の生年で、その逆修（生前に供養する事）を行うに当たり、寿牌（生前に作る位牌の事）に福禄寿の本命星を書いたのが義政のお気に入ったというのである。福禄寿という名称が、如何に当世の人士をして憧憬せしめたかが察せられよう（『福神』「福禄寿・寿老人考」、宝文館出版、一九七六年）

足利八代将軍義政の時代の禅僧の日記に、義政の本命星は「福禄寿星」であると記され、それが南極老人星を指すことはいうまでもない。すでに長頭短身の老仙の像を福禄寿と呼び慣わしていたことや、福禄寿星と称する、日本独自の星の名がひとり歩きしていたことがこれでよくわかる。しかし、中国では南極老人星の星宿を長頭短身の老翁、もしくは容貌体形ともに古怪な道士であるとは伝えるが、それによって彼を福禄寿と呼ぶならわしはない。

ちなみに、馬琴の愛書であった『西遊記』の第七回より登場する天界に遊ぶ寿星、南極老人は、その詩句に、

長頭大耳短身軀ヲ南極之方称老寿

と詠まれ、寿老人《じゅろうじん》になぞらえられている。そして第七十九回で、再び登場する南極老人は、長頭短身のいささかユーモラスな風貌の、白鹿を連れる老仙の姿で挿絵に描かれているのを見る（岩波文庫『西遊記』八340）。

このように中国では、南極星の星宿を寿老人として考えるのが普通である。ただし、それは南極老人の星の精が地上に降り立ち、長頭短身の道士、老仙に化身するという伝奇が先行し、ゆえに彼を寿老人に結びつけて見るようになったということであろう。それにたいし、我国では、中国の寿老人の長頭短身の像を、なぜか道教に祭られる福・禄・寿の三星を一つにした福禄寿の名で呼び、一神としてみなす風習が生まれたために、南極老人の星宿を福禄寿星と称するようになったものと思う。

ところでここに、日本人には余り聞き慣れぬ「星宿」という語義についてふれておきたい。星宿とは、古代中国の星座、すなわち星の運行に伴い、その位置を移す星位を指す言葉であるが、さらにその星の位置や光の様子で人々が吉凶を占う、占星術が古代より中国で重用されていたことでわかるとおり、大変意味深い言葉と思われる。そして道家の思想において、星宿を神格化するようになると、人々は星精への想いを一層つのらせ、星の精が人間の身体に止宿するという不思議な現象や、地上の人や動物に化現するというような怪奇な現象を信じて、これをあわせて星宿と呼ぶことになる。たとえば、『五雑俎』巻一に引く『晋書』（天文志）の「凡そ五星が地上に降って人となる場合、歳星（木星）は貴臣となり熒惑《ケイワク》（火星）は児童となり、歌を唱ったり、嬉しげに戯れたりする」といった記事に見られるように、こうした星宿が地上に出現する話は、悠久の時を経て、清朝末までの中国の人々のあいだで大変好まれているのである。

さて馬琴は、『弓張月』を完成させた文化八年（一八一一）に、随筆『燕石雑志《えんせきざつし》』と『烹雑《にまぜ》の記』を続けて刊行し、両書にそれぞれ、星の神についての興味深い独自の説を述べており、読者が『弓張月』に登場する南極老人星の謎解きをめぐってそれらの考証記述を読むよう、ひそかに願っていたものと忖度する。その『烹雑の記』に、「この余、毘沙門天、弁財天、福禄寿星に至りては、くはしう七福神考に見えたれば、今こゝに贅せず」（中之巻「夷三郎」）とあり、上述の第四十五回で馬琴が「福禄寿星」の呼称を用いていることは、まずもって『福神考』（内題は「七福神考」）を参照した所為と見てよかろう。

ただし、紀平次に「福禄寿星歟」と、さり気なく自問させたその段階では、まだ福禄寿仙の本性を南極老人星であると明かしているわけでなく、ここではただ読者に、それを予兆するにとどめている。しかし馬琴が、為朝父子の応護神、福禄寿の本性を南極老人星の「星宿」と構想していたことは、続篇以降の物語において次第に明るみに出て行くのである。すなわち、その構想にふれる福禄寿を南極老人星と結ぶきわめて熱心な考証記述を、続篇巻六で次のようにおこなっているのを見る。

且《しばらく》して尚寧王《せうねいわう》は、又曚雲《もううん》に対《むか》ひ、「国師《こくし》年来《としごろ》、国の為に禍福吉凶を説示《とき》すに、一点《つゆ》違《たが》ふことなし。われおもふに、名あれば必形《かならずかたち》あり。夫《それ》名あつて形なきものは、禍《わざはひ》と福《さいはひ》とのみ。国師の神術に因《よつ》て、その形《かたち》を見ることを得《え》つべき歟。」と微笑《ほうえみ》て、問《とひ》給へば、曚雲回答《いらへ》て、「殿下禍福に形なしと宣《のたま》へども、名あるものは形あり、形あるものはかならず名あり。譬《たとひ》ば、月日の悠遠にして、その小大《せうだい》を量《はかり》がたきすら、名字《みやうじ》あり。日本《やまと》には、日を大日霊尊《おほひるめのみこと》とし、月を月読命《つきよみのみこと》と称《となへ》、又さゝらえ男と異名す。僧家《そうか》に日を尊《たうと》みて、阿弥陀如来と号するも、そのこゝろみなおなじ。亦「日の姓は張《ちやう》、名は表《ひやう》、字《あさな》は長吏《ちやうり》、月の姓は文《ぶん》、名は申《しん》、字《あざな》は子光《しくわう》。」と老子歴蔵中経潜確類書ニ引クレ之ヲに見えたり。況《まいて》禍福の形をや。夫福《それさいはひ》は、その形牛の如く、身に肉甲《にくこう》ありて、五色《ごしき》鮮明《あざやか》なり。名づけて天鹿《てんろく》といふ。即天禄獣「王者の道備《そなは》るときは、出《いで》て天下に福をいたす《さいはひ》」といへり。沈約宋書又孟康《もうこう》が曰《いはく》、「角《つの》一ッあるを天鹿とす、両角《ふたつある》を辟邪《へきじゃ》とす、蓋《けだし》天鹿辟邪は獅子の属《たぐひ》也。」揚用修《ようくしゅう》おもへらく、「天鹿は蝦蟇《がま》の大《おほい》なるもの也。」とその謬《あやまる》こと甚し。潜確類書近ごろ宋の哲宗《てつそう》の元祐年間《げんゆうねんぢう》、化《け》して道士となりて、市《いち》に遊び、みづから益寿聖《ゑきじゆせう》人《にん》と称《とな》ふ。風俗通或《あるひ》は宋の仁宗《じんそう》の時とす。古今纂要一名は福禄寿《ふくろくじゆ》、又南極老人《なんきよくろうじん》と号し、泰山老師《たいさんろうし》と称ふ。五雑俎天竺《てんじく》にては吉祥天女《きちじやうてんによ》と号《なづ》く。一名《いちみやう》は功徳女《くどくによ》、人の為に猛利福徳の応報ありといふ。その形画幅《かたちぐわふく》に見えたり。（続篇巻六、下101～102）

右は、琉球太古の巨虬《おおみずち》の化現であるとされる道士曚雲国師が、暗愚な尚寧王に対し、人の世の禍福をつかさどる神々にかたちがあることを教える奇妙な場である。そこで曚雲はいみじくも福神とは「王者の道備るときは出て天下に福をいたす《さいはひ》」神であると言い、その一つに、福禄寿とも南極老人とも呼ぶ、道士の姿となって出現する福神のあることを述べる。

明清時代の記録によれば、南極老人星の精が道士となって市《まち》に現われたのは「嘉祐年間」（『五雑俎』巻一「客星」「星の精」）、或いは「嘉祐八年冬十一月」（『古今図書集成』）であり、馬琴が『弓張月』で右の如く「元祐年間」とする説は、管見にして中国の資料には見あたらない。しかも、馬琴がその出典とする『風俗通』という書の存在は不明で、それが漢籍『風俗通義』であったとしても、後漢（二五～二二〇）の書であるそれに「宋の哲宗の元祐年間（一〇八六～九三）」の記事が載るはずはない。実は、右の馬琴の考証は、いささかもその書名にふれていないが、『福神考』（江戸北皐《ほくそう》山本時亮編緝）所載の記事にきわめて類似するものである。

一、風俗記三老人星ノ伝ニ曰元祐ノ間宋ノ哲宗ノ年号　京師ニ有二リ一老人一　長纔《タケワツカニ》三尺身与首相半ス秀目豊髯幅巾野服以レテ卜ヲ遊二フ於市一得銭ヲ則飲ム叩二テ其頭ヲ一則曰吾身益ス寿ヲ聖人焉　或記ニ曰福禄寿といふハ一神を指スにあらず福

神禄神寿神の三神を合せいふなり
又曰寿老人福禄寿と、もに南極星司命星の精化顕の象なり今鶴を添て画ヶども実ハ鶴にハあらず朱雀なり亀ハ玄武なりといへり（『福神考』十ウ〜十一オ）

このように『福神考』の著者が挙げる『風俗記』という書も今日見あたらず、その点ではいささか疑問が残るが、内容的に見て、馬琴がいかに『福神考』を参照し、「南極星司命星の精化顕」たる福禄寿の性格形成をおこなっていたものか、もはや疑いえないことと思う。なお、上掲の『弓張月』（第四十四回）の文辞に南極老人を「泰山老師」と称することが記されているが、これもすでに『福神考』で次のように記されているのを見る。

福禄寿の像酉陽雑俎の中邢和璞が事をのすハ泰山老師と称するもの是なるべし（九ウ）

『酉陽雑俎《ゆうようざつそ》』（巻二「壺史」八〇）に所載の唐の道士邢和璞《けいかはく》の話に出現する、長頭短身の姿をした泰山老師の話をもって、福禄寿と称することの考証記事である。ちなみに、馬琴手択本の『酉陽雑俎』を披見すると、邢和璞が山から連れてきた泰山老師の異形を記す、「首ヘ居二ル其ノ半一ニ」の箇所に朱の圏点が附されており、馬琴の関心がまさにそこに在ったことを如実に示している。ただし、馬琴が『弓張月』に記した参考書名は、なぜか『五雑俎』である。『五雑俎』（巻四「地部」二―一七四）には、人の長寿や子宝を求めるものが祈る泰山の山岳信仰についての考証や、泰山に冥土の十王を祭る十王殿のあることを伝える記録などは見られるが、特に福禄寿と泰山を結ぶ説は見あたらないのであるが。

このように、『弓張月』の福禄寿像を『福神考』にからめて見るとき、さらに注目を引くのは、つとに『福神考』が取り上げる『橘窓茶話《きつそうさわ》』の琉球の福禄寿について記す文辞を、馬琴が後篇の巻頭の口絵の福禄寿の図に、画賛として掲げていることである。『福神考』は「又一説あり。橘窓茶話ニ云ク」と書き出すが、馬琴は、その導入部を少し略しており、今一つ文意の伝わらぬうらみがあるものの、葛飾北斎描く福禄寿の絵像に、「球陽福禄寿《きうようのふくろくじゆ》」と題し、次のようにその引用を行っているのである。

橘窓茶話《きつそうさわ》に曰く、琉球の僧云く、我が国毎代《みよこと》に必ず一《ひとり》の異人を生ず。身《からだ》と首《かうべ》と相半《あひなかば》す。称して福禄寿と曰ふ。以て国端と為す。民間に産るれば取つて宮中に養ふ。粉黛《ふんたい》の中に在りと雖《いへど》も少しも心を動かさず。医卜百家の書通ぜざること無し。今福禄寿と称する所の者は、名を寿水正と曰ふ。百余歳、媉として童顔有り。（後編巻頭口絵、上238）

対馬の通辞であった雨森芳洲の天明六年（一七八六）刊の随筆『橘窓茶話』では、「云ク。曾テ在二美濃慈渓寺一。得タリレ交ルコトヲ二大領智教ニ於結制之際ニ一。二人ハ琉球ノ人也。時ニ堂上有二福禄寿ノ真形一。二僧為ニレ之カ。踴躍歓喜不レ已」とあって、以下に右の文辞が続いている。すなわち、琉球の二人の僧が慈渓寺に福禄寿像があるのを見て、日本でもその信仰が盛んなことを知り、大変な同慶を示したことがつたえられている。

『弓張月』で華やかな吉祥模様の琉球衣装をまとい、官民帽を被った福禄寿の像は、まさに大領と智教の二僧が語った、琉球の宮廷に遊ぶ神聖な道士の話をもとに、馬琴が北斎にその下絵を示し描かせた図であろう。そして、為朝父子の応護の神として彼等が琉球に渡ってのちは、その国に隠棲する異人の神、福禄寿を登場させることを、あらかじめ読者に示すために絶好の画賛として、その記事をもちいたことが読み取れる。

当時の琉球王朝では、医卜百家に精通した異人の道士を福禄寿に見立てて宮廷に迎えるという、いかにも寿星の精が地上に降り立ち、異形の道士寿老人・福禄寿に化現したとする中国の伝奇をそのまま受容するかの、福禄寿信仰があったのであろうか。

以上のことから、まずは『福神考』の「寿老人又称南極老人ト福禄寿」の記述内容は、『弓張月』の福禄寿にそっくり生かされていると見てまちがいないものと思う。ここにおいて、日本に在るときの為朝の応護神は日本の福禄寿であり、琉球に渡れば球陽の福禄寿となり、それゆえに星の神である南極老人の神性をあわせもつという、あたかも老子と化胡説《かこ》（老子は最後にインドへいって釈迦となり、仏教を説いてインドの人々を教化したとする説）のごとき背景のあることが読み解ける。

そして、大団円の直前にあたる第六十七回において、上掲の文（87頁）のとおり、馬琴は、ついに福禄寿が実は琉球神道の阿摩美久《あまみく》の分身一体の神であったことを明かす。かなり唐突な展開であり、飛躍している感がぬぐいきれないのであるが、馬琴のなかではそれなりの整合性があったと思われる。馬琴はいったい、その阿摩美久の神について、どのように考えていたのであろうか。続篇巻二一（第三十二回）において、次のように記しているのを見る。

琉球国そのはじめをたづぬるに、天地開《あめつちひらけ》そめし時、一男一女化生《くわせい》して（化生は父母なくて生まれ出たるなり）夫婦となる。これを阿《あ》摩美久《まみく》と称ふ。（伝信録に中山世鑑を引ところかくのごとし）……又一説に、その夫をしねりきゆといひ、その婦《つま》をあまみきゆ（是則阿摩美久の事歟）といふ。或はいふ。其国王の姓氏たしかならずとぞ。（琉球国事略に記ところかくのごとし）件《くだん》の夫婦遂に三男二女を産む。長男は天孫《てんそん》氏《し》、これ国王の始なり。二男を諸侯の始とし、……（上452〜453）

右の文は、白石の著作『琉球国事略』に見る「天地開けし時初一男一女化生して三男二女をうむ」とある以下の文を、ほとんど原文そのままにひくものであるが、馬琴は、とりわけ「化生」という語義にこだわったとみえ、わざわざ「父母なくて生れ出《いで》たるなり」と割注にことわっている。白石が、その記録を『中山世鑑』・『中山伝信録』（以下『伝信録』）によって記していることは言うまでもないが、その『伝信録』の記録では、

中山世鑑云。琉球ノ始祖ヲ為ニ天孫氏一ト其初有ニ一男一女一大荒自ラ成ニ夫婦一ト

とあり、そこに「化生」の表現が用いられているわけではない。「大荒」、すなわち天に生まれた男女と記されては

いるものの、そもそも琉球国の国生みをした男女の始めを、白石をとおしてではあるが、天地自然に生まれ出たもの、神であるととらえ表現するところに、馬琴のこだわりがこめられ割注に示されているのではなかろうか。

ところで、馬琴の右の文に注目するとき、白石の「琉球国事略」に先行する、慶長八年（一六〇三）に琉球に渡った日本の僧袋中《たいちゅう》が著述した『琉球神道記』における左の文を見過ごしてはなるまい。

昔此国初、未ダ人アラザル時、天ヨリ男女二人下リシ。男ヲシネリキユ、女ヲアマミキユト云。二人舎ヲ並テ居ス。此時此嶋、尚小ニシテ、波ニ漂《タヾヨウ》ナリ。爾《シカル》ニ、タシカト云木ヲ現ジテ、殖テ山ノ躰トス。次ニシキユト云草ヲ殖。又阿壇ト云樹ヲ殖テ、漸ク国ノ躰トス。二人、陰陽和合ハ無ケレドモ、居所並ガ故ニ、往来ノ風ヲ縁シテ、女胎《ハラ》ム。遂ニ三子ヲ生ズ。一リハ所所ノ主ノ始なり。二リハ祝《ノロ》ノ始。三《ミタ》リハ土民ノ始。時ニ国ニ火ナシ、竜宮ヨリ、是ヲ求テ、国成就シ。人間成長シテ、守護ノ神現ジ給フ。キンマモント称ジ上ル。此神海底ヲ宮トス。……（『琉球神道記』巻第五「キンマモン事」、角川書店、一九七〇年）

袋中は、琉球の男女の始めは、天から降った二柱の神であることを示唆し、故に陰陽の和合無しに子を生み、琉球国を成したと、まさに日本の記紀神話を連想させ、かつ明らかに儒教の陰陽論の影響が感じられる琉球神話の発端を説く。ここで想起されるのは、馬琴が『燕石雑志』巻二の「鬼神論」に記す、次の解釈である。

日本紀の説伊弉冊尊《いざなみのみこと》を陰とし、伊弉諾尊《いざなぎのみこと》を陽とし、又伊弉冊尊を鬼《き》とし伊弉諾尊を神《しん》とす。ここにおいてます〳〵信ず。鬼神《きしん》は陰陽《いんよう》死生《しせい》の義なり。

このように馬琴は日本の国生みの男女二柱の神を、いったん陰陽二気論のうちにとらえてこれを鬼神であるというが、ただし朱子学説による二元気論（陰・陽の気は絶対の理によって生じたものであると説く）による鬼神とはことなり、一元気論（陰・陽の気は天地におのずから生じたものであると説く）によって、すなわちおのずからの一対の神であるとみなしていることがよくわかる。つまり馬琴の説を、上掲の袋中の考証文にかさねて見れば、琉球開闢の男の神シネリキュは純陽の神《しん》であり、女の神アマミキュは陰の鬼《き》ということになる。

袋中をとおして白石が伝えた、琉球の国生みの男女の神について知った馬琴は『弓張月』においては、その陰陽二神を一体の神と見なし「阿摩美久」と称する説のあることにしたがい、そのように記しているが、さらに阿摩美久とは、すなわち日本の伊弉諾尊・伊弉冊尊と同じく、陰陽・鬼神おのずからなる神であると考えていたにちがいない。そして『烹雑の記』（中之巻）の「夷三郎《えびすさぶらふ》」においても、馬琴は『日本書紀』神代巻の蛭児《ひるこ》誕生のくだりを引き、次のような考証をおこなっている。

神代巻《カミヨノマキニ》云《ク》、伊弉諾尊《イザナギノミコト》、伊弉冊尊《イザナミノミコト》、已生《スデニウメリ》二大八洲国《オホヤシマノ》及《マタ》山川草木《ヲ》一。於是《コヽニ》生《ウミマス》二日神《ノヲ》一。次生《ニウミマス》二月神《ノヲ》一。次生《ニウミマス》二蛭児《ヒルコヲ》一。雖《ナルマデニ》二已三歳《スデニミトセニ》一脚《アシ》猶不レ立《タ》。故戴《カレノシテコレヲ》二之於天磐櫲樟船《アメノイハクスフネニ》一。而順風《カゼノマニ〳〵》放棄《ハナチスツ》。これ日神《ノ》は第一にをはします、月神《ノ》は第二、蛭児《ひるこ》は三郎なり。故に夷《えびす》三郎と称す。

馬琴はそこで、蛭児は諾冊両尊《なぎなみふたみこと》の生みもうけた第三の神であることを強調しており、のちに『玄同放言』（巻一上　第一天象「蛭児進雄《ひるこすさのを》」）で説く、蛭児を星の神とする解釈のさきがけとなる、すなわち、日月に続く星であることを、じつにさり気なく示唆しているのである。しかも『玄同放言』の、その考証文には、『弓張月』の阿摩美久の神を考えるうえで、まことに興味深い次の一説が見られるのである。

書紀神代巻に、伊弉諾尊《いざなぎのみこと》、伊弉冊尊《いざなみのみこと》、大八州国《おほやしまのくに》、及《また》山川草木を生み給ひて、更に日の神大日孁貴《おほひるめのむち》を生み、次に月の神月夜女尊《つきよみのみこと》を生み、次に蛭児《ひるこ》を生み、次に素盞嗚尊《すさのをのみこと》を生み給ふ段、日の神月の神のうへは、理《ことわり》よく聞えたれども、蛭児素盞嗚は、何《いか》なる神といふよしを誌《しる》されず。後《チ》に史を釈《とく》もの、亦発明の弁なし。按ずるに、蛭児は、日子《ひるこ》なり。天慶六年日本紀竟宴の歌に、蛭児をひるの子と詠《よめ》り。毗留能古《ひるのこ》即《チ》日之子也、ゝゝひほ音通へり、日子《ひるこ》は星なり。星をほしと読するは、後《チ》の和訓《やまとよみ》にして、星辰は、保斯能秘訶里、この訓はじめて、仁徳紀に見えたり。当初《そのかみ》星をひる子とも、約《つゞめ》てひこともいへるなるべし。かゝれば蛭児は星の神也。星といふともその員《かず》多かり。是を何《いづれ》の星ぞといふに、蛭児は則《チ》北極也。この故に、雖《マデ》二己三歳《ニミトセニナル》一、脚猶不レ立《タ》、故乗《カレノセテ》二之《ヲ》於天盤橡樟船《アメノイハクスニ》一、而順風《カゼノマニ〳〵》放棄《ハナチスツ》、といへり。……又按ずるに、素戔嗚尊は、辰《ときほし》の神なり、風俗通二霊星条引《テ》二賈逵《カキカ》説《ヲ》一云、辰之神《ヲ》為《ス》二霊星《ト》一、故以《ニ》二壬辰日《ノヲ》一祀《ル》二霊星《ヲ》一、金《ハ》勝《ツ》レ木、為《ニ》レ土相《ノタスケラル》也。よりておもへらく、素戔《すさ》は、布佐《ふさ》なり、通《つ》と布《ふ》と横音かよへり。古人すとつを打まかして用《ヒ》たる例《シ》多かり、布佐は房《ふさ》なり。房は房星《ばうせい》、星の名なり、礼記月令《ニ》曰、十月日《ハ》在《リ》レ房《ニ》これなり、爾雅釈天《ニ》曰、天駟《シハ》房也。註竜為《ニヲス》二天馬《ト》一。故房四星《ニノ》、謂《フ》二之《ヲ》天駟《ト》一、又云《ク》、大辰《ハ》房心尾也、房心尾三星名。註《ニ》火《ハ》心也、在《テ》レ中《ニ》最明《モ也》、故《ニ》時候《ヲ》主《ツカサドル》焉、心星にも愚攷あり、この次にいふべし。説文巻二辰《シンノ》下《モニ》云、震《シン》也、三月陽気《ハ》動《キ》、雷電振《フ》、農時《ノ》也、又曰、辰《ハ》房星、天之時也、これらによりて辰《しん》を時とし、星の名とす、辰は日月の交会《かうくわい》する所也。説文巻四《ニ》又云《ク》、星《ハ》万物之精也、その万物の精なる故に、山川草木化生《なりいで》て、後に四象《しやう》の神たちは、化生《なりいで》給ひしといふ、理《ことわり》よく合《かな》へり。この段は、古事記をあはせ考ふべし。かゝれば素戔嗚を、房雄《ふさのお》の義とせんも、亦よしなきにあらずかし、……抑諾冊両尊《なぎなみのふたみこと》、日の神月の神を生み、次に星と辰《ときほし》の神を生給ひつ、於是《こゝに》日月星辰の四象の神たち化生《なりいで》給ひき、易繋辞上伝《ニ》曰、大極生《ス》二両儀《ヲ》一、両儀生《ス》二四象《ヲ》一とは、是これをいふなりけり、抑《そも〳〵》この一編は、とし来《ごろ》秘蔵の説なれども、目を賎《いやしむ》るもの多かるべし、又世にいふ夷《えびす》の神は、蛭子ならずは、彦火々出見尊《ひこほゝでみのみこと》なるべきよし、先板《せんはん》烹雑記《にまぜノ》にいへり、……（『玄同放言』巻一上
第一天象「蛭子進雄」）

馬琴は、『烹雑の記』においては、右に引く文脈の前段に、蛭児を上古の「天朝《あまつみかど》」の言葉により「夷《えびす》」の神ととなえ、「中葉《なかごろ》」には福神「恵比寿」と見立てられるようになるという考証を記し、そして諾冊両尊《なぎなみりようみこと》の三番目の子が星神であることを示唆するが、『玄同放言』になると、蛭児は星の中でも「北極星」の星宿であることを、和

漢の説を縦横にもちいて考証して見せる。こうした複雑な蛭児についての解釈は、馬琴が広く和漢の書にさがした諸説の中から、すでに日本の文化・宗教・習俗として、固有の意義をもつと認められる記事を選択し、これによって自説をたてるという、まさに馬琴の考証学の方法が生んだ、それぞれに意味をもつ解釈といってよかろう。それは、かならずしも日本的な文化の洗練を目指すためではなく、必要と感じれば、和漢の玄同（彼我の差別を立てぬ）、烹雑《にまぜ》の文化を尊重する馬琴の精神が、如実に反映する解釈と思われる。

こうして馬琴のなかで、蛭児は夷三郎《えびすさぶろう》、恵比寿であり、同時に星の神（北極星）ということになるのである。しかも馬琴は、『玄同放言』で記紀の諾冊両尊を、日本の陰陽二神と捉え、この二神が日の神、月の神についで星の神を生んだとする独自な説をたてていることに注目したい。この姿勢によって『弓張月』執筆の当時に、すでに南極老人星を、あるいは蛭児（星）と見なし、すなわち琉球における陰陽の神阿摩美久をその父母とする構想が生まれたものと読み解くことができる。以上の考察から、阿摩美久の神託に挙げられる海神《わたつみ》、君真物《きんまんもん》、南極老人、福禄寿星、といった神々の名は、いずれも琉球神道の天地開闢の神が生みもうけた分身一体の名称であり、とりもなおさず「天地に逍遥し、到れる所、名を異《こと》にする」神威の顕れであったと考える。

そして馬琴は、上述のごときシンクレティズムのもとに、『弓張月』の結局において日本《ひのもと》の神ともなる日の近づいた為朝にむけて、その神託を授ける神位にふさわしく、究極の本地たる阿摩美久を迎えるものと構想したのではあるまいか。

『弓張月』の本文中に再々、くだくだしい考証文を書きこんでいった馬琴である。しかしそれらは、けっして考証のための考証に費やした冗長な記事ではなく、すべては作中に秘匿した文学的謎を解くことにつながる、読者の想像をはるかに越える深長な意味をもつ文辞であったと、私は見る。無論、馬琴が『弓張月』に描いた福禄寿は、何よりも南極老人の星精が地上に降り立ち、異形の老翁に化現し、一日を遊戯三昧《ゆうげざんまい》に過ごしたという、中国の古い伝奇をもとにイメージされた神仙であり、その神性を秘匿しつつ、『弓張月』のほぼ全編にわたり活躍する福神に相違あるまい。そして馬琴は、為朝のほかにも神童舜天丸や幻術師矇雲の生死をわける星神の活躍する物語を執筆している。次節では『弓張月』に見る、さらなる星の神々のロマンを追ってみたい。

三　神童舜天丸《すてまる》と星の神々

安元二年の秋、幼い舜天丸は、父の為朝が保元の乱の宿敵平清盛討伐を目指し上洛する船路に、母の白縫と守役の紀平次太夫に付き添われ同行する。しかし途中で激しい暴風に遭遇し、白縫は不幸にもその身を海神の犠《にえ》とするが、風波はいっこうに止まず船はついに大破する。紀平次は、舜天丸を右腕に高く差しあげて、荒れ狂う海中に跳りいるが、いかに水練の達人とされる太夫も、幼主を抱いたままでは思うにまかせず、さらに突如目がけてくる沙魚《わにざめ》の大口にあわや呑み込まれそうになった。そのとき、為朝・白縫に仕えた忠臣の高間太郎と磯萩夫婦の死後の魂魄が、たちまち鬼神となって、その形体《かたち》煙のごとくに立ち現れ、二つの燐火《おにび》となって沙魚の口に飛び込み、舜天丸の危急を救う。すると沙魚はかえって紀平次を背にかつぎあげ、やおら船よりも早く波の上を走り、琉球の姑巴嶋へと到着する。だが、漂着した安堵もつかの間のこと、ふところにしっかりと抱いていた舜天丸が、すでに絶切《こときれ》ているのに気づき、愕然とした紀平次は、せめて幼主の亡骸《なきがら》を埋葬してのちは、腹かき切って三途《さんず》の川も、死出《しで》の山路も、幼子を負って守ろうと決意し、そのいずことも知れぬ嶋山の奥へと次第にわけ入って行く。そしていよいよ眼目の、舜天丸の絶命を回生させる神仙福禄寿と対面する場が展開するのである。

浩処《かゝるところ》に、峯吹《みねふき》おろす風のまに〳〵、幽《かすか》に聞《きこ》ゆる読経の声に、紀平次は耳を側《そばだ》て、「あな不審《いぶか》し。人もかよはぬ荒磯《ありそ》にも、潮垂衣苔《しほたれころもこけ》むして、行《おこな》ひすますものありとは、こは仙人の崫宅《いはや》なるべし。伝へ聞《きく》、巨海《こかい》の外《ほか》に十ヲの洲《しま》あり。人迹の希絶するところにして、その中《うち》に神仙あり。丹を練《ねり》、真を修し、天地とゝもに寿《いのちなが》しとぞ。所謂徐福《いはゆるじよふく》が、不老不死の薬を求《もとめ》たり、といふ説も誣《しひ》がたし。もししからずは、観音大士のおはします、補陀《ふだ》楽山《らくせん》にやあらんずらん。かゝる仙境に入りぬるこそ幸《さいはひ》なれ。索《たづね》ゆきて縁由《ことのよし》を愁訴し、霊奇回陽《れいきくわいよう》の薬も験《しるし》なく、稚君《わかぎみ》の命数《めいすう》こゝに竭《つき》給ふとも、因果の道理を聴聞《ちやうもん》せば、思ひたゆるよすがともなるべく、堕獄《だごく》の苦患《くげん》を脱《まぬか》れて、天堂に生じ給はんには、わが活延《いきのび》てこの嶋に、漂ひ着《つき》たるも、そのかひあり。しかなりしかなり。」とひとりごち、その伬屍《まゝしがい》を抱《いだ》きあげ、読経の声を心あてに、かよふ路なき磯山を、辛《からう》じて松柏《せうはく》の巌《いはほ》に縁《すが》り、桃花の澗《たに》を繞《めぐ》りつゝ、攀登《よぢのぼ》れば、霊風地に触《めぐ》りて、紫蘭《しらん》の室《しつ》に入《い》るがごとく、彩雲天に遍《あまねく》して、春花の林に遊ぶに似たり。向上《みあぐ》れば、数千仭《すせんじん》の阪隥《はんとう》、路滑《みちなめらか》に、直下《みおろ》せば、十万里の波濤、天《そら》に続けり。とかくして二三十町登り来つらん、と思ふ比《ころ》、白鹿《しろきしか》木立の間《うち》より走り出《いで》、紀平次が前《さき》にたちて、郷導《みちしるべ》をするに似たり。こゝに至て、紀平次は、身体猛《にはか》に軽くおぼえて、須臾《しゆゆ》の間《あはひ》に巓《とほげ》まで登果《のぼりはて》、と見れはひとりの老翁《おきな》、紅帽《あかきぼうし》を戴《いたゞ》き、鶴裳《つるのけごろも》を被《き》て、巌の上に端坐せり。その形容《ありさま》、頭《かうべ》は長くして身に半し、眼秀《まなこひいで》、眉鬚《まゆひげ》白く、童顔仙骨凡《よのつね》ならず。（続篇巻一、上440〜441）

紀平次は、老翁が神仙であることに気づき、すぐさま「神仙ねがはくは、この小児《せうに》を活《いか》し給へ」と必死で呼びかける。すると老翁は、「苦楽時なく、死生命あり。今その児《ちご》を相するに、曩《さき》に水に落て驚死《きやうし》すといへども、命数いまだ竭《つき》ず。これを救ふ事いと易《やす》し。こゝへ来《こ》せよ」と言って、紀平次がさし出す舜天丸を抱き取ると、「おのが息を吹入」れて、たちまちにして幼子を「蘇生《いきかへ》」らせてしまう。

さて、六朝時代の志怪小説『捜神記』に見る、管輅《かんろ》の話に登場する南斗星君《なんとせいくん》は、天界の生死簿に寿命十九歳と書かれている青年の命数を九十歳と書き直して、彼が九十歳まで長生きできるようにしたが、『弓張月』の神仙福禄寿も、右のごとく舜天丸本来の命数を知っているかのように、いったんは死んだ幼童の起死回生をはかる。

前節に取り上げているが、日本で福禄寿星と呼ぶ星は、本来の中国では南極老人星と呼ばれており、南斗六星と同じく司命星宿として信仰されているという。つまり、南の地平線すれすれに見えるアルゴ座カノープスと北方玄《ほっぽうげん》武《ぶ》七宿の第一宿にあたる南斗六星では、全く別の星座であるにもかかわらず、民間でよく間違えられることがあり、『捜神記』巻三（管輅三）に見える、死を司る北斗（北斗注死）に対する、生を司る南斗星（南斗注生）と同格神のように見なされているからである。

したがって、馬琴が姑巴嶋の福禄寿仙を舜天丸の司命（人の生死をつかさどる星の名）として描いていることは、十分に察せられるところであろう。しかし私には、それだけではないように読める。何よりも、神仙徐福の名を上げ、琉球の小島をしきりに伝説の東方の海上の蓬莱《ほうらい》を想起させる仙境として描いていることに注目したい。

『西遊記』第二十六回（「孫悟空　三島に方《くすり》を求め　観世音　甘泉もて樹を活かす」）に、東洋大海の蓬莱に住む、生物の起死回生の方術を知る「福星・禄星・寿星」と呼ばれる三星が登場する話を見るが、この三星の化現する三人の老仙は、星と称されていながら、不思議なことに海上の神仙として住む。すなわち、『西遊記』において、天界・地界・水界と大別される宗教的世界図の、いずれにも属さぬ仙界に降りたった司命星とでもとらえるしかないような変わった神仙なのである。

ところで、『西遊記』第八回の話に登場する福・禄・寿三星は、如来が開催した盂蘭盆会《うらぼんえ》に招かれ、それぞれに詩を献じているが、福星は「福徳無疆」を、禄星は「奉祝長庚」を、そして寿星は「奉命延長同日月」を象徴した詩を吟じている。中国の民間信仰で人々が長寿や幸福な人生を願って祈る福神を、架空の三星宿に見立てた経緯がうかがえるようである。『西遊記』が、何によってこの三星を登場させているのか、単なる空想によるものではあるまい。ちなみに、道教の神にこうした三星神は存在しないので、民間信仰による、いわば道教的な星宿神と考えられる。

なお第七回には、「長頭大耳短身軀、南極之方称老寿」と詩に詠まれる南極老人が、玉帝の開催する安天大会に招かれる話がある。つまり、『西遊記』においては福禄寿三星は、明らかに右の「南極老人・寿星」とは一線を引く別々の星神として扱われていることが確認されるのである。しかし、わが日本流に見れば、三星はまさに、福禄寿神であり、馬琴は、そのあたりにヒントを得て、舜天丸の司命福禄寿神に、『西遊記』の蓬莱の三星の神仙としての姿をかさねて描いているのではあるまいか。

孫悟空は、万寿山の山中にある五荘観の果樹園に植えられた、三千年一度花が咲き、一万年にわずか三十個しか実を結ばぬという、天地と寿《よわい》を等しくする不老長寿の仙果、人参果の木の根を死なせてしまったことから（第二十五回）、観《てら》（寺）の道士鎮元仙《ちんげんせん》に厳しく責められる。悟空がその霊根を活き返らせることができなければ、捕われた玄奘三蔵と八戒、悟浄の生還はむずかしく、悟空は東方の十洲三島に住む神仙の起死回生の方法に頼もうと考え、まずは蓬莱の三星をたずねることにする（第二十六回）。

しかし、福・禄・寿三星は、自分達は「神仙の宗」であるが、鎮元仙は「地仙の祖」たる大仙であり、その彼の持つ天地開闢以来天下に一本の、仙木の起死回生の仙薬などは持たぬと言って、悟空の願いをしりぞける。そこで悟空はさらに、方丈・瀛州《えいしゅう》二島の神仙たちもたずねるが、同様の返事であり、ついに東洋大海の海上の「落伽山《らっかせん》」の「普陀岩《ふだがん》」に、西天から下山し「紫竹林」で諸天の神々、木叉《もくさ》・龍女のために説経の最中であった観音菩薩に救いを求める。菩薩は、早速、甘露水をたずさえ、東土の五荘観に到着すると、一同の前で霊水の力により、その枯れ死んだ仙木の起死回生を成したのである。

さて、上掲の『弓張月』の文辞で、馬琴が紀平次の口を借り「所謂徐福が、不老不死の薬を求めたり、といふ説も誣《しひ》がたし。もししからずんば、観音大士のおはします、補陀落山にやあらんずらん」と、方士の住む仙界と観音菩薩の住む霊場を並べて記すのは、いかにも悟空と観音のやりとりを下敷きにして、筆の先にそれを効かせた馬琴の遊び心の表われと見る。このように『西遊記』第二十六回の文辞や、とりわけ漢詩の語句にひかれて、馬琴が姑巴嶋で舜天丸を待機する神仙を執筆したと見られる表現の類似は、上述のほかにも多々認められるところである。すなわち、息を吹き返した舜天丸に神仙は、姑巴嶋を与えることを約束し、西王母《せいおうぼ》の「三千年に一トたび子《み》を結ぶ桃」の木のごとき仙木を与えたうえ、さらに源家に伝わる最も秘中の書とされる兵学書を授けると、遥かに天空へ飛び去る。以来舜天丸が「神童《かんわらは》」となって育つことは、後段第五十八回「飛鳥《ひちやう》を射て神童《しんどう》兵を談ず／姑巴嶋《こはしま》に父子再会す」の題に示されているとおりである。

つまり馬琴は、海上の仙境とみたてた姑巴嶋で福禄寿仙の応護により神童舜天丸が成長する物語の全体を、『西遊記』における道教的な星の神々が活躍する物語によって包み込むように執筆したものと思われる。ちなみに為朝は、舜天丸がこの神仙から与えられて学ぶ兵書を見て、それが『訓閲虎之巻《きんえつとらのまき》』であることを指摘するが、この兵書をめぐって交わされる舜天丸と紀平次二人の問答には、やはり『西遊記』の影響を想起させる次のような文辞がある。

「君が発明その説を得たり。これらは偏《ひとへ》に穿鑿《せんさく》のみ。敵を拉《とりひし》ぐの術《すべ》にはあらず。もし水戦《ふないくさ》して水中に、墜《おちい》らばいかにせん。」「げにそのときは犀《さい》の法、亦龍王の奇法あり。これらを予《かね》て修《しゅ》するときは、みな水難を脱《まぬか》るべ

し。」（残篇巻一、下292）

舜天丸の答える犀の法とは、いかなる兵法のことであろうか。馬琴は、いかにも『訓閲虎之巻』にそうした兵法が載せられているかの書きぶりであるが、母衣《ほい》の由来や形状、龍王の奇法も含めて、『虎之巻』に該当する記述が見つからないことは、日本古典文学大系本の校訂者後藤丹治氏が補注（下461）に記述されている。したがって私が思うに、「犀の法」は、『晋書』（温嶠伝《おんきようでん》）に所載の「晋の温嶠が犀角をもやして水中を照らし、牛渚磯の怪物を見極めた」という故事にもとづき、事理に明るいのたとえにもちいられた言葉「犀照《さいしよう》」によって、馬琴が独自に記す仮想の兵法ではあるまいか。

すなわち、『西遊記』第五十回で悟空が、独角兕《どくかくじ》大王なる一本角《つの》の水牛（兕《じ》は『本草綱目』五十一巻で、犀の異名とあるが『西遊記』の独角兕は、水牛を指すようである）と戦闘するにあたり詠む詩に「此犀難照水」（「犀に似れども灯りをもたぬ」『西遊記』中野美代子訳）とあり、それにヒントを得て、馬琴は、水中での戦いにむけた兵法の、それらしき名称として、「犀の法」を思いついたかと思われる。

そして、大団円直前の第六十六回の物語と深くかかわる、挿絵第二図（昔の琉球王女に仕えた忠義の命婦真鶴《まなづる》の墳墓の前に立つ、為朝と今の白縫王女・従者たちの図）に、まさに、七星と並んで三星の星座を図柄とする長柄の蕉扇が描かれているところ（図12）を見ると、馬琴が『弓張月』では、『西遊記』のごとくあからさまに登場させるわけにはいかなかった司命の福禄寿三星の存在を、とくに意識していたことが端的に示されているものと思う。

さて『弓張月』残篇巻四の物語は、およそ次のとおりである。

琉球王朝の内乱を鎮圧した為朝は、ある日、国中の民の労苦を問い、よく仕事に励むようねぎらう巡行に出立する。その途中、越来山《ごえくやま》に埋葬されている、かつて琉球王女につかえて忠義の侍女であった真鶴の塚に立ち寄ろうと、

図12　残篇巻之四　第六十六回　挿絵

そのあたりに近づいた時、急に雷雨が降りそそぎ、塚は落雷で一瞬にしてくずれ開く。そして土中から赤子の泣き声が聞こえ、為朝が驚いて土をかき払うと、生後百日足らずの男女の双子が生まれているのを見つける。現在の王女（白縫の亡魂が借屍している）は、その双子を見て、昔、琉球王女のために戦いその身を失った貞女真鶴の「魂鬼《こんはく》」が、越来の山の賎女《しずのめ》千歳《ちとせ》となって出現し、生前の夫であった陶《とう》松寿《しょうじゅ》のそばに暮らしつつ、その気を感じて身籠った不思議な赤子に相違ないと直感する。しかもその双子の顔立ちが、為朝・白縫夫婦の忠臣であった、亡き高間《たかまの》太郎と磯萩《いそはぎ》夫婦の面影にあまりにそっくりであることに為朝は驚きはてる。

「件《くだん》の夫婦は、忠義の志ふかしといへども、不幸にして波底に沈むものから、魂魄《こんはく》忽地《たちまち》鰐魚《わに》に憑《つき》て、舜天丸が死を救ひしものなり。是彼もつて奇といふべし」と一同に告げると、為朝はその双子に、高徳《たかまろ》・小萩《こはぎ》と名づけて、松寿の嗣子として大切に養育するよう授ける。ちなみに、続篇巻四の挿絵（26～27頁、図5）左上方には、白縫・高間太郎・磯萩三人の霊魂が、越来の石橋で勇敢に戦う王女と真鶴を応護する姿が描かれている。

さて、松寿の亡妻真鶴の「魂鬼《こんはく》」（馬琴はここで「魄」の字義に「鬼」の字をあてているが、死後数年を経た真鶴の魄気が、すでに消滅しているはずであることにこだわる意味で用いているかと思う）が、生ける陶松寿の気に感じて生みもうけた、すなわち純陽の子である高徳・小萩は、結局は高間と磯萩の霊魂が宿った子であり、ひいては日本の男女の至誠の和魂《にぎみたま》が転生（托生）させた子供たちであるということになろう。そのあたりは、馬琴が読者の心にゆだねたところの、まさに怪奇話と読めるが、いずれにせよ上掲の挿絵によって暗示されていることは、福・禄・寿三星の司命の力が、真鶴・高間夫婦の起死回生を成就させたと見せることであり、いかにも道教的な挿話の一つというほかはあるまい。

さらに右の挿絵には、三星の図のほかに、北斗七星と見られる七星の図柄の蕉扇《しょうせん》も描かれていることに注目したい。『捜神記』をはじめ『五雑俎』等を典拠とする、死を司る北斗七星を対照的に示している図とわかる。

通常、北斗七星と言えば、道教において神格化された北斗真君を想い浮かべるであろうが、この北斗真君は恐ろしい司命の神（地獄へ落ちた魂を司る）であるといわれる反面、一心に祈れば死籍を削ってくれ、病いを治し寿命を保つ徐災招福の神でもあるといわれている。つまり、いずれの意味にとるにせよ、馬琴は、福・禄・寿三星神と北斗真君の七星を描き添えることにより、死者の魂の甦りをたたえているのではなかろうか。なお、中国四大奇書の一つ『金瓶梅』（第六十三回）には、主人公西門慶《さいもんけい》の愛妾李瓶児《りへいじ》が死んで納棺するに際し、お棺の底に「七星板」（七つの穴があいた板）というものを敷くことが記されている。この李瓶児の葬儀は道教を主に仏教の施餓鬼法要なども行うという混淆方式であるが、この七星板の七つの穴は、まさに北斗七星をかたどるものであり、死者の魂が迷わず昇仙することができるようにと願う道教的な祈りの方法といわれる。仏教の教える地獄を回避することが、

図13　残篇巻之五　第六十八回　挿絵

道教の側に必要になってきたため、明代から清朝末頃までよく民間でおこなわれていた納棺の作法であった。

『西遊記』第二十六回の物語に接していなければ、まったく気づかずに終わる視点であったが、このように『弓張月』の福禄寿は、南極老人星であり、かつ福・禄・寿三星であり、よって星宿の本性をもつ神であるとの確信をいよいよ深める感がする。くわえて大団円で、舜天丸が琉球王の座につく姿を写した挿絵を見れば、彼の天頂には北斗真君が描かれており（図13）、これは、道教で北極紫微《しび》大帝《たいてい》とよばれる北極星・北辰《ほくしん》とよく混同される、帝位の星と見立てられた北斗七星図であることがわかる。つまり、舜天が北斗の神に守護されて王位に着座することを象徴するこの挿絵こそは、『弓張月』の処々にかいま見える星の神々のロマンを集約させた図と私は見る。なお、北斗真君は、琉球で為朝が戦う幻術師曚雲にとっては、不吉な運命の光を射す北斗真君本来の司命、死の神として描かれており、これについては第五節「曚雲の正体」において詳しく見ていきたい。

四　曚雲《もううん》の造型

『弓張月』前篇の序に、馬琴は次のような文辞を呈している。

この書保元の猛将八郎為朝の事跡を述《のぶ》。その談唐山《もろこし》の演義小説に倣《なら》ひ多くは憑空結構《ひやうくうけつこう》の筆に成《なる》。閲者理外《みるものりぐわい》の幻境に遊ぶとして可なり。

為朝琉球へ渡り給ひしといふ説、原何《もといづれ》の書に出《いづ》ることをしらず。しかれども神社考に云《いはく》、「為朝八丈島より鬼界に行《ゆき》、琉球に亘《わた》る。今に至り諸島祠《やしろ》を建て島神《しまがみ》とす」といふ。寺嶋が和漢三才図会に又云《いはく》、「為朝大嶋を遁出《のがれいで》て琉球国に到り、魑魅《りみ》を駆《かり》て百姓《ひやくせい》を安くす。洲民その徳を感じて主とせり。為朝逝去の、ち、球人祠をたて、神号して舜天太神宮《しゆんてんだいじんぐう》といふ」といへり。愚按ずるに、保元物語に、為朝島に于《おいて》自殺の事を載せて、琉球へ渡《わたる》の説なし。彼《かの》説をなすもの、いまだ何に据《よる》ことを詳《つまびらか》にせず。今軍記の異説古老の伝話を合せ考《かふがへ》、且《かつ》狂言綺語《きぎよ》をもてこれを綴る。……（上73）

右の序文を執筆する時点での馬琴は、為朝が琉球に渡り、中山世系初代の舜天になったであろうと推測し、その事跡として、『和漢三才図会』（以下『三才図会』）の記事を引き、これから自分が『保元物語』に則《のつと》った為朝の一代記風な物語にくわえて、為朝と琉球を結ぶ新奇な史伝的物語を執筆する、という自負とそのための布石を敷いたと見られる。つまり、憑空結構・狂言綺語によって綴ると弁明する一方で、大嶋からの脱出後琉球に渡り、舜天王になったとする為朝の伝説を、実際の出来事であったとして執筆する、馬琴の立ち位置が素直に表現された文と言えよう。

たとえば、寺嶋良安が『三才図会』において、「駆リ二魑魅一ヲ安シテ二百姓一ヲ於レ是島ノ民皆為ル二日本ノ風俗一ト」（「異国人物」琉球）と記すのを、すなわち、琉球で為朝が魑魅《りみ》を駆逐し百姓を安心させたことから、「島民は皆、日本の風俗となった」と訳すべき文を、馬琴は「洲民その徳を感じて主とせり」と、拡大解釈をおこなっていることに注目したい。「主」という語をもって、「王」と呼ぶに近いニュアンスをただよわせたうえで、為朝の死後、彼が舜天太神宮と神号された事跡を記して、馬琴は、琉球における為朝の覇者「舜天王」としての位置づけを確かな史伝と読者に思わせる、実に作為的な筆さえもちいているのである。しかし、前篇上梓のあとになって、馬琴は、琉球国王への冊封使《さっぷうし》（中国が異国の王に封爵を授けるためにおくった使者）の副使であった清の徐葆光が、八ヶ月に及ぶ琉球滞在の期間に収集見聞したことをまとめた『伝信録』を披見し、その巻三の琉球王の世系に、次の記録があることをはじめて知る。

　舜天ハ日本人皇後裔〔大里〕按司朝公ノ男子也　淳熙七年庚子年《トシ》十五　屢有二奇徴一長シテ為ル二〔浦添ノ〕按司ト一人奉シ其ノ政　断獄不レ違ハ天孫二十五世政衰フ　逆臣利勇恃ミレ寵ヲ執リレ権ヲ　鴆《チンシテ》二其ノ君ヲ一而自立ス　舜天討スレ之利勇死ス諸按司推奉レ即ムレ位　賞レ功ヲ罰レ罪ヲ民安シテ国豊シ　在位五十一年寿七十二　嘉熙《カキ》元年丁酉《ヒノトリニ》薨《コウズ》。（『伝信録』三、「中山世系」）

　寺嶋良安が、何の書に依拠して、為朝と舜天太神宮を結びつけたのか、出典のわからぬまま『三才図会』の説を掲げた馬琴は、いささか予感していた不安がまさに的中したことをまのあたりにする。

　為朝と琉球王朝とのかかわりが、実は為朝の子とされる舜天をとおして成就したことであった、と知ったときの馬琴の胸中はいかばかりのものであったろうか。為朝が琉球に渡ったという伝説が琉球の側にもあったことを確認しえた喜びを感じる一方で、それまでの為朝を舜天王とする説を捨て、新しい構想を立てて『弓張月』の後篇を執筆しなければならなくなった、いわば仕切りなおしの必要が出来したことへの困惑と、相半ばする境地に揺れるものがあったと忖度する。しかし早々に、馬琴がさらなる創意と工夫を重ねて、空前の為朝の史伝的物語を完成させるべく前向きに立ち向かったことは、言うまでもあるまい。

　ところで、『三才図会』によれば、琉球に渡った為朝は〈魑魅を征伐して、洲民に尊敬され〉とあり、まるで神話のごとく記されているのに対し、『伝信録』は、〈天孫氏による琉球王朝は、二十五世にして政事が乱れ、逆臣利勇が王の寵愛を利用して権力を握り、弑逆《しいぎやく》して王位に立つ。その利勇を誅伐したのが舜天であり、諸方の按司は彼を奉じて即位させる。舜天王は賞罰を正しく行い、国民を安らかで豊かに暮らせるようにした。在位五十一年、寿令七十二歳で舜天は死去した。嘉熙元年（一二三七）丁酉の事〉と、舜天が中山王朝の初世となる経緯を、このように短いながらも要を得て、いかにも歴史的に記している。

馬琴は、そのいきおいに乗って後篇の序に「備考」とし、『伝信録』から上掲の記録を引用し、為朝と、その男子舜天をめぐる詳細な考証文を執筆することになる。

又中山伝信録《チウザンデンシンロクニ》云《ク》、「舜天《シユンテンハ》、日本人《ニン》皇後《ワウノコウ》裔《エイ》、大《オホ》里《サト》琉球ノ地ノ名按《アン》司《ズ》官名朝公 男子也《チヤウコウノナンシ》。……嘉熙《カキ》元年 丁 酉 薨《ヒノトノトリニコウズ》。下略」カカレバ為朝ノ子舜天ハ、琉球中興ノ賢王ナリ。且元史類篇《カツゲンシルイヘン》ニ、琉求世賛図《セイサンノツ》ヲ援《ヒイ》テ、「為朝公之男子云云《シカ〱》」ト録シ、中山伝信録ニハ、「日本人《ニン》皇後裔《ワウノコウエイ》、大里《オホサト》ノ按司《アンズ》、朝公《チヤウコウ》ノ男子《ナンシ》云云《シカ〱》」ト記《シル》セバ、為朝琉球へ渡《ワタリ》玉ヒテ、按司ノ職ヲ授《サズケ》ラレ、其子舜天、天孫氏ニ代《カハツ》テ、彼国《カノクニ》ニ王タリシコト誣《シユ》ベカラズ。時代モ又相応ス。和漢三才図会ニ、琉球ニ為朝ヲ祀《マツリ》テ、「舜天太神宮《シユンテンタイジングウ》」ト崇《アガム》ト記セシハ誤《アヤマリ》ナリ。舜天ハ為朝ノ子ナルコト見ツベシ。……

（後篇「備考」、上233〜234）

このように馬琴は、おのが『三才図会』にたよった誤りを、考証的文章の中でさりげなく訂正している。そして『弓張月』の後篇以降は、そこから離れて執筆をおこなう旨を読者に宣言するのである。ちなみに右で馬琴が「時代も又相応す」と言うのは、『伝信録』に見る舜天の没年とその年齢から逆算して、舜天の誕生が乾道元年（一一六五）、すなわち、保元の乱から数えて九年後のことであるのを指しているのであろう。馬琴の創作の世界設定にかける熱意が伝わってくる言葉と思う。

前篇の序に記された文辞から推測すれば、その段階で後篇では、天孫氏の王を迷わし国民に危害をくわえる琉球の魑魅《ちみ》を退治し、禅譲の王となる為朝の武勇伝が展開するはずであったにちがいない。それは、馬琴が前篇の物語（第六回）において、すでにその魑魅の化現と思われる、すなわち琉球太古の虬の悪霊の顕れを想起させる「道士《おこなひびと》」と称される矇雲をそれらしく出現させていることに見て取れよう。しかし『伝信録』を披見してのちの馬琴が、もはや、その様な矇雲の悪業により天孫氏の王朝に内乱が出来する、といった単純な物語を執筆するわけにいかなくなったことは、容易に察せられるところである。

早くに前篇巻三で登場する矇雲という道士（あるいは、国王を自在に操るゆえ、矇雲国師とも呼ばれる）が、しかも琉球太古の先住王たる巨虬《おおみずち》（初代天孫氏に切り殺され、天孫王家に強い怨みを持つ）の亡骨が埋められた旧虬山《きゆうきゆうざん》に隠棲し、国中に跋扈《ばつこ》する異人であるという人物設定そのものに最後まで変更は見られぬものの、再び登場する第三十六回においては、旧虬山の虬塚の土中から、あたかも異形の神のごとく威光を放って出場する一段がもうけられ、明らかに前篇での、どこか軽々とした扱いとは様態の異なる矇雲として描かれていることに気づくのである。

『弓張月』の全体構想をあらためて考えなければならなくなった時点で、馬琴が今後の物語の世界を方向づけるキーマンとしての矇雲を造型するために、さらなる創意工夫をかさねる必要を痛感しての所為であったと推測する。それでは、前篇から登場させた矇雲を馬琴は一体どのように変容させ、琉球の王朝争乱と言う史伝風な物語の流れの中に絡ませていったものか、以下に追ってみよう。

若き日の源為朝は、京の洛《みやこ》で権勢を振るう信西入道から、あらぬ憎しみをこうむり、父の為義の計らいにより、豊後の国へと下ることになる（前篇巻一）。そして筑紫に流れついた為朝は、偶然その地で黄金牌《こがねのふだ》を足につけた一羽の傷ついた鶴（前九年の合戦の勝利を祝って八幡太郎が放生した、源家にゆかりの鶴であった）を助ける。この噂を聞いた信西入道からその奇《めづら》しい鶴を上皇の御所の池畔に放たせよと命ぜられるが、為朝はすでにこれを放生しており、もし鶴の献上がなければ、父に解官《げかん》の沙汰があることを知って、やむなく琉球の果てまで捜し求めに出かけることを決意する（父為義が陰陽師の占いにより、鶴が今は琉球に渡ったと告げられていた為）。

琉球の言葉を解する紀平治太夫を従者として、無事にかの地に渡った為朝は、そこで早速例の鶴のゆくえをたずね歩くものの、一向に手掛かりもえられず、悶々として日を過ごす。そしてある朝、旅館で目が覚めた時、自分達が日本から持参した大切な巻絹類の入っていた荷物が、すっかり盗まれていることに気づく。あわてた為朝が宿の店官《あづかりびと》にことの次第を訴えると、また次のようなあやふやな返事が返ってくるのである。

「こゝよりは西南にあたりて、旧虬山《きうくざん》といふ穹谷《みやま》あり。是則《これすなはち》花瓶嶼《くわひんしよ》と、雞籠嶼《けいろうしよ》との中央にして山中に曚雲国《もううんこく》師《し》といふ一人の道士《おこなひゞと》在《ゐま》すなり。この神仙よく人の為に禍福吉凶を説給ふに、響《ひゞき》の物に応ずるがごとし。こゝをもて国王これを尊敬《そんきやう》し給ふ事斜《ななめ》ならず。彼《かの》曚雲国師、もし欲《ほしき》とおぼすものあるときは、忽地《たちまち》術をもてこれを取り給ふ事あり。そのとられたるもの、斎戒沐浴して山に登り、叩首《こうしゆ》して乞求《こひもとむ》るときは、偶《たま〳〵》かへし得させ給ふ事もあり。もし又返し給はずといふとも、国王の尊信し給ふ道士《おこなひゞと》に在《おは》せば、これを訴《うつとふ》る事かなひがたく、夥《あまた》の損をして已《やむ》のみしかれども聊《いさゝか》も恨《うらむ》るこゝろあれば、その人かならず祟《たゝり》あり。おもふに御身が物を失ひたるも、この曚雲国師が戯《たはふれ》にかくし給ふならん。とり復《かへ》さんとおもはゞ、はやく旧虬山へ赴き給へ」（前篇巻三、上125～126）

彼の言によれば、旧虬山という穹山《みやま》（深山）に隠棲する曚雲は、琉球王の尊敬を一身に集める、国師と呼ばれる道士、すなわち道教のあらゆる術をおさめた神仙であるというが、それにしては、為朝の貴重な荷物を盗み、実に道にあらざる悪業をなすものと奇異に思われる。為朝は怒りにかられて、曚雲からその荷を取り返すべく、教えられた旧虬山へのけわしい山道を急ぎ昇って行くうちに、たちまち幻術師が起こした濃霧により視界を奪われ、数百丈下の谷底へと転落する。ところがそこは、はからずも琉球王の娘寧王女が、母の廉夫人ともども幽閉されていた屋敷の庭であり、為朝は、そこでさらに曚雲について次のような怪奇な話を聞かされるのである。

「やよ日本人《やまとびと》よ。願《ねがは》くはこの珠《たま》（為朝が日本から持参した一顆の珠の事。昔九州の木綿山で切り殺したうわばみのあごから取り出した名珠《しらたま》）をこの子に与へ給へ。斯《かく》いはゞなほ怪しとも思れん。まづ縁故《このもと》を聞かせ侍るべし。何か匿《かくさ》んこの少女《おいなご》は、この国の主《あるじ》、尚寧王の中城《なかくすく》春宮《とうぐう》の事なり寧王女《ねいわんにょ》にておはします。わらはは則《すなはち》この王女《わんにょ》を産《まうけ》まゐらせし、廉夫人《れんふにん》といふものなるが、中婦君《ちうふぎみ》后《きさき》の事也ものの妬《ねたみ》ふかくして、しば〳〵讒言《さかしらごと》し、剰《あまつさへ》 曚雲国師といふ道 士《おこなひゞと》を相語《かたらひ》て、この王女に位を伝へ給はゞ、久後《ゆくすゑ》かならず国乱れなんといはせし程に、王も御こゝろ疑《うたがひ》て決し給はず。しかるに往古《いにしへ》太平山《たいへいざん》の前の海に一ッの虬《みづち》ありて、常に風雨を起し洪波《つなみ》を致し、五穀を損《そこな》ひ洲民を害する事多かりければ、先王ふかく愁ひて天地に祈禱し、みづから潮《うしほ》に浸《ひた》りて彼虬《かのみづち》を殺し、是を瓶架山《へいかざん》の東壑《とうがく》に埋《うづめ》給ふ。今の旧虬山《きうくざん》是なり。こゝに先王虬《みづち》を殺し給ふとき、その腮《あぎと》を裂《さき》て二顆《ふたつ》の珠《たま》を得給ひしが、その琉一顆《たまひとつ》を琉《りう》といひ、又一顆《ひとつ》を球《きう》といふ。されはこの国を琉虬《りうきう》と名つけしは、虬《みづち》を切流《きりなが》し給ふに起り、又琉球と書《かく》事は、彼二顆《かのふたつ》の珠を表す。この珠代々《よゝ》の王に伝へて、中華伝国《もろこしでんこく》の玉璽《ぎよくじ》にひとし。元来《もとより》この国の風俗《ならはし》にて、王子《わんし》おはしまさゞれば、王女《わんにょ》に位を伝《つたへ》給ふなれば、寧王女前年《さきつとし》、中城《なかくすく》にたち給ふ時、尚寧王まづ彼珠《かのたま》を領《あづけ》給ひしに、いく程もなく、彼珠一顆《かのたまひとつ》ぞ失《うせ》たりける。かゝる神宝の故なくて、失《うせ》なんもいと怪《あや》し。是《これ》疑ふべうもなき、中婦君《ちうふきみ》の妬《ねたみ》にて、彼《かの》曚雲国師に盗《ぬすま》せ給へりとは猜《すい》しながら、証据《せうこ》なければいひとくに道なく、畏《かしこ》けれど王も又、御こゝろ浅はかに在《ましま》すをもて、終《つひ》にこれを暁得《さとり》給はず。忽地中 城《たちまちなかくすく》を廃して庶人《しよじん》となし、わらはとともにこの処《ところ》に棄られたれば、……寐覚《ねざめ》わびしきわが宿の、掃《はき》もはらはぬ庭面《にはもせ》へ、物の落《おつ》る響《ひゞき》せしに驚き、走り出て見侍れば、……日本人《やまとびと》よと思ふから、貯《たくは》へもてる薬なんどの、ありもやすると立よりて御身が懐《ふところ》をかい探るに、思ひもかけぬこの珠あり。今熟《つらく》視侍《みはべ》るに、往《さき》に王女の失ひ給へる、一顆《ひとつ》の珠に露たがはず。よしその珠にあらずとも、かくまで似つればこれを持《も》て都に上《のぼ》り、王女を宮中へ還《かへ》し入れまゐらせ、わらはも又年来《としごろ》の、冤屈《むじつのなんぎ》を脱《のが》るべし。御身にありては一顆《ひとつ》の珠なり。われに于《おい》ては千乗《せんじやう》の位に換《かゆ》る璽《をしで》ぞや。かく審《つまびらか》に聞え侍れば、まげてわらはに得させてよ。」（前篇巻三、上128〜130）

このように廉夫人が諄々と訴える言葉を聞いて為朝は、自分が一羽の鶴を捜しにこの国へやって来たわけを語り、曚雲によって財貨を失ってしまった今となっては、もしも鶴を得ることができたとき、その世話になった人への礼の品もままならぬ状況であることを説明し、夫人の願いを断る。ところが、まさにその鶴は、いかなる冥助かその日の朝、王女の庭に降り立っており、為朝は早速、自分の珠と鶴を交換することになる。

以上の物語から見ると、曚雲はいかにも尚寧王を陰《かげ》に支配する中婦君をそそのかし、正嫡の王女を廃し、国を奪おうとする、ただの悪しき道士にすぎぬものとうつる。

だが、天孫氏の初世に切り殺された虬の亡骨が埋められた旧虬山に隠棲し、旅館の番頭の噂にもあるとおり、国中いたる所で幻術を自在になすという曚雲の本性に、その虬の神霊とのかかわりが少なからずあることを、馬琴がこの時点で暗に示していることも、見てとれるのである。しかも、後の第三十五回の物語において、琉球神道の託女《みこの》長阿公《おさくまきみ》は尚寧王の前で、自分が琉球開闢以来の守護神君神物《きんまんもん》による真《まこと》の神託をおこなわず、ひそかに旧虬山の虬塚の神を尊信し、一年の吉凶を問い、それを洲民に君神物のおつげとして偽りの神託をしていたことを白状する。これを聞くと、尚寧王は邪神に祈る阿公にたいし強い不快を示して、忠臣毛国鼎《もうこくてい》が、虬塚は天孫氏にとっての大切な古蹟であり、みだりに嫌うことをいさめるが、「淫祠《わたくしのまつり》は俗に害あり。虬塚に何の神霊かあらん。今これを発廃《あばきすて》ずは、後《のち》かならず奸《よこしま》を助《たすけ》て、毒を流すに至るべし。わが心既に決せり。ふた、び諫《いさむ》むることなかれ」と聞き入れず、翌日、旧虬山に登り虬塚を掘りおこすことを家臣らに宣言する（この時王はまだ、日頃自分の尊信する矇雲が、虬塚の神霊の、いわば化身であることに気づいていなかった）。なお、この段の終りに馬琴は、次のような考証文を記している。

「昔北谷《きたゞに》なる無漏渓《むろけい》に悪蛟《あしきみづち》あり。風雨を興《おこ》して患《うれひ》をなす。王国中に令《ふれ》て童女《どうによ》を募《もとめ》、犠《にへ》としてこれを祭るに、宜野湾《ぎのわ》なる章氏《せうし》の女児《むすめ》、真鶴《まなづる》と呼《よば》る、が、募《もとめ》に応じ身を捨て、母を養《やしなは》んとせし至孝《しいこう》を、天神《あまつかみ》感応《かんおう》ありて、蛟《みづち》を滅《ほろぼ》し害を除《のぞき》、封爵《ほうしやく》を受たり。」と書きしるせしはこの事ならん。その説大同小異あつて、或《あるひ》は義本《ぎほん》在位の時とす。いまだ何《いづれ》が是《ぜ》なるをしらず。（続篇巻二、下18〜19）

右は、『伝信録』巻四（「琉球国地図」北谷）の記録を、ほぼ原文どおりに訳した文である。但し原文の冒頭に「北谷有㆓無漏渓義本王当宋ノ淳祐中㆒」と記されているのを、いささか書き改め、その結びに「或は義本王在位の時」とする説もあるかのごとくあいまいに記しているのが特徴である（義本王は、舜天王から二代あとの在位）。おそらく、北谷の無漏渓を棲家《すみか》とした「悪蛟《あしきみづち》」の伝説を、『弓張月』で天孫氏二十五世とする尚寧王の時代にも適応させようとした、馬琴の意図的な筆の所為と思われる。はたして、次の第三十六回において矇雲は、愚かな尚寧王の心得違いにより発廃《あばきすて》られた旧虬山の虬塚の地下の石櫃《せきひつ》から、一万八千載《ざい》の蟄《すごもり》を破り、突如この世に出現することになる。（図14）

かくて君臣、やうやくに神《こゝろ》を鎮め、晴《め》を定めて、砕《くだけ》たる櫃《ひつ》を見るに、一朶《いちだ》の叢雲《むらくも》、靉靆《あいたい》として立昇《たちのぼ》り、やがて地上をはなる、と見えし。奇なるかな。隆準《りうじゆん》骨立《こつりつ》たる異人《いじん》、香染《こうそめ》の法衣《ころも》の、腐断離《くちちぎれ》たるを被《き》て、手には

図14　続篇巻之三　第三十六回　挿絵

錆《さび》たる金鈴《こかねのすゞ》を握《にぎり》もち、底石《そこいし》の上に結跏趺坐《けつかふざ》せり。その骨相《こつがら》、眉白く脣《くちびる》赤く、髯《ひげ》は黄にして面《おもて》黒く、爪青くして指に半《なかば》し、肉脱《にくおち》ては、雪の松の骨を見《あらは》し、膚垢《はだへあか》つきては、雨の竹の節《ふし》も撓《たゆ》めり。人かと見れば人にもあらず、鬼《おに》と見れば鬼にもあらず。衆人《もろびと》ます〳〵怪《あやし》みて、こはそもいかに、と斗《ばか》りに、うち観《まもり》てぞ居たりける。時に異人欠伸《あくび》して、閉《とぢ》たる眼《まなこ》を濶《くわつ》と開くに、瞳の光人を射て、左手右手《ゆんでめて》を見かへりつゝ、

　天公未生我《てんこういまだわれをうまざれは》　冥冥無所知《めい〳〵としてしるところなし》
　天公忽生我《てんこうたちまちわれをうむ》　生我復何為《われをうみてまたなにとかする》
　無衣遺我寒《ころもなければわれをさむからしめ》　無食給我饑《しよくなければわれにうへをきうす》
　還爾天公我《かへってなんぢてんこうはわれか》　還我未生時《またわがいまだうまれざるとき》

と吟じ果《はて》て、「呵々《かや〳〵》」とうち笑へば、利勇《りゆう》おそる〳〵異人に対《むか》ひ、「大王の仰《おふせ》あり。そも汝は何ものぞ。」と問《とふ》に、異人は利勇に応《いらへ》せず、腰輿《こし》の物見《ものみ》をさし覗《のぞ》きつゝ、まうすやう、「殿下怪《あやし》み給ふことなかれ。西方《さいほう》に聖人あり。よく衆生《しゆぜう》を済度《さいど》して、苦《く》を脱楽《ぬきらく》を与ふ。すなはちこれを仏《ほとけ》と号《なづく》。亦東方《とうぼう》に聖人あり。よく凡夫《ぼんぶ》を哀憐《あいれん》

して、福《ふく》を授《さづけ》 禍《わざはひ》を禊《はら》ふ。死して亡《ほろび》ざるが故に、これを神《かみ》と称す。亦中央《ちうわう》に聖人あり。真《しん》を修め寿《じゅ》を保《たもち》、天地とともに滅《ほろぶ》る事なし。すなはちこれを仙《ひじり》と呼べり。わが道這個《しやこ》の三《みつ》を攝《かね》て、神通出没《しんつうしゅつぼつ》不可思議なり。われ開闢《かいびやく》のはじめより、この山中に蟄《すごも》りて、一万八千載《ざい》を経たるに、天孫氏《てんそんし》廿五主《しゅ》、いまだ君がごとき賢王はあらざりき。されば仁政国中《じんせいこくちう》に潤沢《じゅんたく》し、わが出《いづ》べき時至れり。貧道当初《それがしそのかみ》天孫氏に約諾《やくだく》し、光《ひかり》を墳塋《ふんゑい》の中《うち》に瘞《うづめ》て、ながく虬《みづち》の悪霊《あくれう》を壓鎮《おししづむ》。凡夫《ぼんぶ》は只その虬塚《みづちつか》なる事を知《しつ》て、実は神仙の窟《いわや》なるよしを覚《さと》らず。殿下狐疑《こぎ》のこゝろなくて、篤《あつ》く尊信し給はゞ、貧道《それがし》今より政《まつりごと》を輔《たすけ》ん。しからば王の寿命天地とゝもに等しく、国豊《ゆたか》に民安《たみやす》かるべし。かくは験《しるし》を見給へ。」といひもあへず、内縛《ないばく》して、咒文《じゆもん》を念じ、

唵《おん》　毒《どく》　変《へん》　蛇《じゃ》　寧《ねい》　吽《うん》　莎《そは》　賀《か》

と唱《となふ》れば、石に打れて仆《たふ》れたる人夫ども、立地《たちどころ》に身を起し、手足に傷《きずつく》こともなく、本《もと》のごとくになりにけり。

（続篇巻三、下23～24）

前篇で、廉夫人らの噂をとおして語られる矇雲が、ただの疑わしい幻術師のイメージで描かれているのに対し、続篇では、あたかも異形神の神体示現をおもわせるごとく、怪異な出場の様子や、異様な容貌などが描かれ、馬琴の筆致の変化は、多くの読者の意表をつくものと思われる。

まず矇雲は出世すると、土中での永い眠りを破られた者の不快をあらわにするように、ひと欠伸《あくび》のあと、左右を睥睨《へいげい》し、とつぜん奇妙な一詩を句吟する。その「天　公　未　生　我《てんこういまだわれをうまざれは》……」と言う詩には、矇雲にとっての何か特別な意味がこめられているのであろうか。この詩は、隋末か唐初の詩人といわれる王梵志《おうぼんし》の作であり、馬琴はこの詩を曲亭叢書の『狂詩選』に収録しているが、いつどのような経路で王梵志を知ったのかは、さだかでないとのことである（下448～449、補注14参照）。それは別におく問題として、いま一度、馬琴の読みくだしにより、その意味を解

釈すれば、およそ次のとおりに訳すことが出来よう。

天帝が未だ我を生まぬあいだ暗くて何も判らないでいた。天帝は突然我を生むが、我を生んでいかにしようとするのか。衣も与えず我を寒さにふるえさせ、食物も与えずわれを飢えさせる。かえって未だ我が生まれぬ時は、我こそが天帝であったか。

この訓のままではまことに意味不通である。馬琴は、「①還爾天公我　②還我未生時」の「還」の字を、①「かへって」、②「また」と読み、「かへってなんじ天公はわれか、またわがいまだうまれざる時」と読みくだしているが、これは、「還《かへせ》二爾《なんぢ》天《てん》公《こう》我《われを》一還《かへせ》二我未生時《わがいまだうまれざるときに》一」と読むのが、正しい読みくだしと思う。つまり、王梵志は、われを生んでのちの天帝が、わがために何もしてくれないのであれば、われをふたたび天に還《かえ》して欲しいと、人生の不遇をなげく詩を詠んでいるのである。したがって、本来の意味は曚雲にとってまったく似つかわしくないのであるが、馬琴はそれを、われと開闢の神、すなわち造化の神を一体にとらえて見せる、きわめて尊大にかまえる曚雲に最もふさわしい寓意の詩に、みごとに読みかえてしまったといってよいであろう。それは口吟《くぎん》をおえた曚雲が尚寧王にむかい、まことしやかに三教一致の教えを説き、その神・儒・仏の三教を修めた自分は、「神通出没不可思議なり。われ開闢のはじめより、この山中に蟄《すごも》りて、一万八千載を経たるに、……」と、まさに開闢の神を名乗るごとき大言を吐く曚雲の態度に、きわめてよく響きあう詩句と思われる。それにしても、みずからを玄妙不可思議な三教合一の神通力の持ち主であると自証する曚雲とは、いかなる神の出現と見ればよいのであろうか。

彼は自らの棲《す》む虬塚を指し、「実は神仙の窟《いわや》」であると宣言しており、いかにも道教の道士であることを名乗っている。とすれば、曚雲の正体は〈虬塚の主なる神仙〉ということになろう。しかしその虬塚の土中に一万八千年もひそんでいた神仙と名乗るからには、ただの不老長生の神仙と見るにはあたるまい。ただここで言えることは、つとに仙体を得た曚雲は、土中に在っても自在にその魂を外へ出すことができ、しかも変化《へんげ》してまさに神出鬼没のおこないをする道士であることである。

したがって、右のごとき出場の弁も、どこかに一同をあざむくための目くらましの言葉が用意されているものとみてよかろう。つまり前篇での、旧虬山の虬塚に棲む悪道士の性格をはるかにこえた、まことに高位の神仙曚雲を誕生させているといって、過言ではあるまい。尚寧王は、このような曚雲の眩惑的《げんわくてき》な様態と奇言にだまされ、ひたすら尊信し、さっそく首里の城近くに道場を建立させるので、ぜひ来臨願いたいと申し出る。だが曚雲は穢土火宅《えどかたく》（現世のけがれた家）を嫌うとし山居を続けるが、王の必要があり名を呼ばれれば一瞬《つかのま》に参上することを約束し、王のその名の問いに「貧道原来氏《それがしぐわんらいうじ》もなく、名もあらず。霞を飲み雨に浴《ゆあみ》し、雲をもて家となし、雲をもて駕《のりもの》とせん。しかれば今より曚雲と召し給へ」と名乗る。このとき、忠臣の毛国鼎《もうこくてい》ひとりは、こうした曚雲の出世を、天孫氏にとっての悪しき予兆と怪しむが、すでになすすべもない。その後日、国鼎は街《ちまた》の童謡《わざうた》に、

悪神来兮《あくじんきたれり》　海潮不清《かいちやうきよからず》　悪神来兮《あくじんきたれり》　白沙化蟹《はくしやかにとけす》

と唄われているのを聞き、彼はこれこそ、天神《あまつかみ》が曚雲にあてて人々に唄わせしめる歌謡であり、すなわち曚雲が五月蝿邪神《さはえなすあしきかみ》であることを警告する神託であるとさとる。「殿下、頃日街頭《このごろちまた》の童謡を聞召《きこしめさ》れつらん。是彼すべて、吉祥《よきさが》ともおぼえ候はず、……」と、国鼎は懸命に諫言《かんげん》するが、はたして愚かな王の聞き入れるところとはならなかった。

馬琴が童謡《わざうた》と称する右の歌詞は、のちに為朝が琉球に漂着したことを寿《ことほ》ぎ、富蔵河の童子らが唄い囃す、

神人来兮《しんじんきたれり》　富蔵水清《ふざうみづきよし》　神人遊兮《しんじんあそべり》　白沙化米《はくしやこめにけす》

という童謡のまったく反対句として、馬琴が改作した詩句である。「神人来兮」の元歌《もとうた》は、『伝信録』巻四に見る、山北省の民謡であり、くわしくはのちに「為朝の神性」（第四章—二）においてとりあげるため、ここではあらかじ

めふれるにとどめるが、この民謡を発見した馬琴は、まずもって為朝の神性を象徴する寓意の詞として採用したものと思う。そのうえで悪神の替歌を作り、曚雲を神人に拮抗する邪悪な神であるかの印象を読者にすり込むように、かさねて用いることになる。

さて、曚雲は約束どおり、その身を旧虬山の高嶺におき、つねづね雲に乗り自在に飛行する神仙として、首里の中城《なかくすく》の庭上に突然降り立っては、しだいに王朝の内乱を出来させる悪辣な陰謀をくわだてる。まず、正嫡の寧王女が所持する天孫王家伝来の琉・球と名づけられた二顆の宝珠の一顆を贋物《にせもの》として打ちくだき、王の怒りを王女母娘にむけさせ、正嫡を廃し別に世子《よつぎのみこ》を立てるよう王に進言する。他方、曚雲にあやつられた中婦君・逆臣利勇の二人は、不義密通のうえ贋《にせ》の王子《わんず》を誕生させようと躍起となるが果たせず、尚寧王は十年も幽閉していた王女をさすがにわが娘と思いなおし、ふたたび王女としてむかえようと考える。だが曚雲の幻術によって王は、王女が廉夫人と毛国鼎の不義の子であると思いこまされ、国鼎をはじめ廉夫人・寧王女の生命《いのち》を奪うよう利勇に命じる。王女を擁立する国鼎は勇敢に戦うが、利勇の指揮する奸計のうちに無念の死をとげる。国鼎の忠臣陶松寿は妻の真鶴をつかわし、王女を助け出そうとするがそれもかなわず、真鶴は越来《こえぐ》の石 橋《しやつきよう》で、利勇に命じられた悪童らに撃たれて落命し、王女もともに悲劇の最期を迎えることになる。そこで、あわや絶命したかに見えた王女が、為朝の亡き妻白縫の亡魂に祐《たす》けられ、突如、女ながらも勇敢であった白縫の魂が宿る王女と変じ、すなわち白縫王女となって以後の物語に活躍することは、上述（第二章）のとおりである。

曚雲による攪乱はさらにさかんとなり、幻術によって出現させた「禍《わざわい》」という名の怪獣に王と中婦君を殺させ、さらに曚雲は、利勇と祝女長阿公《みこのおさくまきみ》、そして彼らの悪計で幼主に据えられた贋《にせ》の王子《わんず》の三人を追放し、みずから王座にあがり曚雲法君と名乗るのであった。

さて、白縫の借屍還魂《しゃくしかんこん》によって生きかえった王女は、からくも越来の石橋での修羅場を脱出し、恩納嶽《おんながたけ》の山中へと逃げこむが、月がかわったある日、曚雲が駆立《かりた》てる禍獣《わざわい》が王女を目がけて走りくることを知らされ、急ぎ海辺の方へと逃げる。その磯には、今は亡き毛国鼎の息子である鶴と亀という名の二少年が王女を待ちうけており、小琉球の島北《しまきた》なる赤瀬の石碑のほとりへと助けしりぞく。少年たちは、父である国鼎の亡霊が一夜の夢に立ち、王女を救い取り赤瀬の碑まで連れていき、国祖《くにつみおや》、天孫氏の立てたその碑に祈願すれば、かならず「禍《わざはひ》をかへして、福《さいはひ》にあひ給うべし」と夢につげるのを、夢の真《まこと》と信じて王女をそこに待ち、島北の浜へとむかったのである。

はたして、曚雲がはなつ禍獣《わざわい》は王女に突進してくるが、赤瀬の石碑に押し倒されて逆に土中にめり込み、不思議にその形は消滅する（続篇巻六）。そしてこののち王女は、すでに琉球に漂着していた為朝と奇しくも運命的な再会をとげることになる。しかし、王女は自分がその昔、日本の海で夫の生命にかえて身を洋海《わたつみ》に沈めた白縫の魂がやどるものであることを告白し、以後は寧王女《ねいわんにょ》とはよばず、ただ王女、白縫、或いは白縫王女と呼びかけるよう島民らにつげ、あらためて為朝の仮の妻となることを為朝に乞う。

それからの王女は、源家の御曹司のすぐれた武勇・英知にささえられ、また為朝は、廉夫人・王女への昔日の恩がえし（琉球まで捜しに行った鶴を与えてもらい、信西入道の命令に応ずる事が出来たこと）のために、我国の清盛にもまけぬほどの非道な政事を制止させようと、曚雲・利勇を撃ち滅ぼす意を決する。

五　曚雲の正体

『弓張月』における舜天王誕生までの、まさに麻の糸の乱れるがごとき争乱劇が、いよいよ拾遺巻一より展開するわけであるが、馬琴は、第四十八回の冒頭部分で、曚雲のいでたちを表すのに、じつに奇妙な用語を記していることに注目したい。

曚雲《もううん》が下知《げち》を禀《うけ》、寧王女《ねいわんによ》を撃《うた》んとて、禍獣《わざはひ》を牽《ひき》て、小琉球へ赴《おもむ》きたる筑登之等《ちくとしら》は、為朝の箭《や》さきにかゝりて、過半命《くわはんいのち》を隕《おと》し、残るものどもは、鶴亀を生拘《いけどり》たるを面目《めんぼく》にして、たつ足もなく引退《ひきしりぞ》きて、西間切《にしまぎり》より船に乗り、辛《からう》じて那覇の港へ著岸し、やがて首里の龍宮城へ参りて、鶴と亀を庭上《ていしよう》に引すえ、縡《こと》の赴《おもむき》を訴《うたへ》にければ、曚雲これを聞《き》ゝて、頭《かうべ》には流星巾《りうせいきん》を戴《いたゞ》き、身には猩々緋《せうぐひ》の縁《へり》とりたる、錦《にしき》の道服《どうふく》を被《き》て、手に珊瑚樹《さんごじゆ》の杖《つゑ》を掌《とり》、里之子《さとのし》に翳《は》をさしかざゝしてゆるぎ出《いで》、……（拾遺巻一、下158）

「流星巾《りうせいきん》」と言う名の頭巾《ずきん》は辞書には見あたらず、恐らく馬琴の創作によると見られる。馬琴はその名のかぶりものに特別なこだわりを抱いていたのであろう。後段で為朝との決戦に出陣する曚雲のいでたちを描くにも、

車のうちには賊将曚雲、頭《かうべ》に流星巾《りうせいきん》を戴きて、身に蛇皮《じやひ》の法衣《ほうい》を著下《きくだ》し、……（拾遺巻五、下240）

とくりかえし記している。くわえて右の場を描く北斎による見開きの挿絵（図15）には、傘蓋《さんがい》を挿しかけた四輪車に乗る曚雲の頭上に、北斗七星の図を縫い取ったような頭巾が載せられているのが見られる。この七星図が馬琴の指示によるものか、北斎の遊び心が描いた図案かは、ここではおくとして、いずれにせよ本文の流星の語をうけて描かれたものに相違なかろう。

ところで、明・清時代の小説の挿絵に、登場人物の頭上に星座が描かれているのをよく見かけるが、これは古来より星座を神々としてあがめてきた中国の人々にとって、天文と人事との深い関わりを表わした実になじみ深い図といえよう。それらの中には、占星術や民間信仰の影響から生まれた架空の星の神々を表わす星座まであって、たとえば『全相平話三国志』（元至治本）では、諸葛孔明が将星《しようせい》（大将になぞらえられている星［『隋書』天文志上］）の

図15　拾遺巻之五　第五十六回　挿絵

同上　部分

図16　元至治本『全相平話三国志』巻下　挿絵

流星となって落ちるさまを見て、みずからの死期をさとり、北斗星を祭ったという一話があり、その場を描いた挿図（図16）が見られる。「流星が墜ちた地は兵をつかさどる」（『五雑俎』巻一）と言われ、世に不吉の予兆とされる流星と、「南斗は生を司る、北斗は死を司る」（『捜神記』巻三）と言われるがゆえに、人々がいっさいの願いごとを祈る北斗七星を、同時に見仰ぐ孔明の図を見ると、馬琴がなぜ架空の流星巾を曚雲にかぶらせ、北斗七星の図を頭上に飾ったものか、その謎かけの一端は解けるように思う。つまり流星巾とは曚雲が、とりもなおさず不吉の流星、妖霊星《ようれいぼし》（不吉な事が起こる前兆と信じられた、妖しい星。彗星）の止宿《ししゆく》、泊まるところであり、凶運・禍事《まがごと》の神の身体示現であることを象徴するために考案された、馬琴独自の頭巾ではなかったろうかと。さらに、図案の七星図が曚雲の死を予兆することは言うまでもあるまい。馬琴はその曚雲最期の場を次のように記している。

その隙《ひま》に為朝は、真鶴《まなつる》と呼びかえたる、鶉《う》の丸《まる》の宝剣をうち振て、間《あはひ》ちかく走《はせ》よし給へば、宝剣の威徳にやおそれけん、曚雲 猛《にはか》に風を起《おこ》し、雲を呼びて空中へ、登らんとする処を、舜天丸《すてまる》は姑巴嶋《こはしま》にて、三所《さんしよ》の神に斎祀《いはひまつ》りし桃の箭《や》に、義家と識《しるし》たる、黄金牌《こがねのふだ》をとりそえつゝ、弓を満月のごとく彎固《ひきかた》めて、且《しばら》く祈念し給へば、忽然《こつぜん》として白鳩《しらはと》両翼《には》、旗竿《はたさを》の上に翔《まひ》とゞまり、何処《いづこ》とはなく空中に、鶴の鳴声聞《なくこゑきこ》えしかば、念願成就とたのもしく、弦音《つるおと》高く兵《ひやう》と射る。その箭《や》流るゝ星のごとく、曚雲が吭《のどぶえ》 砕《くだい》て、篦《の》ぶかにぐさと射込《いこみ》たまへば、しばしも堪《たへ》ず馬上より、仰《のけ》さまに撐《どう》と堕《おつ》。（残篇巻四、下384）

曚雲が、流れる星のごとく飛びきたった矢に射られて、あたかも流星のように地上にどうと堕ちたさまをあらわす文辞とみられる。そして、天孫氏二十五世、王女の忠義の家臣等、島民達に数々のわざわいを与え、富蔵河の童謡に「悪神来兮《あくじんきたれり》」と囃《はや》される曚雲の悪の事跡にてらせば、星のなかでも暗黒の星といわれ、この星が人の本命宮《ほんめいきゆう》にいたれば災厄がかならず起こるとされる計都星《けいとせい》の星宿が、私には一番に思い浮ぶのである。

インドの神話で、霊酒を飲んだ竜がビシュヌ神によって切られ、その頭部が羅睺星《らごせい》、尾が計都星になったとされるのにもとづき、漢訳仏典、とりわけ雑密（密教の中に道教が混淆）の世界で九曜星に数えられ、羅睺星は日・月蝕をおこす神で、常にはかくれて見えぬ星、すなわち彗星・ほうき星とされている。馬琴が座右の書とした『三才図会』（巻一「天部」）では、「九曜《くようのほし》」と題し、常には天上に象を示さぬ羅・計の二曜について、次のような考証を行っている。

九曜《くようのほし》　土は鎮星　木は歳星　火は熒惑　金は太白　水は辰星　日は太陽　月は太陰　羅睺　計都

『広博物志』に、「羅睺・計都の二星を大抵の人は忌む。歴代の天文志を考察するに実にこの星がない。一体この説はいつの時代からいわれるようになったのだろうか。宋の『蠡海録』に載っているからにはその説は古いものなのであろう」とある（冒頭の『広博物志』とあるのは、『五雑組』巻一「天部一」の誤り）。

△思うに、日月と五星を七政と称する。更に羅・計を加えて九曜とする。陰陽学者連中はいつもこれを人の五性に配し、毎年所属する星によって吉凶を告げる。特に、羅・計・火の三星に値れば凶であるとする。

鎌倉将軍頼経公は、仏工康定に薬師及び羅・計二星の像を造らせた（『吾妻鏡』第二十九）。羅睺星の面貌は忿怒の相をあらわし、青牛に乗り、両手に日月を捧げている。計都星は忿怒強盛の相をあらわし、青竜に乗り、両手に日月をささげている。これはなにに基づいて型づくったものであろうか。七政すら像などあるわけではなく、いわんや羅・計は猶更《なおさら》のことである。（東洋文庫『和漢三才図会』一―60〜61）

このように寺島良安は、『蠡海録《れいかいろく》』や『五雑組』に見られる諸説を参照し、羅・計の二星は、たいていの人が忌む星であり、天文学的には実在しない星であること、我国の陰陽で九曜占いにおける凶運の星とされること、さらに『吾妻鏡』に記されたその図像などをまとめて記している。ちなみに上述の『金瓶梅』では、西門慶が李瓶児の病篤いことを案じて、呉神仙に星占いを頼むくだりがあり、そこで神仙は李氏の今年の運勢は計都星に照らされていることを告げ、さらに「計都とは、陰晦《いんかい》の星でございまして……人の運勢がこれに出会いますと、よからぬことが起こり、病をひきおこします」（中国古典文学大系『金瓶梅』第六十一回）と予言する。

実は、馬琴もこのんで日常的におこなっていた星供《ほしぐ》、いわゆる星まつりでは、本命星（北斗七星の一星と生まれ年の十二支とを関連させ、これを人の一生の運命の所属する大切な星として祭り、供養する。唐代末に雑密に成立した星神信仰といわれる）に妖星《ようれいぼし》や彗星など不吉の星が侵犯すると、その人に災厄が及ぶとされ、平安時代初期に入唐僧があいついで請来した調伏《ちょうぶく》（密教で五大明王などを本尊として、怨敵・魔物を降伏《ごうぶく》すること）の修法がさかんとなる。

そのほかにも、当年星（人の年齢と九曜星の一つを関係づけ、毎年一年間の運勢を占う当年星とする）の星供もあり、羅・計二星に当たった年の人は、大凶もしくは凶運とされ、とくに修法が大切とされたのである。つまり、鎌倉将軍が羅・計の像の作成を命じたのも、壇を作ってその厄除《やくよけ》修法をおこなうためであったにちがいない。

しかはあれど、今茲《ことし》は為朝四十三歳、しかも絶命遊年《ぜつめいゆうねん》に当《あた》れり。その星は計都《けいと》にして、無空所在《むくうしよざい》巽《たつみ》の隅《すみ》にあり。いまだ寇《あた》を撃《うつ》べからず。明年《みやうねん》の春の季《すゑ》に至《いたり》て、事を謀《はか》らは大吉なり。……（残篇巻一、下285〜286）

為朝は、曚雲との一回目の戦闘に敗れ奇しくも逃げのびた姑巴嶋で、神仙福禄寿の使いの童子にめぐり合うことができ、師の言として右のような警告を受ける。九曜占いに精通していた馬琴は、時に四十三歳であった為朝が計都の星まわりにあたり、その一年は死を忌んで避けねばならぬ（方位さえある）ほどの凶年にあたることを、福禄寿仙、すなわち南極老人星に神託させているのである。計都の年で星廻りが悪いという表現のうちに、曚雲こそその計都星そのものであることをひそかにすべりこませているかにみえる。

しかも、曚雲が流星となって地上に降臨した計都星の化現であるならば、その年の為朝の当年凶星たる曚雲に決戦をいどむことは、まさしく絶命の戦いを意味することになる。すなわち、南極老人星といえども、為朝の除災をおこなうことあたわず、「明年《みやうねん》の春の季《すえ》」を待てと告げることになる（因みに九曜占いでは、計都星の次の年の月曜星は大吉）。

ところで、『三才図会』「九曜《くようのほし》」「彗星《ははきぼし》」の二項において、計都星を彗星とする記事は見られない。しかし、七曜星と羅・計二星をあわせて九曜となえる典拠である漢訳仏典『大日経疏《だいにちきょうしょ》』四には、「計都ハ正ニ翻シテ為ス旗ト。旗星ハ謂彗星也」とあり、密教系の星曼荼羅《ほしまんだら》の世界では、その説が通っていたのである。したがって馬琴も、計都はほうき星とされる一説をよく心得ていたのではなかろうか。なお、『三才図会』「彗星」には、『日本書紀』の「我国では舒明《じょめい》帝のとき、初めて長星が見え、また彗星、天狗なども初めて見え、しかもしきりに見えた」という記事が引用されており、日本でも古くから流星・彗星が同類の星として見られてきたことを示している（『三才図会』の彗星の別称に長星、そして流星の別称に天狗とあるのを見る）。

いずれにせよ、流星・彗星ともに夜空に妖しい光を放って見えることがあるゆえに、人々から凶の予兆と忌み嫌われたことにかけ、馬琴は、曚雲の頭上に流星巾を戴かせ、すなわち計都星の禍の神の性格を隠微にふくませたものと私は思う。そして、このような視座からいま一度、曚雲の事跡やそれについての文辞をふりかえって見ると、とりわけ曚雲が虬塚から出世する場で、馬琴がすでに曚雲を流星となった計都の星の神であるとする着想を腹中にして、筆を進めていたことが手に取るようにわかるのである。

曚雲は、「貧道当初天孫氏《それがしそのかみ》に約諾《やくだく》し、光《ひかり》を墳営《ふんえい》の中《うち》に瘞《うづめ》て、ながく虬の悪霊を壓鎮《おししづむ》。……」と神託し、自らを光《ひかり》という語にたくして、流星の光りと共に土中に滅した星宿であることを暗喩しているかに見える。さらに言えば、これまでは虬の悪霊かと思えた曚雲が、逆に太古の虬の亡骨を鎮めていた神仙であると名乗り「唵毒変蛇《おんどくへんじゃ》……」と八字真言を唱えるところに、いかにも忿怒強盛《ふんぬごうじょう》の相をあらわし、青竜に乗るとされる悪星計都の図（九曜の星曼荼羅図では、三面の忿怒相で、首部のみ雲中から出し、頭上に三匹の蛇を置く。135頁、図17参照）をふまえて、馬琴が構想したいま一つの曚雲の正体が、私には透かし見えてくるように思われる。

かつて麻生磯次氏は、『弓張月』に見る『水滸伝』との関係に注目され、右の曚雲の塚があばかれる段についても、『水滸伝』発端の趣向を反映させて描いたものと指摘されている（『江戸文学と支那文学』第三章、三省堂出版、一九四六年）。たしかに馬琴は、『弓張月』前篇を上梓する文化四年（一八〇七）に、『水滸伝』百回本による『新編水滸画伝』初編五巻・後帙五冊を翻訳、刊行しており、そのため『水滸伝』の第一・二巻に精通していたことは言うまでもない。『水滸伝』第一回（「洪太尉誤走妖魔」）に次のような物語がある。

仁宗皇帝の嘉祐三年の春、都に疫病が流行したため、帝は徐災を願って、竜虎山《りゅうこさん》の上清宮《じょうせいきゅう》の天師（道士の長）張真人に祈願を乞う詔書を認め、勅使に洪太尉をたてる。洪太尉は早速、竜虎山の麓にいたり、そこからは上清宮の道士らに迎えられて、ぶじ宮殿にたどりつくが、ときに天師は不在で、道士が告げるには、「当代の天師は道行《どうこう》尋常《よのつね》ならず、唯清《きよき》を好み、穢《けがれ》を憎み、人と交参《まじらう》もうるさしとて、みづから山の絶頂に庵を締び、常に真を修し、性を養ひ、かるがるしく世間《よのなか》に出給はねば、容易《たやすく》見え給ふ事、かなふべうもおぼえず」との事、しかも「山中にありといへども、神通不測《ふしぎ》にして、或ときは霧に駕《のり》雲に乗り、又ある時は峯に座し谷に遊び、其在す所究《きはめ》て定かならず」と言う（『新編水滸画伝』）。

馬琴が、右の張真人の性格を、少なからず曚雲の真人・道士としての様態に写していると見てとれること、くわえて、洪大尉が一人で竜虎山の山頂を目ざす道中の出来事や、その情景描写が、為朝の旧虯山に隠棲する曚雲をたずねる段にそっくり写されていることは、すでに日本古典文学大系本の頭注（上126）に記されているとおりである（因みに上述の『新編水滸画伝』の文は、原文に即した翻訳文であり、『弓張月』前篇上梓と同じ文化四年に刊行された書である）。

さて、山中をめぐった洪大尉は結局、張真人を捜し出すことができず、むなしく上清宮にもどる。そして翌日、宮殿の三清殿につながる「伏魔之殿《ふくまのでん》」と金文字が写された別殿の入口の封引を強引に開かせ、ついに、なかに封じこめられていた百八人の魔王たちを世に走らせてしまう。こうした洪大尉のあやまちを尚寧王の愚行にかさね、伏魔殿の石碑の台石、石亀から天地を震動させ、隠々とした一道の黒気とともに四面八方へ飛び去る百余道の金光《きんこう》、すなわち百八人の魔王が出場する段をとり込み、馬琴が曚雲出世の構想をたて執筆したと、麻生氏は推測されたのであろう。

たしかに、洪大尉が伏魔殿から走らせてしまった百八人の魔君が、じつは三十六員の天罡星《てんこうせい》と七十二座の地煞星《ちさつせい》であったという着想にてらし見れば、曚雲をひそかに計都星の神であるとする馬琴の着想も、それによるところがあったと捉えうるように思う。なお、『新編水滸画伝』の序に馬琴は、登場人物の中国語による役職名を解説する一覧をもうけており、その附記に、架空の星の神々である天罡星と地煞星について、次のごとく記している。

天罡星　北斗といふ説あり、熒惑《けいわく》のたぐひなるあしき星なり（熒惑《けいわく》は、『三才図会』巻一によれば、火曜［火星］の事で、和名を災星《わざわいほし》とある）。

地煞星　煞は殺なり、これも悪しき星。

つまり、天罡星を熒惑《けいわく》の類と見なすことにより、九曜の一星である火曜星ととらえ、それに並ぶ星として、馬琴は九曜の悪三星（羅・計・火）から竜尾とされる計都を選び、曚雲の正体としたのではなかろうか。

ところで、曚雲の正体を追ってみる上で、さらに深いかかわりをもつと思われる物語がある。『西遊記』第三十七回より三十九回にかけての、烏鶏国《うけいこく》の王をだます全真派《ぜんしんは》のにせ道士（真人）が登場し、活躍する物語である。

烏鶏国が三年にわたるひどい日照りに悩み、国家の危急存亡の瀬戸際を迎えたとき「突然、鎮南山《しょうなんざん》から全真派の道士がやって来た。風を呼び雨をふらせ、石を金に変えるなどのことができる」（岩波文庫『西遊記』四232）という一人の道士が出現する。実際、この道士がたちどころに大雨を降らせたのを見て、烏鶏国王は、ひたすら尊信の心をおこし、義兄弟の契りまで結び彼を手厚くもてなした。しかしその道士と二年もの間寝食を共にすごした国王が、ある日道士によって井戸に突き落とされて絶命すると、道士はたちまち変身の術をつかい、国王に化けて君臨する。その烏鶏国に取経の旅の途中の玄奘三蔵がちかづいたとき、井戸の底で悶々としていた国王の幽鬼は、玄奘の夢中にたち「どうかあの妖魔を明らかにして欲しい」と懇願する。

そこから、玄奘の弟子たる孫悟空のさまざまな活躍がはじまるのであるが、その結末を先に記せば、悟空によりにせの王であることを見破られた魔王（にせの道士）は、あわてて天界に逃げ出し、これを追いかけた悟空が天界で捕え、まさに打ちのめそうとした瞬間に文殊菩薩が現れ、妖魔を取り押さえ、彼の本性が菩薩の騎乗する青毛獅子であったこと、そしてなぜ烏鶏国王を仮死状態にしておいたのか（実際に殺されていたわけではなかった）、その理由をすべて悟空に明かすのであった。文殊の言によれば、烏鶏国のまことの王は、本来「善を好み僧にもよく斎《とき》をほどこしたので、如来の命により、わたしがつかわされ、西方浄土へ導き、やがては金身羅漢になるようにとのこと」（岩波文庫『西遊記』四325）であった。しかし文殊が地上に降《くだ》って凡僧の姿に身をやつして斎《とき》を乞い、わざと王に非難の言葉をかけたところ、王はその僧を悪者と思いこみ縄目にかけ、濠《ほり》の中に投げ込み水漬けにしたので、三日三晩も水難に苦しんでいたところを、ようやく六甲金身に助けられ西方に戻ることができたという。それを報告された如来は、青毛獅子をその地につかわし、道士に化けさせ、国王を井戸に突き落とし、三年のあいだ水漬けにして、菩薩の怨みを晴らさせてやったとのことである。こうして三年の厄が明け、本物の王は仮死状態のまま井戸から引き上げられると、悟空が王のために天界の太上老君（老子のこと、二世紀頃から道教の開祖として神格化される）から頂いた不老不死の金丹ひとつぶを口に含ませられ、つぎに悟空の息を吹き込まれて無事に蘇生し、めでたく元の王位についたという。

物語の導入では、ただ「全真派の道士」と称され登場するこのにせ道士が、烏鶏国王に化け、さらにその正体をあらわすまでの変現のさまに、わが曚雲の造型とその正体に二重構造のあることをかさねて見ることができる。

曚雲も天界より降った星宿神を本性とする道士と見られ、しかも大団円に近い残篇巻四（第六十六回）において、それまでに馬琴がたびたび暗示していたとおり、舜天丸に射殺された彼の死骸から、曚雲はやはり、その長《たけ》五六丈ばかりの虬竜《みずちのたつ》（の化現）であったことが明らかにされる。くわえて、為朝父子に告げる松寿（家臣）の科白に「往古《いにしへ》天孫氏に殺されたる虬なること疑ふべからず。その怨霊なほ亡びず、枯骨十千載《こ、つじつせんざい》の後甦生《のちそせい》して、旧怨《ふるきうらみ》を報《むく》へるならん。……」（下387）とあり、馬琴は曚雲の正体を、すなわち、旧虬山の土中に一万八千年すごもっていた星宿神の霊力によって甦生した、琉球太古の虬の亡骸の化身と解き明かしているものと思う。

このように人間にあらざる道士曚雲が国王を死に追いやり自分が王位につくが、それがただの略奪ではなく、『西遊記』においては烏鶏国王の安易で愚かな考えをただす目的であったように、『弓張月』では曚雲の幻術にまどわされるような暗愚な尚寧王をのぞき、結果として禅譲の王舜天の誕生をみちびくものとなること、つまり禍を転じて福となす禍福あざなえる神となるのである。馬琴がこの禍福あざなえる神の存在に強い関心を抱いていたことは、曚雲が幻術により「禍《わざわい》」と称する怪獣を出現させ、尚寧王を殺させ、一旦はみずからが王になるが、結局は琉球国民に福をもたらす舜天王をもうけるという幸魂《さきみたま》の役割をもたらす趣向に、よくうかがえることと思う。なお、禍福はあざなえる縄のごとしの体現は、『八犬伝』において顕著であることは言うまでもない。

以上に見てきたかぎりでも、道士曚雲の造型は、『西遊記』（第三十七～三十九回）の全真教のにせ道士の様態に、じつによく似たものといえよう。しかも、上述の、曚雲出世のさいの一声に「わが道這個《しやこ》の三《みつ》を攝《かね》」てと唱えさせているあたり、『西遊記』の世界に通底する全真教第一の教義と言われる三教合一の思想について、馬琴がたしかな認識をもっていたことをよく証左するものと思う。ただし、曚雲のとなえる三教が、西方の仏道、東方の神道、中央の儒・道（聖人と神仙の道）を指しており、全真教派にとって儒教を道教とは別に一教とするのに対し、日本の幸魂の神道を掲げていることは、日本の作家馬琴の立場として当然の言と思われる。

こうして『西遊記』にからめて、わが曚雲の物語を精読するとき、曚雲出場の段には、かの孫悟空が、五行山のふもとの石箱から玄奘三蔵に助け出される段から取り入れたとみられる、よく似た趣向がちりばめられていることにも気づくのである。まず三蔵が、悟空を如来によって五百年間封じ込められていた石箱から地上に出場させるために、最初になさねばならなかったことは、山の頂上にある大岩に貼りつけられていた如来の金文字の封じ札「唵《オン》、嘛《マー》、呢《ニ》、叭《パド》、咪《メー》、吽《ウン》」をはがすことであった（岩波文庫『西遊記』二―95）。

曚雲は山中の地下に埋められた「石の唐櫃《からひつ》」から出世すると、「貧道当初《それがしそのかみ》天孫氏に約諾《やくだく》し、光を墳塋《ふんえい》の中に瘞《うづめ》て、ながく虬の悪霊を壓鎮《おししづむ》。……殿下狐疑《こぎ》のこゝろなくて、篤く尊信し給はゞ、貧道《それがし》今より政《まつりごと》を輔《たすけ》ん。しからば王の寿命天地とゝもに等しく、国豊かに民《たみ》安かるべし。かくは験《しるし》を見給へ」（下24）と言って、「唵毒変蛇寧吽莎賀《おんどくへんじやねいうんそはか》」の真言を唱える。馬琴は右の曚雲の科白に、「貧道」という用語を用いて「それがし」と仮名を振り、ことさら読者に曚雲が神仙・道士であることを強くイメージさせているにもかかわらず、そこで密教の真言を唱えさせるという奇妙な筆を用いている。

悟空は、須菩提師のもとで修業し、すでに仙人の籍をえていた奇特な猿であったが、天界に出かけてあまりに図にのった仙術をはたらき、如来のこらしめを受け五行山の下に封じこめられていたのを玄奘に助け出され、ついに仏門の弟子になる。すなわち道士にして仏教を尊信する孫行者となる。曚雲が道士にして読経するという、まか不思議な妖僧ぶりは、右の悟空に見る『西遊記』ならではの、全真教的な道教主義によって描かれた道士の像にかさねて見ることができるものと思う。

その『西遊記』第五回に、天界に上がって斉天大聖と呼ばれるようになった孫悟空が、王母の蟠桃園《ばんとうえん》から仙果の桃を盗み、また太上老君の金丹を盗み、さすがに玉帝の大いなる怒りのくだることを恐れて、下界の花果山に逃げ帰る話がある。玉帝は、「四天大王を遣わし、李天王、ならびに哪吒《なた》太子と力をあわせて、二十八宿・九曜星官・十二元辰・五方掲諦《ぎゃてい》、四値功曹《しちこうそう》・東西の星斗・南北の二神・五岳四瀆《とく》・普天の星相など、合計十万の天兵を出動させ……」とあり、さらにその星の神々の行進のありさまを記すなかに、

羅睺星《らごせい》は頭と為《な》って検点し、計都星《けいとせい》は後ろに随って崢嶸《そうこう》たり。太陰星（月）は、精神抖擻《とうそう》し（ふるいたち）、太陽星（日）は照耀《しょうよう》して分明。五行星は偏《ひとえ》に能く豪傑、九曜星は最も相争うことを喜ぶ。……

と言う文辞がみられる（岩波文庫『西遊記』一139～140）。さらに続く文脈には、九曜悪星、悪神九人と記されているのが目につき、『西遊記』が羅・計二星の凶星の性格をもって、九曜をひとくくりに悪と扱っていることがわかる。したがって『西遊記』を愛読し、のちにその翻案（『金毘羅《こんぴら》船《ふね》利生纜《りしょうのともづな》』文政七年初編刊）までおこなった馬琴にとって、闘争を好む星神として、計都はまことになじみ深い存在であったに違いない。だが馬琴は、曚雲を計都星に結ぶような直接表現は、いささかもおこなっておらず、すべては馬琴の隠微な筆のうちにつくされている。残された

謎めいた言葉のはしばしをつないで読まなければ、幻術師矇雲の正体に計都星の神格をかさねて見ることなど、とうてい不可能な話といわざるをえまい。『西遊記』を読んでいない読者にとって、江戸時代に沢山刷られた九重守《ここのえまもり》（図18）にも描かれている計・羅二神や、「九曜曼荼羅」等の計・羅像のほかには、あまりなじみがあったとは言えぬ、また、たとえ見知る機会があったにせよ、その計都星を背におった矇雲の神性を見すかすことは、とうてい至難のわざと思われる。

やはり矇雲の正体とは、どこまで追っても冥々として、天公の未だ我を生まざるときのごとく暗くとらえどころのない、まさに「矇雲」という名の名詮自性をあらわす神仙と見るべきなのであろうか。

なお、続篇巻六（第四十四回）の挿絵（図19）に、九星座を図柄とする大掌扇が描かれているのを見る。画面右肩に「幼主を挟《さしはさみ》て利勇南風原《はへばる》に軍議す」と書かれており、尚寧王と中婦君亡きあと、一時、竜宮城の主《あるじ》となる矇雲の手元から、利勇が命からがら奪い取った幼主（偽王子《にせわんず》）を阿公《くまきみ》に抱かせ、ようやく味方につけた軍勢を集めて軍議するところを描く図である。右の挿絵では、病鉢巻《やまいはちまき》をしめ、ざんばらの白髪をたらす、恐ろしい鬼女の面様の阿公が中心人物の如く描かれているが、本文には、この軍議の庭（利勇は、矇雲を一日も早く討ち滅ぼし、偽王子を首里の城へかえし、即位させようと画策する）に、阿公が登場するという文脈は全く見られない。つまり、絵と文に奇妙な異同が出来しており、明らかに北斎が馬琴の指図に従って描いた挿絵であることが見てとれる。

その構図であるが、幼主を抱く阿公が中央に立ち、向かって左に座すのが利勇、彼の手前に陶松寿が座しており、九星図の大掌扇が掲げられている。馬琴が後段（第六十六回）で、同じく大掌扇に北斗七星と福・禄・寿三星を描かせ、これらの星宿神の神位を象徴している事については上述の通りであるが、はたしてこの第四十四回での九星

図18　丸重守の図

図17　九曜の星曼荼羅図

図19　続篇巻之六　第四十四回　挿絵

は何を意味するのであろうか。恐らく偽王子のすぐ傍らに描かれたこの扇の九星座こそ、偽王子を擁立する利勇と阿公に対立する矇雲に見たてた、九曜悪星を示そうとした馬琴の遊び心の所為によるものではなかったろうか。このように馬琴が、画工北斎に注文し、挿絵の上でも矇雲と九曜の星を関係づけ、それとなく読者に暗示しているあとがうかがえるのである。

第四章　為朝の変現

拾遺巻之五　第五十六回　挿絵

一　為朝の孤忠

日本と琉球、保元の争乱と琉球王朝の内乱、このようにまったく異なった題材を結び、その二つの物語世界にまたがって活躍する源為朝を描く上で、馬琴が最も苦慮したことは、全篇に一貫した為朝の人間像をいかに設定するかという問題ではなかったろうか。崇徳上皇と後白河天皇のあいだに生じた皇位継承の争いに、摂関家の藤原頼長と忠道との家督争いが結びつき勃発した保元の乱、この戦いで為朝は父の源為義にしたがい、崇徳院・頼長の側に味方して奮戦したが、敗軍となり捕えられ伊豆大嶋に流されて自殺したことが『参考保元』に記されている。

馬琴が構想する一大ロマン『弓張月』では、この『参考保元』の世界にのったうえで、さらに大嶋で自殺し果てる為朝の運命を大きく変えてみせた。すなわち琉球に渡り、かの国の内乱を鎮めたのち帝位もしくは「按司《あんず》」になったとするわずかな伝説をたよりに、彼をふたたび生の世界へ転じさせるのである。そのさい馬琴が、一時は死を覚悟し最期をむかえようとした為朝に付与したその生の行動の原理、それはいったい何であったのであろうか。

鎮西八郎為朝は、保元の乱に勅命をこうむり虜《とりこ》となって伊豆の国府の管領狩野介茂光《かののすけもちみつ》の預かりとなり、伊豆大嶋に流される。大嶋では茂光に命じられ嶋の代官《あづかり》となっていた畠山忠重が為朝を自分の館に迎えず、人里はなれた苫屋に住まわせ食事もろくに与えず、むしろ飢え死にでもすることを願っていた。父をはじめ心かよう兄弟とも死別し、その時点では妻の白縫さえもすでに亡き人と思っていた為朝は、天涯孤独の日々を鬱々として過ごしていたが、ある日嶋の人々が野牛の角を折り取るために、暴れ狂う牛と格闘し、死者を出すほどの大騒動になっていることを知り、なかでもひときわ巨大な黄牛《あめうし》の角を素手で引きつかんで捻じ伏せ、みごとにその角をへし折って見せる。その偉業を見て島民は野生の牛馬を飼い慣らす仕方のあることをはじめて知り、今後為朝にしたがえば、いっそう恩恵を得られるものと考え、悪だくみにたけて民を虐《しいたげ》る代官忠重への日頃の怨みをはらし、誅伐するための決起をしようとする。これを聞いた為朝はみずからの胸中を次のように明かし、進んで彼らを先導したのである。

「汝等われに志《こゝろざし》をよする事、幸《さいはひ》甚《はなはだ》し。われ今配《ながされびと》軍となりぬれど、清和天皇の後胤にして、八幡太郎の曾《ひ》孫《まご》なり。いかで先祖をは失ふべき。又この嶋は朝家《みかど》より賜たる領なれば、われ主《あるじ》たらん事勿論なり。しかるに忠重が無礼をも咎めず、彼が随意《まにく》棄《すて》られて、苫屋《とまや》にいく夜あかせしは、わが痍《きず》いまだ愈《いえ》ざりしをもて、しばし時を待たるのみ。さらば走向《はせ》へ」（前篇巻六、上212）

右の傍線部分は、馬琴が『参考保元』の「為朝生捕遠流ノ事」（本文部）を参照し、ほぼ原文にそって作文されており、この為朝の科白は作者馬琴のうなずけるものであった。朝敵として捕らえられた為朝が、信西入道の命じる死罪をのがれ遠流となったのは、ひとえに関白（法性寺）忠通が諸司百家にたいし「彼《かの》ものが弓箭《ゆみや》に長ぜし事、上古《いにしへ》にも例《ためし》なく、末世にも有がたからん。かゝる勇士を忽地《たちまち》死刑に行ひなば、後代の謗《そしり》を憑《まねく》に似たり。倘《もし》また先非を悔《くひ》て、野心を轉《ひるがへ》す事あらば、朝家《みかど》の御宝なるべし」（上181）と、理をつくして為朝を弁護した所為による。

しかし為朝は、こうした関白のひそかな擁護にそむいても、清和源氏につながる嫡流として大嶋領におけるみずからの正当性を主張し、嶋民をしたがえて代官忠重の館へ押し入ったのである。忠重は、為朝に前後して手に鎌斧を振りかざしたおおぜいの島民が走り寄せてくるのを知り、もはや争いに出て命を失うよりはと、恭順の意をあらわし、ただちに代官の職を為朝に譲り渡すことを上策と考え、平身低頭してそのことを告げる。こうして無血のうちに大嶋を管領することになった為朝は、かの忠重の娘ながら、父とは全くことなる誠実な性格で利発な娘簓江《さゝらえ》を娶り、三人の子をもうけて、さらに人々に耕作蚕飼《こがい》の方法を教え、みずからも野山に出て働き、正しい賞罰をおこなうことから、ますます人々の厚い信頼と尊敬をあつめるようになる。

やがて為朝は大嶋のみならずほかの五嶋をも巡見し、とりわけ鬼童《おにわらわ》のごときむくつけき大男たちが住むゆえに鬼が嶋と呼ばれる嶋の民をも打ちしたがえて一年ぶりに大嶋に帰館するが、為朝の留守を狙ってふたたび忠重が民を苦しめ、管領茂光にこびへつらっている事態を知って、大いに怒り、簓江の父でなければ、命を取るところを、あえて両手の十指を切断するという体罰を命じるにとどめる。これ以後、忠重は為朝にたいする怨みをいっそう激しくつのらせ、ある日遠見《とおみ》の目をのがれ釣舟を盗んで伊豆の国府の茂光のもとへ為朝を訴えに走る。その脱出に気づき、鬼夜叉《おにやしゃ》（為朝が鬼が嶋から連れ帰った忠実な奴僕）は、さらに茂光が官軍に讒言し、誅伐の願いを上奏することになれば、勅命によって東国の武士達がくわわった多勢の軍が攻め寄せてくることになるのを恐れ、「防禦《ぼうぎよ》 忽《ゆるかせ》にして、死辱《しにはじ》を曝《さらさ》んは朽《くち》をしかるべし。今よりともかくもして、稚君《わかきみ》たちのなりゆき給ふ程をも見給へかし。さらばまづ進退宜しく、用意あらまほし」（上289）と、為朝に嶋の脱出準備を進言する。

これに対する為朝の返答は次のとおりであり、『弓張月』における為朝の人格をはかるうえで、見すごせぬ最初の科白と思う。

「汝がいふところも理《ことはり》なれど、恩愛に惑溺《わくでき》し、女々しき挙止《ふるまい》して、本来の面目《めんもく》を失《うしなは》んは、予が志《こゝろざし》にあらず抑《そもく》為朝保元に策《はかりごともちひ》 用られずといへども、ひとり生残《いきのこ》りて沖津嶋守《おきつしまもり》となり惜《をし》からぬ身のかくてありしは、いかにもして新院を竊出《ぬすみいだ》し進《まゐ》らせ、ふたゝび御旗《みはた》を華洛《みやこ》にすゝめて、彼君《かのきみ》の御代《みよ》となし、父が孤忠《こちう》を全《まつたう》すべう思ひしに、新院崩御《かんさり》ましく〵たれは、今は宿願《しくぐはん》を果すによしなし。しかはあれ茂光 私《もちみつわたくし》に寄来《よせき》たらは、許《ゆるす》べからず。手に唾《つばき》して鏖《みなごろし》にせんに、何の備《そなへ》にか及ぶべき。倘《もし》官軍の向《むか》ふとならば、潔《いさぎよく》 腹かき切て屍《かはね》をこの嶋に曝《さら》し、忠《ちう》を黄泉《くわうせん》に竭《つく》すべし。忠重嗚呼《おこ》の白物《しれもの》なりといへども、簓江《さゝらえ》が年来《としごろ》の誠忠《まこゝろ》は、われよくしれり。今父と、もに、国府《こふ》に走らんとならば、速《すみやか》に身の暇《いとま》をとらすべし。更に恨《うらみ》なし」（後篇巻二、上289）

為朝は父の為義の孤忠、すなわちわれ一人となっても主上につくす忠義の精神《こころ》をうけつぎ、たとえ官軍に刃向うことになろうとも、そのときの覚悟はみごとに自決することであり、みずからの死後はなお、わが魂を院に捧げてあの世においても忠義をつくそうと願う、強い意志を鬼夜叉に打ちあけている。

ちなみに『参考保元』の本文には、源為義でさえ、崇徳院にたいし絶対の忠義の精神で保元の乱の総大将を引き受けたわけではないことを示す次のごとき文辞が見られる。

為義、然ラハ自余ノ国守ニ任シテ何カハセントテ、今年六十三マテ、終ニ受領モセサリケル、日来ヨリ地下ノ検非違使ニテ在ケルカ、由ナキ新院ノ御謀反ニ與シ奉リ、年来ノ本望ヲモ達セスシテ出家入道シテケルコソ無念ナレ、義法房子共ニ向テ宣ケルハ、我身カ合期シタラハコソ、各引具シテ山林ニモ立隠レメ、我ハ只義朝ヲ憑テ、都へ出ント思フ也、サテモ今度ノ勲功ニ申替テモ、命計ハ助コソセンスラメ。但恣ニ院方ノ大将軍ヲ承タレハ、勅命重クシテ助リ難カランカ、ソレ又力ナキ事也。齢既ニ七旬ニ及、惜キ身ニ非ス、万一甲斐ナキ命助リタラハ、如何モシテ汝等ヲモ助クヘシ、面々ハ先如何ナラン木ノ陰、岩ノ間ニモ隠居テ、事鎮ラン程ヲ待ヘシト宣ヘハ、……（『参考保元』「為義降参事」）

この為義は十八歳の当時、朝廷にたいし奉った勲功のあることから、父の八幡太郎義家にゆかりの陸奥守に任じられることを強く望んでいた。しかし朝廷は彼を義家に因縁深い陸奥の地に任じてふたたび前九年の役のごとき争乱がおこることを危惧し、ほかの国守にすることを進めていた。右の文の前段には、このように為義がそれをこばみ、ついに六十三の歳まで受領《ずりよう》することなくおわっていた歴史的背景についての説明が記されている。したがって為義が地下《じげ》（昇殿を許されない官人の総称）の身分のままの自由さから、禁裏の側につかず新院側のしいての召し出しに応じて、心ならずも総大将を引きうけたのであろうこと、しかも為義の目からすれば、この戦いが、新院のきわめてよりどころのない御謀反（皇位争い）であったこと、さらにその争乱に敗れてみれば、為義は年来の本望を達するどころか、かえって出家し入道にならねばならなかったわけなどが、わずか数行の文中によく表されているものと思う。

そのうえで為義は、このたびの戦いで後白河天皇側につき、禁裏警護の任を遂行して戦功をたてた長男の義朝にこそ頼って命乞いをし、わが身が助かるようならば、六人の息子たちもそれぞれに山林などに隠れてその日のくるのを待っていれば、かならず彼らの命乞いをしてみせるという、総大将はおろか武士にあるまじきみじめな発言をしており、さらにその裏に院の御謀反に反対する怨みの心までもかさねてみせる。為朝は、父のこうした発言にひとり反発する。

此義然ルヘカラス候、縦下野守殿コソ親子ノ間ナレハ、助申サントシ給フトモ、天気ヨモ御免候ハシ、其故ハ、新院ハ正シク主上ノ御兄ニテ渡ラセ給ハスヤ、左府亦関白殿ノ御弟ソカシ、豈親トテ罪科ナカランヤ、義朝イカニ申サル、トモ、立難クコソ覚侍レ、御所労ナヲリオハシマサハ、只何共シテ関東ニ赴、今度ノ合戦ニ上リ合ヌ三浦介義明、平義継子、畠山荘司重能、平重弘子、小山田別当有重、重能弟、等ヲ相カタラヒテ、東八箇国ヲ管領シテ、暫モオハシマスヘシ、若京都ヨリ討手下ラハ、為朝一方承テ、思儘ニ合戦シテ、叶ハスハ其時打死スヘシ、ナトカ暫支サラント申ケレハ、……（『参考保元』「為義降参事」）

そもそも兄崇徳院と弟後白河天皇の間に生じた骨肉の争いのはてに、親子の義理を楯にする命乞いなどが敵側に通用するはずもないことを説いたうえで為朝は、今後はいかにしても東国におもむき、源家が再興する道を選択すべきであり、もし京都からの討手がくだれば、そのときこそ自分が大将となり生死をかけた決戦を果すべきであると強く訴えている。なお右に同じ局面を記す『参考保元』京師・杉原本には、為朝が父の入道（義法坊）に対し、次のような進言をするくだりが見られる。

為朝ハ入道殿ニ付添、東八箇国ノ家人ヲ催シ、守護シ申サンニ、西国ノ勢何十万騎寄来トモ、何程ノ事カ候ヘキ、然ラハ鎌倉ニ都ヲ建、入道殿ヲハ法親王ト仰キ奉リ、八箇国ノ家人等ノ中ニ、然ルヘキ侍共ヲハ、太政大臣、左右大臣、大中納言ニナシ、若者共ヲハ宰相三位四位五位殿上人ニナシ、党ノ者共ヲハ受領検非違使ニナシ置、為朝鎌倉ノ御後見ニテアランスルハ、昔承平ニ将門カ下総国相馬郡ニ都ヲ建、平親王ト号シテ、百官ヲ家人ニ行ヒシニ、何カハ今モ劣ルヘキ、只下ラセ給ヘトソ申ケル、……（『参考保元』「為義降参事」京師・杉原本）

そこでの為朝は、東国八箇国の家人《けにん》をまとめ、鎌倉に都をつくり、父を法親王とあおいで、みずからが後見となるならば、かつて平将門が下総国で平親王と号し都をたてたときの勢いに、けっして負けるものではないという、さらに強気な発言をおこなっている。このように『保元物語』の世界では、馬琴が造型した為朝のごとく、崇徳院に対し奉る忠義の精神一つにかけて行動しようとする意志の表明は、いささかも見られないといってよかろう。

わずかに京師・杉原本筆者が、敗走し近江の山中に隠れていたときの為朝の心情を次のように記すのを見るのみである。

中ニモ義朝ヲ一矢ニ射殺スヘカリシヲ助置、今ハ親ノ敵ニ成ヌルコソクヤシケレ。所詮鎮西ニ下リ、九国ノ者共催シ攻上リ、王城ヲ討傾ンニ、義朝定テ防ンス。縦百万騎カ中ナリトモ懸破リ、義朝ヲ𩗗テ提ケ、首ネチ切テ、入道殿ノ孝養ニ手向。与党ノ奴原追靡カシ、新院ノ御世トナシテ、為朝本国ノ総追補使トナラン事、何ノ

仔細カアルヘキト、オホケナキ心ソ附ニケル……（『参考保元』「為朝鬼カ嶋渡并最期ノ事」京師・杉原本）

ただし右の文脈においても、為朝にとっての最大事は、捲土重来《けんどちょうらい》（一度敗れたものが、ふたたび勢力をもりかえすこと）して、清盛の命によって父を殺した兄義朝の首を取り、父の遺恨をはらすことにあり、「新院の御世となす」ことを第一義としていないことがわかる。むしろ新院の御世となして、自分が「日本国の総追補使《そうついぶし》」になろうという不遜なのぞみをいだいていると読み取れる。なお『参考保元』の本文部では、為朝が父の敵を討つという意志はさらに明確に記されている。

今都ヨリノ大将ナラハ、ユカミ平氏ナトコソ下ルラメ、一々ニ射殺シテ海ニハメント思ヘトモ、終ニ叶ハヌ身ニ、無益ノ罪作テ何カセン、今迄命ヲ惜ムモ、自然世モタテナヲラハ、父ノ意趣ヲモ遂、我本望ヲモ達セハヤト思ヘハコソアレ、又昔年説法ヲ聞シニ、欲知過去因、見其現在果、欲知未来果、見其現在因、ト云ヘリ、サレハ罪ヲ作ラハ、必悪道ニ落ヘシ、然レ共武士タル者ノ殺業ナクテハ叶ハス、ソレニ取テハ武ノ道非分ノ者ヲ殺サヽル也、依テ為朝合戦スル事二十余度、人ノ命ヲタツ事数ヲ知ス、サレトモ分ノ敵ヲ討テ、非分ノ者ヲ討ス、……（『参考保元』「為朝鬼カ嶋渡并最期ノ事」）

伊豆大嶋に流されて十年余を経た嘉応二年（一一七〇）、すでに嶋を預かる主人となって、鬼が嶋にも押し渡り鬼神のごとき鬼童をもひきいてきた為朝が、伊豆国の領主狩野介茂光から讒言され、ときに後白河院の宣旨《せんじ》によって都から攻めくる官軍の討手五百余騎をむかえ討たねばならなくなる。右はそのような局面に立たされた為朝の言葉であるが、このところにおいても、新院の御怨みを晴らそうという精神《こころ》はいささかも示されず、ただに父の意趣を晴らし、自らの本望をとげたかったという宿願の、それもすでにむなしくなりつつあることへの無念が記されているのみである。

さて、馬琴は右の文辞をほぼそのまま引いて、次のように作文する。『参考保元』(「為朝鬼カ嶋渡并最期ノ事」)のわずか一文を書きかえるこの所為により、『弓張月』における大嶋脱出後の為朝の行動の原理を、まさしく新院に捧げる忠義の精神に集約させてゆくという、馬琴の創意工夫のほどが端的に示されている。

大将はゆがみ平氏歟《へいじか》。案内者は茂光忠重《もちみつたゞしげ》ならめ。こゝろやりなる合戦《いくさ》はせずとも、憎しとおもふ奴原《やつばら》を射殺《いころ》して、悉《ことぐ》く海に沈《しづめ》んことはいと易《やす》けれど、終《つひ》に存命《ながらふ》べくもあらぬ身の、無益《むやく》の殺生をして何かはせん。けふまで死なでありけるは、倘《もし》世も立なほりて、父の意趣を遂《とげ》、讃岐院を位《くらゐ》に復《かへ》し奉らばやと思へばこそあれ。昔年《むかし》説法を聞たりしに、「欲知過去因《くわこのいんをしらんとほつせば》、見其現在果《そのげんざいのくわをみよ》。欲知未来因《みらいのいんをしらんとほつせば》、見其現在果《そのげんざいのくわをみよ》」といへり。されば罪を造《つく》るものは、必悪趣《かならずあくしゅ》に落《おつ》るなるべし。然れとも弓矢とる身のならひとて、蝸牛《くわぎう》の角《つの》の争ひに、活《いけ》るを殺し、死を厭《いと》はず。われ総角《あげまき》のむかしより、二十余度の合戦に、人の命を断つこと数をしらずといへども、分《ぶん》の敵《てき》を討《うつ》て、非分《ひぶん》のものを討《うた》ず。……(後篇巻三、上306)

馬琴は『参考保元』の「父ノ意趣ヲモ遂」につづく「我本望ヲモ達セハヤト思ヘハコソアレ」を「讃岐院を位に復し奉らばやと思へばこそあれ」と作りかえて、保元の戦いに敗れ、父兄弟達とも死別した為朝がそれまで自決の道をえらばずに、けんめいに生きながらえてきたことの意義を、ひたすら院の無念を晴らす日のくるまでつくそうとする忠義に帰着させているのである。

さらに『参考保元』では「父ノ意趣ヲモ遂」と並列してあるのを、「父の意趣を遂げ」と直接に次文「讃岐院を位に復し奉らばや……」につながるかのようにあらため、あたかも父の意趣が院の復権にこそあるかのごとく、それが為朝自身の父にかわっての存念であるとたくみに転換させている。ちょうど先の「彼の君の御代となし、父が孤忠を全うすべう思ひしに」(後篇巻二)でも見られた作為と同様の方法である。それがとりも直さず孤忠を果たそうとする父への孝の道を第一義とする為朝自身の孤忠の精神とつながり、それが今後の彼の行動の規範となる。そうした文意の流れを、これより展開する物語の後段に順次見て行きたい。

『保元物語』の世界では、大嶋で官軍に攻められた為朝は、諸本に異説は見られるものの、いずれにせよ自殺したことが記されている。『弓張月』の為朝は、忠義の家臣鬼夜叉に諫言《かんげん》され、いったんは幼い娘嶋君《しまぎみ》を連れて舟で八郎《はっちょう》の来嶋《こしま》に落ちのびるが、その後、鬼夜叉が簓江・為頼《ためより》（為朝と嶋の妻との嫡男）の自殺を介錯し腹掻切ってはてたことを知り、大いに後悔して、ただちに嶋君を手にかけ自らも切腹しようとする。しかし為朝が腰の刀を握りしめ咄嗟《あはや》と見えたそのとき、とつぜん舟であらわれた本嶋《もとしま》の四郎五郎《しょうごろう》（鬼夜叉の娘三郎《さほり》の長女《にょこ》の従姉妹の夫）に、嶋君を抱き取られ、為朝の自害はまたしてもそこで止められてしまう。四郎五郎は、その未明釣舟で海に出たところ、姿は見せぬ母と子の不思議な声が聞え、今より来嶋に急ぎ駆けつけ為朝が嶋君を刺殺し、自害するのをとどめて欲しいと頼まれたという。そしてなぜこの嶋で愛子《まなご》を殺し、自らも死に急ごうとするのか、その理由を聞かせてほしいと為朝に強く問いただす。

為朝は、その不思議な声の主はきっと「為頼と簓江の幽魂に相違ない」と述べ、思わず哀悼の色をうかべるが、それにつけても、鬼夜叉に賺《すか》されて大嶋をのがれ去り、子を先だて家隷《いえのこ》を失い、朝敵と呼ばれる身となった今は、何をよすがに活路を開けばよいのか、穢《きたな》い挙動《ふるまい》をするべきではないと答え、自害のあとは、わが首《こうべ》を伊豆の国府へ送り過分の賞禄《ほうび》をもらって洲民《しまびと》を豊かにせよと、かえって四郎五郎にいいふくめる。このように必死の覚悟の上と知っても、四郎五郎は怯《ひる》まず、一体為朝をうしなえば洲民たちがどれほど落胆することか、まして彼の首をさし出そうとする者などありえず、さらに鬼夜叉の娘の長女《にょこ》は稚子《わこ》二人をこの嶋で守り育て行くのに、為朝一人が頼りではないかと、理詰めで彼に迫る。為朝はやむなくその場においての自害を思いとどまるが、心はいささかも満たされず、その場は言い逃れて四郎五郎を帰してのちは、「とてもかくても死《しに》おくれし、玉の緒を風にまかして讃岐国《さぬきのくに》に押渡《おしわた》り、新院の陵《みさゝき》に参りて、臣《しん》が孤忠《こちう》を訴《うたへ》奉《たてまつ》り、かしこけれど御廟《ごびやう》を首《まくら》にして、腹を切らんものを」と、ひとりごちて、せめて死に場所は一つ所にと嶋君を抱き上げ、ふたたび青海原へと舟を漕ぎだす。

為朝はそこではじめて、「臣が孤忠」と唱え、それまでの父の孤忠を引き継ぐ、すなわち父子の道義にもとづく忠義から、直接みずからを崇徳院の臣下と自負し、誠忠をささげつくす忠義の誓いをおこなっている。

はたしてその年の秋、艱難のすえに讃岐国多度郡《たどのこうり》、逢日《おうひ》の浦に到着した為朝はさらに、死に場所をもとめ白峯の陵《みささぎ》を目指して一人出立していったのである。なお嶋君は、逢日の浦で為朝が偶然助けた熱田《あつた》の大宮司季範《すえのり》の養女としてむかえられ、その地で父と永別する。

大宮司は、崇徳院の御代に為朝の父為義から推挙され熱田の祠官《しかん》に任じられた身であり、しかも昨日は白峯詣の帰途で、いかなるめぐりあわせかと深く感じ、持参の品で、昔日為義から拝領した烏帽子《えぼし》と直垂《ひたたれ》上下《かみしも》一式を為朝に贈呈する。翌朝為朝は大宮司一行と別れ、すでに夜の闇がせまる頃、白峯の人跡たえる山路を急ぎあがって行き、老木の下に立ちより、季範から贈られた亡父を偲ばせる烏帽子直垂に衣服をあらためると墓前へ進んだ。

そのとき為朝が御廟の柱に西行法師の書きつけた二首の歌を見るくだりがあるが、それについてはすでに第二章—二（「天狗となる崇徳院」）において、『参考保元』及び『雨月物語』の白峯に見る問題とからめて詳述しているため、ここではふれないが、その歌をうちながめた為朝が「さては西行法師も去年《おとゝし》の冬、こゝへは参りけん」とうなづき廟の扉を押開いてぬかずき、次のように述べるところに注目したい。

「君十全万乗《きみじうぜんばんちやう》の聖主《せいしゆ》として、錦帳《きんちやう》を北闕《ほつけつ》の月に輝《かゝやか》し給ひしも、今は懐土望郷《くわいどぼうきやう》の魂《たましい》、玉体《ぎよくたい》を南海の俗《ぞく》に混《こん》ず。

露を払《はらつ》て御迹《おんあと》を尋《たづね》奉《たてまつ》れば、秋草泣《しうさうない》て涙を沃《そゝ》ぎ嵐に向《むかつ》て君が墓を問《とへ》は、老檜悲《ろうくわいかなしん》て、心を傷《いたま》しむ。仏儀《ふつぎ》は見えずして只朝雲夕月《あしたのくもゆふべのつき》を見る。法音《ほうおん》は聞《きこ》えずして、只松響鳥語《まつのこえとりのね》を聞く。軒傾《のきかたぶ》きては、暁風《あかつきのかぜ》寒く、夢破れては、夜雨防《よるのあめふせぎ》がたし。昔今《むかしいま》の御有様《おんありさま》、いと痛《いたま》しくも浅ましく思ひ奉《たてまつ》れど、微臣《びしん》が孤忠を述《のぶ》るに由《よし》なく、既に勢歇《いきほひつ》き、力究《ちからきはまり》て、今生《こんじやう》の誠忠《まこゝろ》を訴《うたへ》、後世《ごせ》の苦楽《くらく》を共《とも》にし奉《たてまつ》り、君に強顔《つれな》かりつるものどもを、こと〴〵くとり殺さばやと思ふのみ。はからずも大嶋をながれ来て、尊霊《そんれい》を驚《おどろか》し奉《たてまつ》るもの也。」（後篇巻四、上348）

右の文は、「夢破れては、夜の雨防がたし」までが『参考保元』（京師・杉原・鎌倉本）を下敷きにするが、ここでも馬琴は原文に「甍破春雨難防」とあるのを「夢破れては、夜の雨防がたし」とさらにこの白峯の場にふさわしいものにかえて記している。かつての栄華の宮居《みやい》にかわる今は、はかない廟所の有様を描くのに「甍《いらか》」はおおげさに過ぎ、また「春雨」とある季語も、秋の愁風を聞くこのときにそわず「夜雨」とあらためることにより、いっそう愴悽《そうせい》の感をもよおす情景にしていったのである。そのような寂寥たる廟所にぬかづき、為朝は、現世ではもはや「微臣《びしん》が孤忠を述《のぶ》る」すべさえなく不思議に大嶋を脱れ出てきたものの、すでに力きわまった現在のわが身には、後世《ごせ》で新院の尊霊と苦楽をともにしたてまつり、院に強顔《つれない》しうちをした敵方の者共を一人のこらず取り殺そうと願うばかりであることを申し上げる。そしてその場で短刀を抜き直ちに切腹し果てようとするが、突然手足は癱麻《なえしびれ》ていかんともなしがたくなる。

まさにその時、児《ちご》が嶽《たけ》のかたより武者四五十騎が出現し、くわえて天狗の一団にかつがれた輿《こし》が墳墓のそばにすえられると、中から院の亡霊が「朝倉を只いたづらにかへすにも釣する海士《あま》の音《ね》こそ泣《なか》るれ」と一首の歌を口ずさみ、すこしやつれられてはいるが、ありし日の御姿でおりたたれる。

見れば左大臣頼長公以下下野判官《しもつけのはんがん》正弘とその子頼弘、為朝の父六条判官《ろくじようのはんがん》為義とその子など大勢の亡霊が院の左右に座し、そこに怨敵誅伐の軍議の庭が開かれるのであった。為朝は懐かしさのあまり思わず父に声をかけようとするが、玉座ちかいことをはばかり名乗りもできず、又父も彼の存在がわからぬのか見かえりさえしない。そのとき左府《さふ》頼長が口火を切り「さても御敵《おんてき》義朝をは、君御在世《きみございせ》の日に誅《ちう》さし給ひつ。なほ憎しとおぼす伊勢平氏等を、いかにしてか滅《ほろぼ》すべき。おの〳〵謀《はかりごと》あらば、心くまなく聞えあげ候へ。」と一同に申し渡すと、さっそく為義、平馬助忠正の二人が今より十年のうちに平重盛の命数がつきれば、おごれる平家はおのずから滅亡するのでそれを待つべきだと申し上げる。これを聞かれた院は、

「朕《わ》が憎しとおもふもの、豈《あに》清盛のみならんや。重盛だに世になくは雅仁《まさひと》後白河院時に太上天皇に物を思はせ、年来《としごろ》の鬱憤《うつふん》を散《はら》してん。清盛元来君臣の礼を忘る。されば彼に雅仁を恨《うらま》して、鳥羽の離宮へ押籠《おしこめ》さし、……。彼君臣《かのくんしん》をこの讃岐の浦に押引《おびき》よして、海に沈ますべきぞ。」（後篇巻四、上351）

とおおせられ、それにたいし為義は後白河の御所「法住寺殿《ほうぢうじどの》の門々《もん〳〵》は不動明王、大威徳《だいゐとく》の固《かため》給ふなるに」とても入りがたいであろうから、いっそ「清盛が西八条の亭へ、渡御《とぎよ》あるべきにこそ」と申しあげる。それを聞かれて崇徳院はうちほほえみ、さらに忠臣の子孫たちへの恩賞の話を進めるが、わけても為義が嫡男の義朝とは別れて夥《あまた》の子どもをひきいて参軍したことへのおぼえめでたく、しかも幼少の子供達までが保元に首をはねられたいま、八郎為朝のみが生きのこっているが、彼を日本の総追補使にしたいと思う。しかし頼朝の武運を天が許し、わが神力では及びがたいと仰せられ、さらに次のような恩賞を仰せだされる。

「こゝに為朝が二男朝稚丸《ともわかまる》は、足利義康密《ひそか》に養ひとつて、今見《げん》に下野《しもつけ》にあり。これが子孫をもて天下の武将と仰《あほ》がし、又為朝が未生《みせい》の末子《ばつし》をもて、某《それ》の国《くに》の君となさん。これ朕《わ》が贔屓《ひいき》の制度《さた》にあらず。為朝夫妻、家隷《いへのこ》等《ら》が忠義の善報《ぜんほう》、その余慶《よけい》、子孫に及ぶものにして、自然の理《ことわり》なり。見よ。頼朝一旦《いつたん》武運めでたくて、平家を

追討し、賞罰その手に出《い》づといへども、これが親の義朝が、父を殺すの悪報、その余殃《よわう》子孫に係り、頼朝兄弟不和にして、有功《ゆうこう》の弟《おとゝ》を殺し、父子三代僅《はづか》に四十年にして自滅せん。しかも其終《そのおは》るところ死然《しぜん》を得ず。みな改元の年に死するをもて、験《しるし》とすべし。夫《それ》善にかならず善報《せんのむくひ》あり。悪にかならず悪報《あくのむくひ》あり。輪廻《りんゑ》応報の談、ゆゑなきにあらず。鬼神豈人《きじんあにひと》に私《わたくし》せんや。しかるを為朝、世を恨み身をはかなみ、自殺して失《うせ》んといたす事、究《きはめ》てしかるべからず。今茲《ことし》冬の半《なかば》に至《いたつ》て、肥後国に赴《おもむ》かば、はからずして故《ふるき》にあひ、年来《としころ》の艱苦《かんく》をかたり慰《なぐさむ》る日ぞあるべき。しかりといへども、命運なほ全《まつた》からず。ふたゝび合《がつ》してふたゝび離れ、その徒《ともがら》また非命に死するもの多からん。これ忠義の為とはいへ、年来《としごろ》為朝が、夥《あまた》の敵を射殺《いころ》したる、その報《むくひ》也とするときは、絶《たえ》て恨《うらむ》るに足らず。世の常言《ことわざ》に「苦中の苦を喫《きつ》し得て方《まさ》に人の上の人となるへし」といへり。事に迫りて死を軽《かろ》んずるは、日本《やまと》だましひなれど多くは慮《おもひはかり》の浅きに似て、学《まなば》ざるの愆《あやまち》なり。さはあらぬか。」（後篇巻四、上352）

右のごとき為義にたいする言葉のうちに新院は為朝の二男朝稚丸が足利氏に養育され、その子孫が天下の武将となること、また為朝の「未生《みせい》の末子《ばつし》」すなわち後に白縫の生む舜天丸が、「某《それ》の国《くに》」琉球国の王になること、さらに義朝の子孫の運命を予言し、それは父殺しをおこなった義朝の子頼朝は、いったん武運強大であってもいずれは非業の死をとげる宿命にあるということであり、しかるに眼前の不運をなげき為朝が自殺しようとすることは、きわめて短慮にすぎようと強くいさめるのである。かたわらでそれを聞く為義は「愚臣が子ども夥《あまた》なる中に、為朝はその知勇、兄にも弟《おとゝ》にも勝《まさ》れば、わきていと惜《を》しく候ひつるに、彼が子孫、かく莫大《ばくたい》の果報あらば、歓《よろこ》びこれにます事なし。是併《これしかしながら》、君《きみ》の恩恵《おほんめぐみ》にこそ。」と深く謝し、同席の一同もそれぞれによろこびを述べる。そして盃ごととなり、一同が喫《のみ》おえたとき、新院をはじめ頼長公、為義朝臣以下の倍従の党《ともがら》は合して一団の燐火《おにび》となって、金光を放ちつつ児《ちご》が嶽《たけ》をさして飛び去る。

為朝は、はたしてこれが天狗道におちた者の苦しみかとながめたが、その先に短刀をぬきかけたまま、石の玉垣にもたれて呆然としている自分に気づき、

さては夢にてありけるか。君と父と夢中《むちう》に霊をあらはして、後事《こうじ》を示し、自害をとゞめ給ふにこそ。かゝれば佻々《かるく》しく死すべきにあらず。且《かつ》新院腰輿《ようよ》の内より、聞えしらしたまひし御製《ぎよせい》に〽朝倉《あさくら》や只《たゞ》いたづらに帰《かへ》すにも、釣《つり》する海士《あま》の音《ね》こそ泣《なか》るれ。と欬《か》。この御歌《おんうた》のこゝろをおもふに、朝倉は筑前国上坐郡《ちくぜんのくにかみつあさくらのこふり》にあり。斎明天皇《さいめいてんわう》、朝倉の宮に幸《いでま》せしに、彼処《かしこ》に崩《かんざり》給ひき。されは新院も、この荒磯《ありそ》にて崩《かんざり》給へは、直《たゞ》に朝倉の木《こ》の丸殿《まるどの》に思ひよし、こゝに来《きた》れる為朝を、いたづらに帰《かへ》す事は、本意《ほゐ》にあらずと御寵《おんいつくしみ》のふかきを、三十一字《みそひともじ》にしらし給ふにこそ、こよなき面目《めんぼく》なれ……（後篇巻四、上354）

と感得する。そして為朝は院の御製にたいし奉り、

朝倉や木の丸殿に入るかひは君に知られて帰るうれしさ

と詠んで手向《たむ》けたてまつり、やがて示現のとおり、その年の冬なかばに肥後の国へ向かう。はたしてその肥後の木《き》原山《はらやま》の山中に建つ舘で為朝は、保元の反乱に父忠国と共に死んだとばかり思っていた妻の白縫姫と再会することになるが（後篇巻五）、そこで白縫が別れて以来のできごとを物語る中に、直嶋《すぐしま》において生前の院と奇しき対面のあったことを次のようにつげるくだりがある。

時に長寛二年八月下旬、わが身不思議にも、直嶋《すぐしま》の荒磯《ありそ》にて、新院に咫尺《しせき》し奉《たてまつ》り、夫婦が孤忠《こちう》を聞《きこ》えあげて、出《いで》給へと勧《すゝ》め奉りしかど、諾《うべ》なひ給はず。「汝《なんぢ》夫婦が誠忠《せいちう》は、わがなき後《のち》にぞ報《むく》ふべき。今より後《のち》、五七年をまて。かならず為朝にあふことあらん。しかれども夫婦の縁《えに》し、既に絶《たえ》たるに似たれば、ふたゝび合《あふ》といへとも、再び離れ、老《おい》を偕《とも》にし、穴《あな》を同《おなじく》することを得じ。これ命《めい》なり。よしやはかなき契《ちぎり》なりとも、時を待《まち》て、面《まの》

あたり良人《をっと》に逢はゞ、年来《としごろ》の憂苦《ゆうく》を語り慰《なぐさむ》るのみならず。心やりなる事もあるべきぞ」と説示《ときしめ》し、生ながら魔界に入《いつ》て、悪相《あくそう》を現《あらは》し給ひしが、そは御魂《おんたま》の幻《まぼろし》に、荒磯に出《いで》まし給ひけん。その次の日に新院は、崩《かく》れ給ひしこそ、いよ、怪しく侍れ。……（後篇巻五、上367～368）

このように直嶋の御所近くの荒磯で新院が生きながらに遊魂の変を生じさせ、その玉体をあらわし、白縫に御声さえもかけられたという段（前篇巻六）については、上述（第二章―一）に考察するところであるが、そのときの予告にたがわず為朝と再会した白縫が昔日直嶋では「せめては年来《としごろ》の誠忠《まごゝろ》をも、しらせ奉らばやとて参り侍り」と院に申し上げているのを、ここでは「夫婦が孤忠《こちう》」と馬琴が言いかえていることに注目したい。

また白縫の言葉をうけて為朝が白峯参詣の不思議を語るなかにも、

「次の日新院の御墓《おんはか》へ参詣して、多年の孤忠《こちう》を訴《うたへ》奉《たてまつ》り、既に自害せんとて、刀を抜たれど、猛《にはか》に手足癱麻《なへしび》れ、忙然《ばうぜん》たるその中《うち》に、君父《くんふ》の亡魂《ばうこん》幻《まぼろし》にあらはれて、外《よそ》ながら自殺をとゞめ、……」（後篇巻五、上371～372）

とあり、馬琴はここにおいても為朝が保元の乱以来、新院にささげてきた忠義を「多年の孤忠」とたたえ、前篇では用例のない言葉によって、すなわちそれまでの父為義への「孝」に順ずる「忠」から、われ一人となっても主上に絶対の忠義をつくすという決意のほどを顕在化させる言葉に切りかえてゆくのである。

こうして白縫と再会した為朝は、一子舜天丸《すてまる》をさずかり、木原山の舘に数ヵ年隠棲しついに清盛誅伐の上洛をめざすが、渡海の最中暴風にあい、波に浮かんで流れのまにまに琉球に漂着する。

すべては崇徳院の神託どおりになり、為朝にとってはまさに「苦中の苦を喫《きつ》し得て方《まさ》に人の上の人となる」ための苦難の道がそれより敷かれ、とりわけ幻術師矇雲を相手とする困難な戦闘に身を投じる、いわゆる琉球争乱の物語につながっていく。たとえば、島袋で矇雲の軍の放った猛火に包まれ九死に一生を得るものの、そこから夜通し走り逃げ、ようやく具志頭《くしかみ》の松山の磯までたどりついた時、背後から執拗に追う敵兵のあることに気づき、前方の海と背後の敵との間《はざま》にたち疲労困憊する為朝夫婦を、突如として舟で救い出すものが現われる。

「浜千鳥、跡《あと》は都《みやこ》へ、かよへども、身は松山に、音《ね》をのみぞ鳴く」と声高く詠じつつ芦の内より出現したのは、佳奇呂麻《かけろま》の嶋長林太夫《しまおさりんたいふ》であった。『弓張月』拾遺篇の物語はここで終るが、次の残篇巻一で林太夫は一昨日のこと、身の長一丈《たけ》あまりの天狗の面《つら》の修験者がきて、明日か明後日のこと、為朝夫婦が矇雲の賊兵に苦しめられて松山の磯に到着するはずであるから、早く舟を出し救いに行けと自分を追いたてたという。そして異人の出現をあやしむ林太夫に向い「われは是大日本《これおほやまと》、人皇《にんわう》七十五代の天子《てんし》、崇徳院《しゆとくいん》のおん使《つかひ》」であることを告げたとも伝える。その一部始終を聞きおわり、

「そは疑ふべくもあらぬ、讃岐院《さぬきのいん》の神霊《あらみたま》の、吾《われ》を救《すく》はせ給ひし也。彼浜鵆《かのはまちどり》の三十一字《みそひともじ》は、新院讃岐の松山に在《おは》せしとき、手《て》づから五部の大乗経を書写《かきうつ》して、都へつかはしたまふとて、詠《ゑい》じ給へる御製《ぎよせい》なり。しかるに、少納言入道信西《せうなごんにうどうしんせい》が阻《さゝえ》まうせしによりて、朝廷ふたゝび僉議《せんぎ》ありて、彼経巻《かのきやうくわん》をそがまゝに、情《なさけ》なくも返されたり。されば院の御怨《おんうら》み、日来《ひごろ》にはいやまして、天に祈り、地に禱《いの》り、魔界《まかい》に入《いり》て帝《みかど》をはじめ、われに強顔《つれな》き奴《やつ》原《ばら》に、おもひしらせん、と誓ひ給ひし、名ところ似たる松山に、為朝夫婦が呻吟《さまよ》ふを、予《かね》しもしろしめされ、佳奇呂麻人《かけろまびと》に救《すくは》せ給ふ、君恩《くんおん》いとも恐《かしこ》し」（残篇巻一、下282）

とのべ、為朝は身を投げふして幾度も東のかたを拝する。

讃岐の松山の名にかけた具志頭《ぐしかみ》の松山の磯に展開するこの段は、南海のはてなる国で苦境におちる為朝に対し新院の神霊《あらみたま》の絶大な加護のあることを読者に知らしめる、上述の白峯の段につぐ絶好の一場と言えよう。また為朝が東のかたを数回拝するとあるのは、琉球へ渡ってのちもなお為朝の崇徳院に対するひとときも忘れぬ恋闕《れんけつ》の情をあ

らわすにほかなるまい。

為朝は後に曚雲の軍を打ち破り、有功の将達から王女亡きあとの王位にのぼることをすすめられるが、そのときも「各位《おの〳〵》の勧《すゝむ》る所は、わが本来の情愿《こゝろざし》にあらず。われは日本《やまと》の浪人《うかれびと》也。はじめよりこの国へ推渡《おしわたり》て、国難を救ひ、栄利《えのり》を謀《はか》る意《こゝろ》なし。」とのべ、さらに「功成《こうなり》名遂《なとげ》て身退《みしりぞ》く。いにしへの人に及ばずとも、今より故国《ここく》に立ちかへり、新院の山陵《みさゝき》にて、腹かき切《きり》て忠臣の、誠《まこと》を泉下《せんか》に尽すべし。……」（下390）と、最後まで院にささげる誠の忠義により行動を決するものとし、覇者が当然の理とするように異国の王になることは論外の道であると考える。

以上に見てきたごとく、馬琴は為朝が、最初に白峯に参詣した折に墓前でうったえ示した孤忠の精神《こころ》を院が嘉納《かのう》された時から、院の神霊に高く守護されるものとなし、ゆえに為朝の人格をいっそう清澄高邁《せいちょうこうまい》なものに形成し描くことができたのではあるまいか。

馬琴が周到に形成していった為朝の孤忠にもとづく、為朝と崇徳院の二世にかけた主従の絆《きずな》の深さは、とりわけ大団円直前の第六十七回の物語において院が為朝によせる絶大な守護ぶりを示すことにより、読者の前にいよいよ顕然とする。院のつかわす神馬によって為朝が迎えられ、天駆《あまか》けて日本に帰国するという、そしてさらに展開するきわめて宗教的な為朝退場の数奇な物語を成就させる上での、重要なきっかけとなることについては、第三節「為朝の退場―金仙の物語」において、あらためて論じたい。

二　為朝の神性――富蔵河に降り立つ神人

琉球国王を冊封《さっぽう》する中国清朝使者の副使であった徐葆光《じょほっこう》が撰述した、詳細な琉球見聞録『中山伝信録』巻四の琉球地図の項の山北省金武の条に、『弓張月』で馬琴が再々それをもちいた次のような「童謡《わざうた》」と、それについての伝書が収録されている。

山北省　金武《キム》在首里ノ東北九十里　属村県五　金武在金武山山上為ス金峯山下有レ洞有二千手院一有二富蔵河一二百年ノ前有二日秀上人一泛レ海到レ此ニ時年大豊民謡云神人来兮富蔵水清神人遊兮白沙化レ米日秀上人住二波ノ上一三年後回二北山一

馬琴は右の古い民謡と、日秀上人《にっしゅうしょうにん》の伝説、すなわち二百年前に海を泛《うか》んで上人がここにやってきたその年豊作となり、民謡に「神人来兮《しんじんきたれり》」と謡われたこと、上人は波ノ上（地名）に住み三年後北山にまわったことから大きなヒントを得たものと見え、まずその歌詩を為朝が富蔵河に到着するくだりで、あたかも為朝到着への祝歌のごとくもちいている。

これによりて、為朝は、北《きた》のかた、山北省なる、本部《ほぶ》の浦に船をよせ、昔紀平治が図《づ》したりける、琉球国の地利を考《かふがへ》、径《こみち》よりゆかんとて、人もかよはぬ山路に入りては、樵夫牧童《せうふぼくどう》に路をたづね、虫のみ聚《すだ》く曠野《あらの》を過《よぎ》りては、朝霞暮雲《ちやうかぼうん》を栞《しをり》とし、露に宿り、風に梳《くしけづ》り今帰仁《いまきじん》より運天山《うんてんざん》の麓《ふもと》を経て、名護嶽《なごがたけ》を右手《めて》に見かへり、金武山《きんぶせん》をうち踰《こえ》給へは、前面《むかひ》に大きなる河ありけり。船橋《ふなはし》の中三間《なかさんげん》ばかり断《きり》おとして、輙《たやす》くわたりがたし、と見えたるこなたの岸に、男童《をのわらは》等五七人、蟹を拾ひてをり。いと高やかにうたふを聞けば、

神人来兮《しんじんきたれり》　富蔵水清《ふざうみづきよし》　神人遊兮《しんじんあそべり》　白沙化《はくしやけす》レ米《こめに》

とくりかへしつゝ、拍子いとをかしげに囃しけり。為朝これを聞給ひて、さてはこの流こそ、富蔵河《ふざうかは》ならめ、とおぼして、ほとり近く立より、「やよ子ども物問はん。こゝより南風原《はへばる》へ出《いづ》るには、いづれの方《かた》か順路なる。をしえよかし。」と宣《のたま》へば、童子等《どうじら》は訝《いぶか》しげに見かへりて、「旅客《たびゝと》、南風原へゆかんとならば、浦添《うらぞひ》より首里《しゆり》を

過《よぎ》り、大里《おほさと》、真和志《まわし》の間《あはひ》より、西南《ひつじさる》を指《さし》てゆくが、これその順路なれど、曚雲法王《もううんほうわう》世を御《しろしめ》しては、間切毎《まぎりごと》に新関《しんせき》を居《すゑ》給ひ、割符《わりふ》なきものは通さず。亦中城《なかくすく》より、東の長浜《ながはま》を伝ひてゆく路あれど、この富蔵河の船橋をひかれたれば、それもかなひ候はず。」といふ。為朝聞《きゝ》てうち点頭《うなづき》、「さらばこの河を越《こゆ》べし」とて、中間断《なかのまきり》はなちたる処まで、する〳〵と走りゆき、「や」と声かけて閃《ひら》りと飛越《とびこえ》、南の岸へ赴き給へば、童子等は舌を巻て、大きに驚き、三間あまり落たる橋を、いと易《やす》らげに飛越たるは、神《かみ》か、人歟《ひとか》、とばかりに、頻《しきり》に賞嘆したりける（拾遺巻一、下149〜150）

すでに前篇巻六において為朝は、伊豆の大嶋で数百匹の牛馬が暴れ狂うのを、組み伏せねじ倒し、またたく間に百五十匹をたやすくからめ取るという武勇のほどを示し、島民らから「君は寔《まこと》に人間にはあらず、天神《あまつかみ》にて在《まし》ます也」（上211）と称讃されている。また、後篇巻二では、大嶋から巡見のために「男の嶋《を》」（馬琴は八丈嶋を「女護《にょご》の嶋」、青が嶋を「男の嶋」と呼称している。なお、その物語［第十八回］の題には「大児《おに》が嶋」とある）に渡った為朝が、高さ一丈以上もの覇王樹《さぼてん》のような岩を打ち砕く強弓の腕前を示す場があり、色黒く怪異な鬼のごとく見える嶋男たちの舌をまかせるのであるが、そのとき、「東《ひがし》の七郎《しつちやう》三郎《さぼり》（後の鬼夜叉《おにやしや》）」と呼ばれる男から、為朝は次のような言葉をかけられる。

「……衆人《もろびと》頑愚《ぐわんぐ》にして貴人《あてひと》をしらず。漫《すゞろ》に蔑《あなど》り奉りしを憎しともおぼされず。なほ憐《あはれみ》に愍《あはれみ》を垂《たれ》給へるは、乃《すなはち》仏のこゝろ也。元来《もとより》君の来まさん事は、神のしらし給ふことあり。かゝれば乃《すなはち》君は神なり。いかでか敬《うやま》ひかしこまざらん。もし生活《なりはひ》の便《たつき》ともなるべきすぢあらば、説諭《ときさと》し給ひね」（後篇巻二、上271）

このように東の三郎《さぼり》は、夢告によったのであろう、為朝の来嶋を予知していたことをつげ、為朝をまさに神であるかに称えている。さらに本文を執筆してのち、馬琴は後篇の備考「為朝外伝　椿説弓張月」を添えて、為朝が死後、肥後国水俣で矢八《やはち》の荒神《あらかみ》として祭られていることや、八丈小嶋では人々が彼の神徳をしたって、はじめ鎮守の神として祭っていたのが、やがて八郎明神として祭祀されていることなど、為朝の神位をめぐる諸文書をもちいた考証記事をながながと記している。

しかし、『伝信録』によって知りえた「神人来兮《しんじんきたれり》」の童謡を取りこむことにより、それまでのいささか常套的な表現とはことなった、ある一つの象徴性をもたせ、為朝の神格をより高く屹立させたと見える右の拾遺巻一の富蔵河の条は、『弓張月』に描かれた為朝の神人一致の性格を考えるうえで、まさに彼の神人性を明確にする起点となるといって過言ではあるまい。くわしくはのちに記すが、馬琴は大団円の直前（第六十七回）に、ふたたびその童謡を寓意としてもちい、為朝の昇天を飾るかに見える。日秀上人の利益《りやく》を言祝《ことほ》ぎ、山北省の金武地方で流行したとされる右の歌謡にたいし、馬琴がいかに作品にいかそうとして着眼したものか想像するにかたくない。なお馬琴は、敬愛する新井白石の記す『琉球国事略』（『五事略』『骨董録』の二書に所載。同様の内容であるが、各々に書きおろしたもの）に、次のような記事があるのを見ていたのである。

天孫氏代を相嗣ぐ事凡一万八百余年　其徳衰へて政すたれ　諸按司多くはこれに叛くに賊臣のために弑されて其位を簒はる　浦添の按司其賊を誅す　国人これを推して君位に登らしむ　これを舜天王といふ　王はもと日本国鎮西八郎為朝の子其母は大里按司の妹也　二條院永萬年中為朝海に浮て流に随ひて国を求め流虬国に至る流に求むるの義によりて流求と改め称せしといふ此の説然るべからずこれよりさき此名あり　国人其武勇に畏れ服し　其国の名を改め琉球と名づけてつひに大里按司の妹にあひぐして舜天王を生む　是すなはち宋孝宗乾道二年の事也　為朝此国にとゞまる事日久しく故土を思ふ心禁じがたくしてつひに日本に帰れり（『五事略』下）

そもそも『琉球国事略』は、白石が徐葆光の『伝信録』を中心に、日本の僧袋中の『琉球神道記』を大いに参照し、自身の琉球観をもってまとめた、近世における初期の琉球関係の著述である。例えば、『伝信録』（中山世系の舜天の項）においては、

舜天ハ日本人皇ノ後裔（大里ノ）按司朝公ノ男子也

とあるのを、「日本国鎮西八郎為朝の子」と明記し、為朝を中山世系第一代の王となった舜天の父であると、いっそう具体的に示している。

為朝海に浮て流に随ひて国を求め琉虬国に至る

と記す箇所についても、『中山世譜』に見るとされる「南宋乾道《ナンソウケンドウ》元年乙ノ酉、鎮西為朝公、随テレ流レニ至ル国ニ」の故事を参照し、さらに白石が為朝の渡琉伝説を史実としてとらえ、記していることを思わせる。

さて『弓張月』に、右の白石の一条をふまえて書かれたと見て取れる次の二条がある。一つは、為朝が日本の海上で大嵐に遭遇し、死別したものと思っていた妻の白縫に、奇しくも佳奇呂麻嶋で再会したみぎり（但しこの時の白縫は、彼女の死後の魂を琉球の寧王女の、これも屍となった身を借りて、借屍還魂を遂げ、白縫の魂を有する、すなわち「白縫王女」となった不思議な存在であった）、自分がいかにして琉球に漂着したかを語る次の科白に見える。

「……おほけなくも、讃岐院《さぬきのいん》の冥助《みやうぢよ》によつて、天狗共に介抱せられ、夢ともなく現《うつゝ》ともなく、波の上に漂ふ事数日《すじつ》にして、この琉球の属嶋《えだしま》なる、佳奇呂麻《かけろま》に漂著《ひやうちやく》せしは、九月二日の事なりし。」（拾遺巻一、下139）

次に、対曚雲戦の幕が切って落とされ、いったんは敗れた為朝が逃げこんだ先の嶋袋で、かえって猛火の攻めにあい、危うく生命《いのち》を落としかけたところへ駆けつけた白縫が、もはや夫は息たえたかと覚悟をきめ、それでも声をかぎりにかき口説く科白にも、

「……寔《まこと》に君は日《ひ》の本《もと》の、王孫名家《わうそんめいか》の御曹司と、生れ給へど果報微《つたな》く、故国にその身を容《い》れられず。海に浮《うか》

みて亦《また》この邦《くに》の、乱れしを討《うち》おさめんとて、稍《や》逆臣を誅戮《ちうりく》し、仁義の軍《いくさ》を起し給えば、神も憐《あはれ》と見そなはし、冥助《みやうじよ》応報あるべきに、……」（拾遺巻五、下249）

と見える。すなわち前者、為朝の「波の上に漂ふ」と、後者、白縫の「海に浮みて」の科白を呼応させ、あわせて白石の「海に浮て、流に随ひて」の言表を相乗的に効かせていることがわかる。馬琴が為朝の琉球上陸のことを表わすのに、くりかえし使う「漂着」という言葉の背景に、上述の工夫があることを見るべきであろう。なお、「波の上に漂ふ」さまを表わすには、「浮ぶ」よりも「泛ぶ」と記すのが本来と思われるが、馬琴は白石の用字にしたがい「浮みて」と表している点にも注目されたい。上掲の日秀上人の記事（『伝信録』四）では、「海泛」とある。

ところで、袋中上人の本地垂迹思想によって記された『琉球神道記』巻五の第一項に見る「波上《ナミノウエ》ノ権現」社と、第二項の「洋《オキ》ノ権現」社という、いずれも水辺に縁ある地、もしくは名の社《やしろ》縁起に為朝の琉球伝記をからめて記す箇所があり、かならずや白石もそれに注目していたことと思う。

まずその「波上《ナミノウエ》ノ権現事」に、どのように記されているものか、いささか長文になるが見てみたい。

当国大社七処アリ。六処ハ倭ノ熊野権現。一処ハ同ク八幡大菩薩也。抑此権現ハ、琉球第一大霊《リヤウ》現ナリ。建立ノ時代ハ遠シテ人知ラズ。昔此崎山《サキヤマ》ニ、即チ崎山ノ里主ト云者アリ。常ニ釣漁ス。有日汀《ナギサ》ヲ行ニ、後ヨリ呼ル音アリ。顧《カヘリ》見ルニ人ナシ。其辺リニ、木ニ似タル石アリ。此所作ト覚ヘテ、高処ニ置テ、祈テ云。此石霊アラバ、今日釣ヲ能セシメヨ。其日大ニ得モノアリ。喜テ還ル。後ニハ祈コト度度ナリ。皆験アリ。夜見ルニ、石ノ辺リニ当テ光アリ。爾バ霊石也ト思テ、把リ来テ崇ム。時、此国ノ諸神、何ゴトゾヤ、此石ヲ取ントス。所所ニ北《ニゲ》ヌ。諸神ノ嫉《ネタミ》給フカト疑フ。爾共、志深シテ棄《ステ》ズ。遂ニ此波ノ上ニ来ル。思ヤウ、爰ニシテハ死スル共他ニ行ベカラズ。爾ニ諸神ノ崇《タ》リモ無シテ安心ス。有時、神託ニ云。我ハ是日本熊野権現也。汝ニ縁アリ。此地ニ社スベシ。此国家ヲ守護スベシ。此由王殿《デン》ニ奏ス。此《コヽ》ニ立《タテ》給ヘリ。思ニ初、諸神ノ駆《カツ》テ、此処ニ至《イタラ》シムル也。此地亦霊也。弘誓ノ海深シテ、鎮ニ、実相ノ波澄リ。神徳ノ岸高シテ、自清涼ノ風扇《アホ》グ。参詣ノ族ハ踵《クビス》ヲ継ギ、帰依ノ輩ハ掌ヲ合ス。時移テ後ニ、海中ニ鳧鐘《ツキカネ》浮《フ》ベリ。音ヲナス。是ヲ取テ神前ニ安ズ。中ゴロ、鎮西ノ八郎為伴《タメトモ》、此国ニ来リ、逆賊ヲ威《オド》シテ、今《イマ》鬼神所名也ヨリ、飛礫《ヒリヤク》《ツブテ》ヲナス。其長ヶ人形許。其石亦此ニ留ヌ。今鬼神ヨリ一日ノ行程《チヤウ》ナリ。私云、初ノ霊石、今本社ノ後ロニアリ。本地ノ熊野ハ八角ノ水精石也、宛符合ス。抑此濫觴ヲ尋バ……（『琉球神道記』巻五）

すなわち、崎山（首里の一県）の里主が、霊石を拾い、たいせつに崇めていたところ、琉球の神々が、石を取り上げようとしたので、里主は諸神の妬みかと恐れて、ついに辻山の波上《なみのうえ》（山南省の沿岸にある）まで逃げ、そこにとどまり、諸神の祟りもなくなった。すると熊野権現が降りてきて「我日本の熊野の神を祭祀し、社《やしろ》を建立せよ」との神託をする。以来、波上の熊野権現に参詣する人々がひきもきらなかったと記されており、くわえてその後海中に鳧鐘《つきかね》が浮かんで音をなすこと、そして為朝が琉球にやってきて、逆賊を怖れさせるために今帰仁《いまきじん》（袋中は「今鬼神」の字をあてる）から、人間の身のたけもある巨石を投げたところ、行程一日もかかる波上に到達し、今もそこにその石が在るという、いかにも荒唐無稽な話が見える。

第二項の「洋《オキ》ノ権現事」では、

建立時代・霊異等ノ事、明ナラズ。熊野神ト見ヘタリ。愚案ズルニ、為友《タメトモ》、此国ヲ治ラル時、鬼神降伏ノ神タル故ニ、念願アリテ、立テル歟。本地熊野モ、三処共ニ、水辺ナリ。……（『琉球神道記』巻五）

とあって、こちらは為朝が熊野権現の応護により、琉球で鬼神を降伏させ統治者となったことを感謝し、洋《オキ》ノ権現の社を建立したとする縁起である。このように琉球において日本の本地垂迹思想を広めるために袋中が記した説話のなかに、為朝の琉球伝説が記されていることを、白石がいかに読んだものかは、まったく想像によるほかないが、為朝の海に浮び流れのままに、つまり神慮によって琉球に漂着したとする神話レベルの話を、まさに史実として記す姿勢が見てとれる点に注目するならば、袋中による熊野の神に応護される為朝の渡琉伝記と、確実にひびきあうものが感じられるのである。

同様の事柄がまた、馬琴のうえにも見えてくる。馬琴は、『弓張月』続篇巻二の始めに、琉球開闢のことを記しており、そこで白石の「琉球事略」を参考書目にあげているので、右の為朝琉球漂着の記事については、当然、同時期にはよく知っていたに違いない。

さらに、『琉球神道記』を披見するに及んで、馬琴は「波上ノ権現事《ナミノウエ》」の「波上」という地名をキーワードに、『伝信録』に見た波上に三年滞在した日秀上人のことを思い浮かべ、すなわち上人をして熊野の神の後身《さいらい》=生まれ変わりのごとく捉え、「神人来兮《しんじんきたれり》」の童謡《わざうた》をもって、熊野権現の垂迹を言祝ぐ詞、ひいてはその神に守られて富蔵河にいたったとも見える為朝への言祝《ことほ》ぎの謡に転用したのではあるまいか。

馬琴は『弓張月』の続篇以降にかなり袋中の琉球記事を取りこんでいるが、すべてを二次資料によった形式で記しており、原書を披見したとはどこにも示していない。しかし、二次資料には所載しない「波上ノ権現事」を実際詳細に読んだのでなければ、はたして富蔵河の一帯に流行したとされる民謡を、あれほどドラマティックに『弓張月』のなかで生かすことができたであろうか。ましてや、為朝が佳奇呂麻に漂着後、幼い王子《わんず》(偽の王子であったが、為朝はこの時それに気付いていない)を守るために南風原《はへばる》の城を目ざすとき、順路のはずの泊《とまり》、そして那覇の港を避けて(矇雲の軍兵にその港口は塞がれているとある)、あえて迂回な本部《ほぶ》の浦から上陸し今帰仁を通って富蔵河にいたるという道程を設定していること、そして南風原の城に入り、先の尚寧王の逆臣利勇の命にうわべだけ従う

図20　拾遺巻之一　第四十七回　挿絵

為朝が、小録《ころく》の海岸で「千引《ちびき》の石」を実にたやすくかつぎ上げ、港をふさぐ築《きず》きとしたその怪力無双のことを記すにあたり、「波上ノ権現事」に見る、為朝が「今鬼神」から大礫《おおつぶて》を投げたと記すところを下敷きにしたことを容易に見透かせる（図20）。

ちなみに、袋中は琉球の嶋民らが潮に焼けて肌浅黒く毛深く、恐らく世にいわれる鬼のごとき面態と見まごう者のいることを指してか、為朝が琉球で最初に鬼退治、すなわち嶋民を制覇した場所としての今帰仁《いまきじん》に「今鬼神」の字をあてたものと推測する。そして馬琴は、曚雲との再度の戦闘にいどむ決意をした為朝が、妻の白縫王女、舜天丸と紀平治をしたがえて密かに姑巴嶋を出立する段で、紀平治の物語するなかに、

きのふの暁《あかつき》に、姑巴嶋《こはしま》を出《いで》て、けふははや日のうちに、輒《たやす》く著岸《ちやくがん》しつる事、人力《じんりき》の及ぶ所にあらず。加旃《しかのみならず》山を運天《うんてん》といひ、河を大栄《たいゑい》といふ。その名においていと愛《めで》たし。且《かつ》南に名護嶽《なごがだけ》あり、西北に今帰仁《いまきじん》あり。「君《くん》子《し》名立《なたつ》て、民今帰《たみいまきす》レ仁《じんに》。」これも亦わが君の、武運をひらかるべき、前象《もとつさが》なりとて、紀平治が只顧《ひたすら》に、祝《しゆく》し奉るも興あれば、みな笑壺《えつぼ》にぞ入りたまふ。（残篇巻二、下311）

と語らせ、その名も愛《めで》たい運天山の下方を流れる大栄河に船を乗り入れた為朝が、さらに南方に名護嶽を見、西北には今帰仁が位置することにかけて馬琴は、「名護嶽」に、「名」のついた山が屹立しているさまを「君子名立《くんしなたつ》て」と称え、「今帰仁」という地名の名詮自性《みようせんじしよう》を「民今帰《たみいまきす》レ仁《じんに》」と解き明かしている。すなわち「今帰仁」とは、為朝

が琉球制覇をとげ、その名を立ててのちは、国民が彼の仁義を尊ぶ心を慕って、その下に帰すであろう前象《ぜんしょう》を示す地名であることを、馬琴は特筆しているものと思われる。なお徐葆光は『伝信録』巻四（「琉球地図」）において、

波上在辻山東北一名石筍崖山下海中生ㇲ石芝沿海多浮石……（『伝信録』）

と記し、波上《なみのうえ》の海岸には石芝・珊瑚や浮石軽石が多生しているという自然の風物を記録するのみであり、したがって馬琴は袋中の記す「波上ノ権現」社に熊野の神が祭祀されているという説を知らなければ、おそらく波上の地名に注目することも、ましてや今帰仁の地と為朝の琉球統治をむすびつけて考えることなどありえなかったものといって過言ではあるまい。

右の童謡は、為朝が曚雲国師との戦いにようやく勝利し、本格的な琉球統一の道へと進み、後日秋九月の長雨に富蔵河の堤がくずれその修復のためにかの地におもむくところで再び用いられる。為朝はそこで昔日とおなじく童子らが「神人来兮《しんじんきたれり》」と囃す謡を聞き、自分が琉球を去る日が近づいたことを予感するかのごとく、もはや大里の館へは帰らず、舜天丸のいる浦添の城へ向かうと、舜天丸に次のようにつたえるのであった。

「はじめわれ、こゝへ漂白しつる比、南風原《はへばる》へ赴くとて、富蔵河《ふざうかは》を打渡るに、河の畔《ほとり》に童子《どうじ》等《ら》聚《つど》ひて、「神人来兮《しんじんきたれり》云云《しかく》」と謡《うた》ひき。しかるに今茲《ことし》為朝が、ふたゝび彼処《かしこ》に赴けば、又童子が謡ふこと、当初《そのはじめ》に異ならず、こゝにかさねて童謡《わざうた》の、来歴を推量《おしはか》れは、われ前《さき》つ年巴麻嶋《はましま》に、神仙《やまひじり》を訪ひしとき、仙童《ひじりのわらは》がいへることあり。「今より六年《むとせ》を経て、八頭山《やゝま》に登れ。わが師は彼山《かのやま》の、巓《いたゞき》に待給はん。こゝろに記して忘るな。」と教しことを思ひ出《いづ》れば、今ははや時到れり。これより直《たゞ》に八頭山《やゝま》へ赴き、神仙《ひじり》に見参すべうおもへば、おん身もろともに登山して、道顔《どうがん》に咫尺《しせき》し、恩恵《めぐみ》を拝謝し久後《ゆくすゑ》の、吉凶を問ひ給へかし。」（残篇巻五、下407～408）

それにしても為朝は右の童謡を聴いたとき、なぜ神仙との昔の約束を思いおこすのであろうか。為朝のいう「今

ははや時到れり」とは、まずもって神仙を訪ねるべき約束の時がきたことを指し、また翌日八頭山で対面する神仙から、為朝が琉球を去る時がきたことをつげられる、その時のことをもあわせて指すものと思う。しかしこの童謡をいま一度、為朝の立場から聴くとすれば、為朝がかつてその歌謡を神事のごとくとらえたということを表わすにほかならず、したがってその詩句をふたたび聴いた為朝は、はるか六年以前に出会った神仙福禄寿、南極老人からさずかった神託のあったことを卒然と思いだす、そのよすがとするのである。

ふりかえって後篇巻一の口絵に掲げられた「球陽の福禄寿仙」の図（85頁・図11）を見ると、琉球の宮廷で、おそらく国家の政事《まつりごと》を占う道士としてあつくもてなされた福禄寿について記す画讃がある。馬琴がその口絵の考案を絵師北斎に示した段階で、為朝が中山《ちゆうざん》の王位を辞退し、舜天丸に譲るかたちで結局するこの物語のクライマックスにおいて、福禄寿仙がいかに重大な役割をはたすことになるのか、その構想をすでに腹中に秘していたことがおのずと見えてくるようである。

そして上述の通り（第三章―四）、右の童謡が「悪神来兮《あくじんきたれり》　海潮不清《かいちやうきよからず》」云々という替歌にされ、為朝が琉球で対決する幻術師矇雲の登場にもあてられていることは、馬琴が矇雲の正体を、いかに悪神とはいえ「計都の星宿神」であると想定したうえで、そこに童謡が「神の予言」であったことを加味した、じつに馬琴の遊び心の表れと思われる。

このように馬琴は『伝信録』によって、おそらく富蔵河の一帯に流行したと思われる民謡から多大な触発をうけ、すなわちその謡によって為朝の神人性を寓意し、それを展開させて、やがて大団円直前には、為朝が福禄寿仙の応護をうけて仙道に入ったものか、昇仙し（生きながら神仙となり）、さらに讃岐院の引接《いんじよう》により神変不思議の通力をえて日の本へ飛びかえるという、まことに前代未聞の奇跡の物語を結実させたものと考える。

三　為朝の退場――金仙の物語

その日為朝は、「腹巻に朽葉色《くちばいろ》の狩衣《かりぎぬ》して、金作《こがねつくり》の太刀《たち》を佩《は》き、白馬《しろきうま》に跨《またがり》て（下410）」ついに八頭山《ややま》におもむく。それは琉球国の内乱を鎮めたのちも、その成功を楽しまず、ひたすら崇徳院への孤忠の精神《こころ》をつらぬこうとする念願をいだく為朝が、九月の長雨になやむ富蔵河の堤で、童子らの歌う童謡《わざうた》「神人来兮《しんじんきたれり》」を聞き、ふと昔年巴麻嶋で、わが子舜天丸のいったんの死を回生させた神仙《やまひじり》が、仙童をつかわし、今から六年後の八頭山で為朝をまっていると神託したことを思いだしての出立であった。

はたして八頭山の絶頂の岩上には、長鬚白眉《ちょうぜんはくび》、長頭短身の仙翁が、白羽丹頂《はくうたんちょう》の鶴をしたがえて座しており、為朝はすぐに進み出てその前に拝し、これまでの矇雲との戦闘で、敵を撃平《うちたいら》げられたのは「全く神仙《ひじり》の冥助《みやうじょ》によれり。加以《しかのみならず》舜天丸《すてまる》に、ふたたび会《あは》し給へること、歓び述《のべ》も尽しがたし」と、まず感謝の辞をのべ、さらに「願くは道号を、しらし給へ」と、神仙の名を問うのであった。それにたいし仙翁は「われはこの国開闢の祖、天孫《てんそん》氏の父にして、世に天孫《あまみこ》と称される、彼阿摩美久《かのあまみく》といふもの也」とつげる。馬琴は、この神仙の姿かたちを長頭短身と記し、まさに世にいう福禄寿とわかるように描きながら、その直後には翁が琉球神道の阿摩美久であると、意外な神号を名乗らせている。しかも神仙の託宣をつうじて馬琴は、海神《わだつみ》、君真物《きんまんもん》、南極老人《なんきよくろうじん》（世俗に福禄寿）、神仙《やまひじり》の神々がすべて阿摩美久の分身《ふんじん》一体であると唱える。つまりその本地の神であると考証することについては、すでに詳述のとおりである（第三章―二）。このように物語の結局にちかづき、為朝はついに琉球の国生みの神「阿摩美久」の分身である神仙と対面し、しかもその神から彼の運命を決する、次のような神託を授かるのである。

「……しかれども八郎は蓋世《かいせい》の義士なれば、生を貪《むさぶ》り栄利《えのり》に走らず、君父《くんふ》の仇《あた》を撃《うた》ざるを恨《うらみ》とす。君父の仇を忘れずは、この国には留《とゞま》るべからず。しかればこゝに王たるものは舜天丸《すてまる》の外《ほか》に、誰かあらん。しらずや今大日本《おほやまと》には、八郎の兄義朝の子前平衛佐《さきのひやうゑのすけ》頼朝、蛭《ひる》が小嶋《こしま》に義兵を揚《あげ》て、平家を西海《さいかい》に討滅《うちほろぼ》し、日本国《につほんこく》の総追捕使《さうついふし》に補《ふ》せられて、位階《くらゐは》二位に昇進し、身は鎌倉にありながら、六十余国を管領せり。しかれどもこの人の子孫、ながく栄《さかへ》んともおぼえず。天下《てんか》の権《けん》はおのづから、北条が手におつべし。北条が武運竭《つく》るに及びて、為朝の子孫、下毛《しもつけ》より起りて日本国の武将と仰がれ、十余代は相続せん歟《か》。しからば八郎何をか恨《うらみ》ん。迹《あと》を八丈の来嶋《こしま》にとゞめて、讃州白峯《さんしうしろみね》、及象頭山《またざうづさん》に、神《たましひ》をかよはして、神威《しんゐ》を後世《のち》に輝《かゞやか》さは、亦是《またこれ》こよなき栄《さかえ》ならずや。功成名遂《こうなりなとげ》て身退《みしりぞ》くは、人間の上策なり。とく〳〵帰るべし。」（残篇巻五、下416）

神仙は、蓋世《がいせい》の義士為朝にたいし、君父の仇をいまだ討てずにいる心残りを思うならば、いますぐにも帰国すべきであるとすすめ、さらにその為朝にかわりこの国の王位につくのは舜天丸をおいてほかにないと啓示する。ここに神仙をして、舜天丸に禅譲の琉球王となることを命じるにもっともふさわしい神位、すなわちアマミク神の分身一体であると設定した馬琴の意図が読み解けるかと思う。

為朝は思いがけず神仙から、すでに頼朝が清盛を討伐したことを知らされ、「君父《くんふ》の仇人《かたき》滅《ほろび》ては、われ亦誰《またたれ》を讎《あた》として撃《うつ》べき。速《すみやか》に故国へ帰りて、讃岐院《さぬきのいん》の山陵《みさゝぎ》にて、肚《はら》かき切るの外《ほか》なし」と別れの辞《ことば》をのべ、琉球ともはやこれまでと、思はず身を起こすと、さらに神仙福禄寿は為朝の今後のことを予言し、まことに謎めいた神託をこう授けるのであった。

「八郎の忠考信義《ちうこうしんぎ》は乾坤《けんこん》に通じ、鬼神《きしん》に合《がつ》し、求《もとめ》ずして道を得たれは、死すといふとも滅《ほろぶ》ることなく、生《いけ》りといふとも神《かみ》に斉《ひと》し。帰国の准備《ようゐ》は舟車《しうしや》に及ばず。讃岐院のおん迎《むかひ》はや近づきぬ。」（下417）

八郎の忠考信義は乾坤に通じ、鬼神にも合したとは、『周易』上経（乾の最後）に見る「夫大人自与天地合、其徳与日月合、其明与四時合、其序鬼神」をふまえて記した文辞と思われる。それにしたがって読めば、為朝の忠考信義の精神《こころ》は、乾坤・天地のあらゆる徳目に通じ、その造化の功である鬼神・陰陽の理にも合っているほど高く道（徳）をきわめたものであり、ゆえに死すといえども滅びぬ、生きながら神に斉《ひと》しい、つまり身体は滅しても、霊魂の自在をえて神仙になるという福禄寿神の言祝ぎの言葉と読み解ける。

その福禄寿仙の告げもおわらぬうちに、早くも紫雲靉靆《しうんあいたい》として東の方より天引《たなび》くうちに、崇徳院の御迎えとして為朝の弟源九郎為仲、そして白縫姫の神霊が、保元の合戦で討死にした勇士たちを引き連れて、ありし日の姿（挿絵による）で出現する。まず先に馬を牽《ひき》向け為仲が「絶《たえ》て久《しさ》しや舎兄《いろね》の君、去々年《おとゝし》の十月《かんなつき》には、讃岐院の仰《おふせ》を禀《うけ》、佳奇呂麻人《かけろまびと》に火急《くわきう》を告《つげ》、林太夫《りんだいふ》しておん身夫婦を救《すくは》せしものは、かくまうす為仲也。今ははや、わが君も、父も待わび給ふらめ。参り給へ」とよびかけると、為朝は欣然として立ちむかい、すぐさま雲にかき乗せられ、その馬にうちまたがる。これを見て驚く舜天丸が「わが身ひとつを留《とゞめ》おきて、帰り給ふは形《あじき》なし。伴《ともな》ひ給へ」と叫ぶ声もむなしく、為朝はまたたくまに天空高く霞のかなたに見えなくなってしまう。

こうして、福禄寿仙の応護を受けて現身《うつしみ》（凡胎《ぼんたい》）のまま昇仙（仙化《せんげ》）した為朝は、さらに院の引接《いんじよう》によって日本《ひのもと》へと飛び帰るのである。しかし為朝の変現はそれにおわらず、次の第六十八回（大団円）において、いっそう怪異な現象を示すのである。

文治三年秋九月廿五日の朝まだきに、讃岐国白峯《さぬきのくにしろみね》なる、崇徳院《しゆとくいん》の山陵《みさゝき》を守るれる丁等《よぼろら》、起出《おきいで》て、落葉をかき払はんとするに、誰とはしらず、身丈《みのたけ》は七尺あまりにして、肚甲《はらまき》に朽葉色《くちばいろ》の狩衣《かりぎぬ》したる武士、御廟《ごびやう》の柱に身を倚《よせ》かけ、腹を十文字にかき切てをり。此彼《これかれ》うち驚きつゝ、「こはいかに。」と罵《のゝし》り騒げども、既に綷断《こときれ》たれば、

名字を問《とは》んよすがもなし。（残篇巻五、下425）

とあり、その遺体を検分にきた国の守護の従者のひとりで七十才になる筑紫人が、「怪しやこのもの、面影は、筑《つく》紫《し》の御曹司《おんぞうし》に似たり」と申し出るが、人びとは為朝が昔日、狩野介茂光《かののすけもちみつ》にせめられ、大嶋で自殺し、その首が京都にはこばれ、架けられたのを見た者が今も大勢おり、これはおそらく平家の残党の遺体ではないかと推測して京都の守護北条時政にそのことを報告する。ところがその死骸は、ある夜忽然と消えうせてしまい、ついにゆくえがわからなくなったとあり、それについて馬琴がさらに次のように記す。

よりて人なほ怪《あやし》みにあやしみを累《かさ》ね、「これは狐狸《こり》の所為《わざ》なめり。うまくはかられぬるこそ鈍《おぞま》しけれ。」と或ははらたて、或はうち笑ひ、先の使のいまだ帰らざるに、亦《また》人を走らして、京都へ注進したりけり。後におもひ合《あは》すれば、為朝既に福禄寿仙の擁護《おうご》を受《うけ》、又讃岐院の引接《いんぜふ》によつて、生《いき》ながら神《かみ》となり、神変不測《しんへんふしぎ》の通力《つうりき》を得て、日の本へ飛帰り給ふといへども、なほ人間にありし日の、夙念《しくねん》を果さん為に、白峯《しろみね》の山陵《みさゝき》にて、自殺を示し、軈《やが》て脱仙《だつせん》して、天地に徜徉《せうよう》し、人の為に生《せい》を利し、死を救《すくは》んと誓ひ給ふなるべし。（残篇巻五、下425〜426）

むろん、読者の眼には、その武士の装束が八頭山に登頂し、福禄寿に対面したときの為朝のすがた（腹巻に朽葉色の狩衣）に合致し、すなわちその遺体が神仙の応護により昇仙し、崇徳院の引接によって日本に飛び帰った為朝に相違ないとうつるが、それにしても、その死骸が忽然と消えるという怪異を示すのはなぜであろうか。それにはまず、馬琴が右の文において、為朝が「白峯《しろみね》の山陵《みさゝき》にて、自殺を示し、軈《やが》て脱仙《だつせん》して」と記す、この文中の「脱仙」という現代のいずれの辞書にも見つけることのできない、馬琴の造語と思われる、まことに奇妙な言葉について解釈してみなければなるまい。

後藤丹治氏の頭注（下426—注二）には、「脱仙して」とは、「人間の身体から脱け出て仙人となり」とあり、道教の術とされる「尸解《しかい》」と解釈されたものと思われる。とすれば、馬琴はそこに「蝉脱《せんだつ》して」もぬけの殻となることと記すべきであり、いかに考えてもそれとは全く逆の「仙人を脱する」という意味にしかとれぬ「脱仙《だつせん》」なる造語をなぜ用いなければならなかったのか、まことに不思議である。馬琴の驚異的な漢籍の知識からして、蝉脱を脱仙と記すようなあやまりは、およそ考えられない。なによりも為朝は琉球で福禄寿仙の応護をうけて、すでに昇仙し白馬にまたがり天駆《あまか》けて日本に帰国したのである。そしてまだ人間であった日の夙念《しゅくねん》であった孤忠をはたすために白峯で「自殺を示し」と記されているのは、まさに神仙となった為朝の仙術により、自殺の体をかりに示して見せただけのことであり、決して現身《うつしみ》による自決ではないことを示唆する筆と読みとれる。

したがって、昔年大嶋で為朝の身代わりになり自害した鬼夜叉とまったくおなじく、立往生《たちおうじょう》の姿を示したうえで為朝が消えうせたのも、すべては彼の「神変不測《しんへんふしぎ》の通力《つうりき》」のなせる術《わざ》であり、為朝はそのとき、道家にいう尸解《しかい》（神仙に化し去る）段階にあり、さらに奇妙なことに、その後ただちに仙人の体からも脱却し（これを脱仙と言う造語により表現しているものと思う）、いよいよ「生きながら神となりて、日の本へ飛帰り、白峯に示寂《じじゃく》し給ひし事」と記され（下426）、成仏をとげることがわかる。

しかも成仏したとはいえ、そののちは蓮《はす》の台《うてな》に座して、道家の言によれば「仏の生なき道に着く」のではなく、自由に天地に逍遥し、「人の為に生《せい》を利し、死を救《すく》はん」と誓うことが記されている文脈にそって見れば、為朝の最期は己《おの》が魂を自在にする、道教による「元神《げんしん》」、仏教によれば「金仙仏《きんせんぶつ》」、そしてついに日本の「幸魂《さきみたま》」の神となることを馬琴は暗示するのであろうか。

わが国では耳なれない「金仙」という言葉は、仏教世界では仏の尊称とされ（『大智度論』）、道教世界では神仙の別称とされる（『苑法珠林』）、ひとことでは言いあらわせぬ、仏・道の両方にまたがる二重の意味をもつ用語であるが、馬琴においては、後年の『八犬伝』大団円まぢか（巻五十二）に、その頃周囲で「生きながら尸解に等しき蝉脱ならんか」と、しきりに噂される丶大《ちゆだい》禅師が、みずからをあたかも金仙にたとえるがごとく、次のように語るくだりをもうけていることに見て、まさに道術の最高の方法を修めた仏者にたいする尊称として用いていることがよくわかる。ここで目を『八犬伝』にもうつし、丶大をも視座にすえての考察の要が生じるのである。

「こゝをもて、ゆかまく欲《ほり》する地方《ところ》あれば、忽焉《こちゑん》として適《ゆか》ざる事なく、還《かへら》まく欲《ほり》すれば、忽焉《こちゑん》としてかへらざることなし。然《さ》ればとて、脚《あし》地をふまず、雲に駕《の》るにあらざれども、出没思ひの随《まゝ》なるは、是何等《これなにら》の所以《ゆゑ》なるや、我いまだ是《これ》をしらず。我知らずして自在なるは、那世《かのよ》を厭《いと》ひ山に入りて、遂に形を煉《ね》り性《せい》を易《かえ》て、岩居水飲《がんきよすいいん》、修《しゆ》し得て神仙に倣《な》る者に似たり。但《たゞ》神仙のみならず、仏も亦《また》雲に駕《の》り、波を踏む、法術無量なるをもて、仏を称えて金仙とす。其《そ》は左《と》まれ右《かく》もあれ、臣僧出没自由を得しより、疑《うたがは》しきことあれば、立地《たちどころ》に悟り、人召《よぶ》時は遠きも聞《きこ》ゆ。……」（岩波文庫『八犬伝』十263～266）

そして馬琴がひそかに、その金仙とたたえるにふさわしい高僧と考えていたのは、唐の達磨禅師と日本の一休禅師であることを、同じく『八犬伝』九輯巻三十一の文辞から推測することが出来る。

次は、すでに三年前に遷化《せんげ》したはずの一休宗純が突然としてひとり、東山の足利義政公の館を訪ね来て、不思議な対面をし去って行ったあとの言葉である。

「唐山《からくに》にて仙術を得たる者、死するに及びて、実は死なず、梢地《ひそか》に柩《ひつぎ》を蝉脱《もぬけ》して、深山幽谷《ふかきやまかすけきたに》に、躲《かく》れて人間《よのなか》に還《かへ》らぬあり、是《これ》を名つけて尸解《しかい》といふ。仏者《ぶつしや》にも亦《また》この事あり、達磨《だるま》の如き即《すなはち》是なり。在昔《むかし》菩提《ぼだい》達磨は、流支三蔵《りうしさんざう》に毒殺せられて、遷化《せんげ》して三稔《みとせ》の後、魏《ぎ》の宋雲《さううん》が使《つかひ》を奉《うけたまは》りて、西域《さいいき》にゆきける帰路《かへさ》に、葱嶺《さうれい》にて、達磨の履一隻《くつかたし》を携《たづさへ》て、翩々《ひらく》として来ぬるに逢ひけり。師は那里《いづこ》へゆき給ふや、と問へば、西域《さいいき》へ還《かへ》ると云《いふ》、且《かつ》汝《いまし》が主《しゅう》は、既に世を厭《いとへ》り、と告《つげ》て別れ去りぬ。宋雲 本土《もとつくに》に還《かへ》るに及びて、明帝《めいてい》は既に登遐《みまかり》て、孝荘《こうさう》位《くらゐ》に即《つ》きぬ。孝荘達磨の事を聞て、怪《あやし》みて、壙《つか》を啓《ひらか》して見るに、果して那身《かのみ》は在《あら》ずなりて、一隻《かたし》の革履《かはぐつ》ありと云。この事は、高僧伝《こうそうでん》、及伝灯録《またでんとうろく》に見えたり、と聞にき。其後《そのゝち》達磨は入東《につとう》して、権且《しばらく》我邦《わがくに》に在り、聖徳太子と贈答の歌をよみける、片岡山《かたおかやま》の飢人《うゑびと》は、達磨の化現《けげん》なりと云。這《この》小説は、載《のせ》て虎関《こくわん》が、元亨釈書《げんこうしやくしょ》に在りとぞいふなる。是に由《より》てこれを思へば、一休も亦尸解にて、遷化《せんげ》は実《まこと》に死せしにあらず。身は猶《なほ》太山《みやま》にありながら、京師《みやこ》の事をよく知りて、我を諫《いさ》めて惑《まよ》ひを解き、且霊画《くしゑ》の虎を焼化《せうくわ》して、奇を好む者の眼《まなこ》を塞《ふさ》ぎ、口を鉗《つぐ》めて、疑ひを、後《のち》にあらせじとての善巧《ぜんこう》方便、顧《かへりみ》れば寔《まこと》に尊し。……」（岩波文庫『八犬伝』八319～320）

このように義政は、『唐高僧伝』に見る達磨尸解の話や、『元亨釈書』の達磨が遷化後、日本に来て片岡山の飢人《うゑびと》に化現したとする話をひき、すでに死去したはずの一休和尚が、いましがた自分を訪れ対面したということの不思議は、さだめし彼も達磨と同じく尸解となったものと感得する（この達磨の尸解については、ほぼ右に同文の随筆が『玄同放言』に記されている）。

なお、「尸解」は現在の辞書（広辞苑）に「神仙となって化しさる」とあるが、馬琴がここで言う尸解とは、文字通り尸＝屍《しかばね》が解けるの意味であり、文中に見るごとく、柩《ひつぎ》より遺体が消えることをさしている。そして九輯巻五十二では、、大の生きながらにしてなる「尸解に等しき蝉脱」のことが、八犬士の一人犬村正儀《まさのり》によって、次のように語られる。

「……況《まいて》や、大禅師《ちゆだいぜんし》は正直無欲の活仏《いきほとけ》なり。其《その》出家の始《はじめ》より、伏姫上《ふせひめうへ》の御恩徳を報《むくは》んとのみ念ずる故に、那身《かのみ》は延命寺《ゑんめいじ》に住持して、衆徒《しゆと》の長《おさ》たるを栄《さかえ》とせず、いかで富山《とやま》に山蟄《やまごもり》して、生《いき》の涯《かぎ》り姫上の御菩提《おんぼだい》を弔《とひ》まつらまく、願ふ心の移らねば、身は生《いき》ながら尸解《しかい》して、心神《たましひ》富山に往還《ゆきき》する事、是《これ》なしとすべからず。和漢の高僧遷《せん》化《げ》の後、亡骸柩《なきがらひつぎ》を蛻《もぬけ》出して、他郷の山沢《さんたく》に遊ぶ者あるを、漢籍《からふみ》に尸解《しかい》といへり。唐の高僧伝なる達磨多羅《だるまたら》是《これ》なり。又我国紫野《むらさきの》なる、一休和尚も、近日《ちかごろ》尸解《しかい》の聞《きこ》えあり。只生《いき》ながら蟬脱《せんだつ》しぬる者、是あることを聞《きか》ざれば、則《すなはち》新奇といはまくのみ。邈古《いにしへ》唐山《からくに》なる黄帝《くわうてい》は、夢に華胥国《くわしよこく》に遊びしといふ故事《ふること》あり。又天朝《あまつみかど》なる小野篁《おの、たかむら》は、生平《つね》に冥府《ぢごく》に往還《ゆきき》せしといへり。是等は恐らく神遊《しんゆう》にて、魂《たましひ》幽冥《ゆうめい》に遊びしならん。然《さら》ば尸解蟬脱《しかいせんだつ》とは、異《こと》なるに似たれども、這理《このり》をもて推《お》す時は、ヽ大禅師の蟬脱《せんだつ》も、幻術ならぬを知るに足れり。……（岩波文庫『八犬伝』十259〜260）

右のくだりでも犬士の言葉を借り、馬琴はくりかえし達磨と一休の尸解のことを説き、しかもそのような和漢の尸解蟬脱の例《ためし》に見て、ヽ大の場合は、じつに新奇な話であるが、まだ死をむかえぬうちに、すなわち現身《うつしみ》にして尸解にひとしき蟬脱をとげた（仙化《せんげ》し、霊魂の自在を得た）法身《ほっしん》・仏となったことを暗示しているのである。

そして上述にみるとおり、ヽ大にみずからを金仙と比定している言葉があり、また達摩・一休の尸解の話を下に敷きながら、ヽ大の生きながらの尸解蟬脱とはいかなるものかを説明する馬琴は、じつは暗に達磨・一休こそを金仙とたたえていることがよくわかり、ここに馬琴の考える仏道一致の筆が読みとれる。

すでに凡胎を脱して、道教の神仙の術をえたごとく仙化したヽ大は、住寺延命寺と富山の伏姫神を祀《まつ》る岩窟《いわむろ》を瞬時に往還《ゆきき》し、やがていとし子にひとしき八犬士たちの眼前から忽然と姿を消して、岩窟にて定《じょう》に入り遷化（高僧が教えの場所をほかの国土に移すこと・死ぬこと）したものと思われるが、幾多の年をへてなお里見家のゆくすえを案じ、ある日、突然一個《ひとり》の老僧《おいほうし》となって富山の樵夫《きこり》の前に示現する。

「我は、ヽ大禅師なり。汝我為《いましわがため》に稲村《いなむら》の城に参りて実尭主《さねたかぬし》に告《つげ》よ。御父祖《ごふそ》の俊徳《しゅんとく》稍《や、》衰《おとろへ》て、内乱将《まさにおこら》起まくす。宜《よろし》く仁義忠考を宗《むね》として、善政怠《おこた》り給ふなと言伝《ことづて》よ。努《ゆめ》な忘れそ。」と宣示《のりしめ》して、走ること奔馬《ほんば》の像《ごとく》、忽地《たちまち》見

えずなりにけり。……（岩波文庫『八犬伝』十281）

さきに記す一休が遷化の三年後、洛北の北山で樵夫《きこり》の前に示現したという挿話とまったく同様に、丶大も遷化ののち、幽冥界より出現する、まさに金仙とたたえられるにふさわしい仏となったことが見て取れるように記されている。

さて、この『弓張月』の為朝は、八頭山《ややま》で昇仙し、帰国してのち白峯で「脱仙」＝仙体を脱却し、「示寂」＝成仏を遂げるわけであるが、同時に「天地に徜徉《せうよう》し、人の為に生《せい》を利し、死を救《すくは》んと誓ひ給ふなるべし」と記され、まさに福禄寿のお告げによるとおり「乾坤《けんこん》に通じ、鬼神《きしん》に合《がつ》し」た、天地自然と真に一体となるほどの高みに上がった神人のようになるのである。仏教に説かれる解脱にはありえぬことながら、こうして示寂後の為朝の霊魂が自在になることを胸中に秘めつつ、馬琴は『弓張月』世界を閉じたものと思われる。

四　為朝の死と再生――為朝と鬼夜叉

今ここに、日本の武将為朝が金仙仏となるというまことに謎めいた物語を読みおえるにあたり、卒然と思い起こされるのは、『弓張月』後篇巻三の巻末に所載の次の附言である。

馬琴ふたゝび按ずるに、流布の保元物語に、嘉応二年四月下旬、為朝伊豆の大嶋において自害す。享年三十三歳と見えたり。しかれども同書に、保元元年為朝十八歳とあるをもつて、これを僂《かゞなふ》れば、嘉応二年に至て二十八歳なるべし。宜《うべ》なるかな。参考に諸本の異同を挙《あげ》て、実録所見なしといへり。亦いふ。京師本《けいしほん》に為朝の自殺をもつて二十八歳とし、杉原本三十八歳とす。京師、杉原、鎌倉、半井《なからゐ》の四本《しほん》、みな何《いづれ》の年といはず。系図に、為朝安元二年三月六日、伊豆の大嶋に於て討《うた》ると見えたり。保元元年十八歳なるときは安元二年当《まさ》に三十八なるべし。その説杉原本と合す（以上要を摘でこゝに録す）又、八郎明神の縁起に、承安三年癸巳《みづのとみ》秋八月十五日、小嶋に於て自滅し給ふといへり。嘉応二年より、承安三年に至て、相去ること四年、承安三年より、安元二年に至て、又相去ること四年なり。諸説矛盾することかくのごとし。しかるときは、為朝自殺の年月、及び存亡も、むかしより定かならざりしと見えたり。これによつて思ふに、為朝大嶋を脱《のが》れ去り、蹟《あと》を南海にとゞめ給ひし、といひ伝へたるも、故なきにあらず。この弓張月は、すべて風を捕り影を追ふの草紙物語なるに、この一条のみ、諸説を引て補ひたゞすにしもあらねど、予《よ》元来好古の癖《へき》あり。こゝをもて漫《そゞろ》に蛇足《ぢやそく》の弁を添ふ。所謂《いはゆる》鶏頭花《けいとうげ》をうつし裁《うゆ》るに、牛車《うしぐるま》を用《もちゆ》るのたぐひなるべし。（後篇巻三、上323～324）

『参考保元』に引くところの諸本に見ても、為朝は大嶋（或いは八丈小嶋）で自殺したとする説、そうではなく大嶋で討たれて死んだとする二説があり、その死期についても色々な説があることをふまえて、馬琴はまず「為朝自殺の年月、及び存亡も、むかしより定かならざりしと見えたり」と説き、それゆえに為朝が大嶋を脱出し南海（琉球）に渡って事跡をのこしたとする、さらなる異説のあることも、あながち荒唐無稽な話とは言えまいと弁明しているのである（ちなみに右の附言の「諸説矛盾することかくのごとし」までの文辞は『参考保元』巻三の底本「為朝鬼カ嶋渡併最期ノ事」の巻末によるものである）。

これは一読のかぎり、のちの段において馬琴が為朝は大嶋で自殺せず、南海のはてなる琉球国に渡って活躍するという物語を執筆することにさきがけた、いささか強気な考証記事と見えるが、はたしてそれだけの所為であろうか。これによって、馬琴が自ら認める「考古の癖」による「蛇足の弁」と読者が文字通りに受け止めることを期待していたかといえば、その答えは否であったに違いない。むしろここでの馬琴の本意は「この弓張月は、すべて風を捕り影を追ふの草子物語なるに」と、ことわり書きするくだりに深く秘匿されているように思われてならない。
それはもはや、そうした種々の考証学の域をのり越えて、自在な筆による為朝の物語を執筆するという、作者の創作態度を表明する言葉であり、しかも風や影が人の手につかみえない現象でありながら、なお人はかすかな風を肌に感じ、足下の影に驚くことを考えるならば、いずれが虚であり実であるともわかちえない物の存在することに、読者よ気づいて欲しいという願いがひそかに込められた馬琴の言葉と思われる。

たしかに馬琴は、大嶋での為朝の活躍については、水戸彰考館の編纂した『参考保元』を詳細にわたり参照し、その事跡をほぼ原文通りに引き写す箇所があるほど依拠していたと言えよう。しかし他方では、大嶋脱出後、広大な海洋に向けて出帆する為朝の物語を創作するうえで、いかにして彼を『保元物語』の世界から離脱させようかと苦心したこともまた事実であったに違いなく、その境界において馬琴が以下の物語を「風を捕り影を追ふの…」と宣言する言葉を、少なくとも軽々に読み流すことは出来ないものと思う。

『参考保元』（底本）によれば、大嶋で官軍に攻められた為朝の最期は「今ハ思フ事ナシトテ、内ニ入《イリ》家ノ柱ニ背《セナカ》ヲ当テ、腹掻切テソ居タリケル」とあるが鎌倉本・半井本では、次のように家に火をかけてのち、切腹したことが記されており、馬琴はそれを下に敷き為朝の生命《いのち》に替わって鬼夜叉が火中で切腹し、立往生を遂げる物語を創作している。

島ノ奴ハラノ手ニ懸リテ、生捕レン事口惜シ、自害ヲセント思フ也トテ、家ノ内へ走入、嫡子ノ九ッニナルヲ呼寄テ、首カキ切投捨、七ッニナル次郎ト、五ツニナル女子ヲハ、母懐ニ抱テ逃ケレハ力及ハス。其ノ後家ニ火ヲカケ腹掻切、中柱ニ背ヲアテ、弓杖ヲツカヘテ立タリ、中柱、云云、半井本無、兵共家ノ焼ルヲ見テ、船トモ寄テ打入ントシケルカ、虚死ヤラント猶怖シクテ、左右ナクモイラス、既ニ家ノ焼落ントシケル時ニ、加藤次景廉半井本作二景高一、非也、サル古《フルキ》者ニテ、昔ノ将門ハ死テ後モ、鎧著ナカラ七日カ間ハ立タリケリ、猛キ者ハ死タレトモ、左右ナクハ倒レヌソ、昔、云云、半井本無、焼首ヲ献ン事見苦シカルヘシ、寄テ見ントテ太刀半井本作二大長刀一、ヲヌキ、シコロヲ傾ケ寄テ見ルニ、死果テ動カス、サレハコソトテ首ヲ取、其首ヲ都へ献リ、大路ヲ渡シ半井本云、院モ、叡覧アリ、獄門ニカケラル、其ノ時ノ歌ニ、

源ハ朽ハテニキト思ヘトモ
チヨノタメトモ見ルヘカリケリ半井本云、今日ミツル哉、（『参考保元』巻三）

次は『弓張月』に見る鬼夜叉立往生の条である。

かくて鬼夜叉は、泣々《なく〳〵》屍《しがい》をひとつに寄せ、念仏十扁ばかり唱《となへ》つゝ、荼毘《だび》にはあらぬ用意の柴《しば》に、走《はしり》まはりて火を放《かけ》たり。折しも烈《はげ》しき浦風《うらかぜ》に、簷《のき》より軒《のき》へ吹《ふき》うつされ、大廈高楼忽地《たいかこうろうたちまち》に焔《ほのほ》となつて燃揚《もえあが》れば、鬼夜叉腹巻解捨《ときすて》て、立《たち》ながら腹かき切り、猛火《みやうくわ》の中《うち》に飛入《とびい》りて、灰燼《くわいじん》となつて失《うせ》にけり。（後篇巻三、上317〜318）

そして鎌倉本に見る、加藤次景廉《かとうじかげかど》が為朝の首の焼首となって見苦しいものとならぬうちに詮議し、都へ献《たてまつ》ろうとする話にたいし、馬琴は、景廉がすでに焼死体となった鬼夜叉を検分し、「全体黬《くすぼ》りて見わきがたけれど、これ為朝なるべし」と認め、彼の焼首をかき落として洛《みやこ》へ上《のぼ》せること、これを後白河法皇が叡覧され、洛中の人々もむらがって眺めたが、いかんせん焼首であっては、「冬枯に夕皃《ゆふがほ》の棚《たな》をながむる心持《こゝち》して、みな思ひの外《ほか》にてぞありける」と誰も一向に見る甲斐のないものと落胆したことを記している。つまり鎌倉本・半井本に見る「源ハ朽チハテニキト思ヘトモ、チヨノタメトモ見ルヘカリケリ」に替えるがごとく、為朝の焼首らしき梟首《きようしゆ》を眺めた者のしらけた心持を表わす言葉を記したのであり、作中の人々のみか、我々読者の眼をもくらます、馬琴の巧みな表現と思われる。

さらに本文を中断し、上述の鎌倉・半井の文に異同のあることを考証する形式により、「その後為朝は、家に火をかけ、……弓杖《ゆんづゑ》をつかへて立たり。中柱云云 半井本になし兵共《つはものども》家の焼《やく》るを見て、……虚死《そらしに》やらんと猶怖《なほおそろ》しくて、……加藤《かとう》次景廉云云《じかげかどしかぐ》」と、原文を引用した上で、「かかれば鬼夜叉が館《たち》に火をかけて、敵を欺《あざむ》きたりといふ説は、少しく据《よりどころ》ありとしるべし」（上319～320）と結び、歴史的に見れば、全く虚言《そらごと》のはずの鬼夜叉の話を、少なからず虚から実の間《あわい》に据えて見せる作意のほどを示すのである。

こうして馬琴は『保元物語』の世界を離れる。

さて鬼夜叉は、嶋めぐりをした為朝が、鬼が嶋（大児が嶋・男の嶋）ではじめて対面したおり、「神のしらし給ふことあり」て、自分はすでに為朝がやって来ることを予知していたものであるという。いわば神慮によって為朝のために撰ばれた、実直なこの大童《おおわらわ》は、嶋では「東《ひがし》の七郎三郎《しつちやうさぼり》」と呼ばれていたが、為朝が大嶋へと連れ帰ることを決めたときに、鬼夜叉と改名されることになる。その理由として馬琴は、「しっちょうさぼり」のあまりに呼びにくいこと、そしてなによりも彼の夜叉悪鬼《やしやあつき》の面貌《めんぼう》、すなわち為朝が嶋で出会った「鬼《おに》とも人とも見えわかざる男」の異様な様態をさして挙げるが、その実『参考保元』に見る「鬼ガ嶋へ渡リ、鬼神ヲ奴トシテ召シ」（本文部）、「一丈許ナル大童四五人出来ル有様鬼神トモ云ベシ」（京師・杉原・鎌倉・半井本）などの記述から、「鬼神」なる言葉のイメージを、独自の鬼神論によって取り込み、のちにこの鬼夜叉が為朝にわが生命《いのち》を捧げ猛火の中で立往生をとげるさい、激しい魂気《こんき》・魄気《はくき》を聚《あつ》めて、たちまち鬼神となる運命を予感させる名詮自性《みようせんじしよう》の名として与えたものではあるまいか。

しかし崇徳院をはじめ、簓江・白縫・寧王女、そして磯萩・高間太郎・真鶴・利勇と、主要な登場人物達がいずれも無念の死によって続々と鬼神となって現われ、活躍するこの『弓張月』において、唯一鬼夜叉のみは、不思議なことに忠義の切腹をはたしてのち、魂魄の顕われを示すその現象が見られぬままに終わるのである。

「忠臣君《きみ》の命《いのち》にかはる事は、和漢にその例《ためし》多きよし、紀信《きしん》が車に焼《やか》れ、真根子《まねこ》がみづから刎《くひはね》たる故事《ふるごと》は、君をり〱物語たまふをもて、をろ〱しりて候。僕《やつがれ》は無仏世界《むぶつせかい》の孤島に生れて、一文不通《いちもんふつう》の荒夷《あらえびす》なれど、日来《ひごろ》君の教諭によつて、人の善悪《よしあし》をも開悟《かいご》し、恩の為に捨《すつ》る命は、露《つゆ》ばかりも惜まず。……」（後篇巻三、上312）

主人為朝に対し、これほどの忠誠を捧げて自決する鬼夜叉の鬼神・魂魄は、いかにしても崇徳院の御怨みを晴らすために孤忠を全うしようとする蓋世《がいせい》の義士為朝の恋闕《れんけつ》の情に寄り添うがごとく、すなわち死してなお為朝のうちに宿り、その陰となって生き続けるゆえに、冤鬼《えんき》としての出現を見せることがなかったのではあるまいか。

後年馬琴は『八犬伝』において、次のごとき冤鬼と陽人（生きている人）が一体となる不思議な趣向の物語を執筆するのである。

若き日の犬塚信乃の許嫁《いいなずけ》となる浜路は、悪人の刀にかかり非業の死をとげるが、魂魄は旦暮《あけくれ》に恋しい信乃の身辺にまつわる。そして四年後のこと、信乃は不思議な縁に結ばれて猿石《さるいし》の村長四六木木工作《よろきむくさく》の宅で、同名の浜路（彼女はもと安房の城主里見義実の嫡男の姫であったが、三才の時鷲にさらわれて、木のまたに挟まれていたのを木工作に助けられ養女となっていた）に出会うことになるが、その夜、信乃の寝所に潜び入ってきた浜路は、すでにいまは亡き浜路の亡魂《なきたま》がやどる娘であり、

「……こゝなるあるじの女児《むすめ》の名の、妾《わらは》と同じきのみならで、おん身と月下《げつか》に結《むすば》れたる、宿因あれば形体《かたち》を借りて、事情《ことのこゝろ》を告《つげ》侍り。曩《さき》におん身は妾《わらは》が為に、生涯妻《めと》を娶らじ、と宣《のたま》はしたる御心操《みこゝろばへ》の、有がたきまで忝《かたじけな》く歓《よろこば》しうは侍れども、その言《こと》の葉の末遂《すゑとげ》て、わらはを忘れ給はずは、縡《こと》の便宜《びんぎ》にうち任して、只《たゞ》この妙《をとめ》を妾《わらは》ぞ、と思ふて縁《えに》しを結ばし給へ。よしやこれらの事に就《つき》て、いたく禍鬼《まがつみ》の暴《あ》るゝとも、亦ゆくりなく幸草《さきくさ》の、花さ

き実結《みの》るよしの侍らん。か丶れば先路《ゆくて》を急がずに、こ丶に逗留し給へかし。」（岩波文庫『八犬伝』四128〜129）とつげたのである。馬琴は、右の怪異な一場について、第六十九回の終りに自評を加えており、「か丶るゆゑに別に一個の浜路ありて、更に信乃と匹配《ひつはい》す。便《すなわちこれ》是二女一体、冤鬼《ゑんき》陽人異《こと》なれども、前身後身一般の如し。この処作《ところ》者一段の工緻《こうち》にして、初《はじめ》より意中に包蔵す」と記している。

右の二人の浜路の問題については、すでに信多純一氏が『里見八犬伝の世界』において考察されているが、いま少し私の解釈を書き加えてみると、馬琴はそこで、現世の木工作の養女浜路（陽人であり、かつての里見の姫君）と、前世において信乃を慕いつつ非業の死をとげた浜路（今は冤鬼となっている）、この二女は「前世と現世の身が同様」の、あたかも「一体」同然であると言っているのであろう。そもそも後《のち》の浜路は前《さき》の浜路の死後に誕生したわけではなく、転生ということはありえないのであるが、馬琴はそれを承知で、あえて輪廻転生による浜路誕生を思わせる趣向を、そこにすべり込ませたものと思われる。しかし馬琴が自評において、読者に明確にしておきたかったことは、すなわち今は亡き浜路の魂魄が浜路姫の身体に宿り、おのが鬼神の顕われを示して、恋人の信乃を宿縁ある浜路姫と結ばれるべく誘うものの、決して信乃の眼前に冤鬼として出現したのではないということであったに違いない。ちなみに第六十八回の題は「猿石の旅宿に浜路浜路を誘ふ」とある。この信乃と後《のち》の浜路の出会いの場は、初版本の挿絵では、「陽人」浜路の背後に立つ「冤鬼」浜路の姿が薄墨刷で描かれているが、後年の後刷本（初版系涌泉堂版後刷本以降）になると、その亡霊浜路の薄墨図は消されており、この改版問題について信多氏は「初版図の如く二女を一方は冤鬼、一方は陽人として二体に描き分けるのはよろしくないと馬琴は考えたものであろう」と論じている。

ここで深読みに過ぎるのを承知で記すならば、私は『弓張月』の鬼夜叉の魂魄が為朝の身体に宿り、崇徳院や福禄寿神のような高位の護神《まもりがみ》とまではなりえないものの、まずは為朝を大嶋から脱《のが》れさせ、やがて南の国へと誘って行くほどの鬼神にはなりえたと思う。むろん『八犬伝』における「前《さき》の浜路」のように、鬼夜叉の魂魄が冤鬼となったという記事はまったく見られないが、これまでに私が読んできたように『弓張月』の多くの主要な登場人物達が鬼神となって出現することをふまえて、つまり馬琴独自の鬼神論にてらして見るならば、たとえ文辞のうちに見えなくとも、鬼夜叉が忠義の切腹の後に魂魄を聚めて鬼神となったことは容易に察せられる。

なお鬼夜叉は、秦の徐福に棄てられた男《お》の童《わらわ》の末裔とされ（上273）、すなわち秦人《からひと》の後裔《のち》（中国最初の王朝の末裔）であると言う。つまり鬼夜叉のルーツには、不死の仙薬を求めてこの国に渡ってきた道士の血脈があったかに思わせる（八丈島の徐福伝説云々は馬琴の創作）。

そして『弓張月』の表層世界では、その鬼夜叉の身替りによって生きのびることができた為朝であるが、早くから馬琴の意中においては、為朝はむしろ『参考保元』に引くところの諸本のとおり、大嶋で最期をとげ、しかしながら死すといえども滅びざる霊魂となって再びその亡骸に宿り、すなわち現世の姿のままで琉球に渡って行くことが想定されていたのではあるまいか。

いずれの結果にせよ為朝は、崇徳院のつかわす天狗共の介抱により「夢とも現《うつ》ともなく、波の上に漂ふ事数日にして」琉球に漂着したとある。世徳堂本『西遊記』において玄奘三蔵が、本性は仏であったのに下界に投胎され、つまり人間の子として生まれ変わらせられるとすぐに、板に乗せられ「河《かわ》に流され、水に順《したが》い浪《な》沫《み》を遂《お》」って金山寺に漂着したと詩に詠まれている、その不思議な三蔵の降生、再誕の物語を思い起こさせる為朝の死と再生の物語と思われる。そしていま一つ、為朝が死から生へと甦ることを暗示するかのごとく、彼の徳をしたい生きているうちから神として祭るという、わが国の習俗にはおよそなじみの無い祭祀（生祀）の法をもち出して、次のように記す話を見る。

それは為朝との離別を悲しみ、海に身を投げようとした八丈嶋の三郎《さぼり》の長女《によこ》（鬼夜叉の娘）のもとに示現した福禄寿仙が、「為朝の命運、目今《たゞいま》こゝに竭《つく》るにあらず。但今生《たゞこんじよう》の対面は、その望《のぞみ》を遂《とげ》がたきのみ。されば像見《かたみ》の弓《ゆみ》と箭《や》を、一社《いつしや》の神とし祝祀《いはひまつ》らば、彼人《かのひと》こゝに在《ゐま》すが如く、ながく子孫の護《まもり》とならん。努々《ゆめ〳〵》思ひ悞《あやまつ》べからず」と説き示し、為朝の生存を予言するにもかかわらず、早くも為朝を神として祭祀するように長女《によこ》に命じて、かき消すごとく見えなくなるというくだりである（上333）。

洲人《しまびと》等は、その縁由《ことのよし》を聞かされ、異人（福禄寿）の示現に畏《かしこ》み、そして、来嶋《こしま》に生祠《せいし》を修理《しつら》ひ、像見《かたみ》の弓箭《ゆみや》を神体として、八郎明神と崇祀《あがめまつ》り、又本嶋《もとじま》に一社を建立し、天照皇太神《あまてらすすめおほんかみ》を勧請《くわんじよう》して、耆波明神《きばみやうじん》と神号す、この両社、今なほ彼島《かのしま》にありとかや。

とあり、馬琴は「生祠」の語義について頭注をもうけ「その人の徳を思ひていける時よりやしろを建てまつるこれを生祠といふ」と記すのである。ちなみに校訂者後藤氏は「生祠」について次のように注記されている。

来島すなわち小島に八郎明神の社のあることは、海嶋風土記「小嶋」の条や八丈筆記に見えているが、生祠のことも像見の弓箭を神体とすることも、それ等の書にはない。この点は、馬琴の潤色である。ただし生祠のことは事物紀原巻七、円機活法詩学巻八にもあり、三国演義第九十回に南方の人々が諸葛孔明の恩徳に感じ、孔明のために生祠を建てた話があるが、馬琴がそのいずれによったかは不明である。八犬伝第九十四回にも犬塚信乃が五十子の城を攻め落し、住民をあわれんだので、住民が信乃のため生祠（いきみたま）を建てようという箇所がある。（上333、頭注）

右の説に見る『三国志演義』の諸葛孔明の生祠の話とのかかわりからいえば、その第百三回の話に、孔明が三台星の中に客星が現われて、主星の光が失われたのを見て、みずからの死期を悟り、北斗の神（死を司る星神）を祭祀したという一節が見られる。

長女《にょこ》に為朝を生祠に祭るよう神託した福禄寿仙は、俗に北斗・北極に対する南斗（生を司る星神）に擬していわれる南極老人星を本星とする星宿神であり、馬琴がその神仙の神託を通して、為朝に生祠の法を持ちだしたのは、為朝を孔明の如き名宰相に例えるという以上に、歴史的には大嶋で自決する為朝の最期を、南極老人の霊力によりいま一度生の世界に甦らせるという、馬琴一流の道教的世界を展開させる、ひそかな趣向がそこに包みこまれているものと見て取れるのではあるまいか。

「為朝の命運、目今《たゞいま》こゝに竭《つく》るにあらず」と言う福禄寿の告げが、後段の為朝の正嫡舜天丸のいったんの死を回生させる局面において、幼子の守役紀平治太夫に告げる神仙の、

「……苦楽時《くらくとき》なく、死生命《しせいめい》あり。今その児《ちご》を相《さう》するに、曩《さき》に水に落て驚死《きやうし》すといへども、命数《めいすう》いまだ竭《つき》ず。これを救ふ事いと易《やす》し。……」（続篇巻一、上442）

と言う科白に先行する、一対となる神託であることに注目したい。これに関連させて見るならば、為朝の上にもいったんの死と、福禄寿による再生の物語が秘匿されている可能性なきにしもあらずと思われる。

さて馬琴は、その後源氏一統の世をむかえるに到り、源頼朝が叔父の為朝の庶子である太郎丸に大嶋を管領させ、二郎丸には八丈小嶋を領するよう命じ、さらに為朝の勅免を奏上したこと、もって高倉院の宮から「八郎大明神」と神号する御筆を賜わり、いずれの時にか正一位を贈官されたことなどを記し、くわえて長年の宿願がやや叶った長女《にょこ》は今生に思い残すことなく入水し果てるという後日の話を記している。そのくだりで馬琴は長女《にょこ》に、

「わが身、むかし大嶋の御曹司に捨てられまゐらせしころ、既に死すべかりけるを、不思議の示現《じげん》によつて、

けふまで存命侍《ながらへはべ》りしは、稚子《わこ》たちのかく発跡《なりいで》たまふを、見まくほしければなり。今は世の中に、おもひ遺《のこ》す事も侍らず。只遺 憾《のこりをしき》は、御曹司の往方《ゆくへ》、今に聞えずといへども、神体《しんたい》この嶋に鎮座《ちんざ》ましませば、外《よそ》を求《もとむ》るに及ばず。わが苦節やうやくに功《こう》なつて、余命をしみ侍るべうもおぼえぬものを、今は別れ奉りなん。……」(後篇巻四、上334～335)

と、胸の中《うち》を語らせているが、長女《によこ》は為朝の「往方《ゆくへ》」が不明であっても(馬琴は「往方《ゆくへ》」の意味に、単なる人の行方を指すだけでなく、生死の程が不明なことを案ずる長女の心情を加味しているのではなかろうか)、福禄寿仙の神託により、すでに神体・弓と箭が嶋の社に鎮座されているからは、もはやさがす必要はなく「彼人《かのひと》こゝに在《いま》すが如く」(上333)祈ればよいと息子たちにつげている。

そして彼女が山中の沼に身を投じると、初七日の朝にはすでに成仏したと見え、まさに神仙の予言する通りその沼には忽然と並頭《へいとう》の蓮華《れんげ》が生じ、葩《はなびら》の中《うち》には弥陀三尊の影向《ようごう》を赫亦《かくやく》と輝かせたとあり、太郎丸兄弟、主従ともにその奇端《きずい》を見て感涙を拭いあえず、合掌礼拝して「弥陀仏〳〵」と称える声が「洋々乎《ようくこ》として耳に満てり」と記されている。ここに馬琴が「洋々乎《ようくこ》として…」と記すのは、上述の福禄寿の神託に見る「彼人《かのひと》こゝに在《いま》すが如く」にかかる言葉であり、孔子の説と言われる『中庸』第十六章の「鬼神の徳たる、それ盛んなるかな。これを視れども見えず、これを聴けども聞こえず。物に体《たい》して遺すべからず。天下の人をして、斉明盛服《さいめいせいふく》して、もつて祭祀を承けしむ。洋々乎としてその上に在《いま》すが如く、その左右に在すが如し。……」の中の言葉を効かせていると見られる。

馬琴は右の『中庸』の章句を朱子学によらず、敬愛する仁斎によって解釈し、人が神霊(鬼神の徳)に祈る時は「祭ること在すがごとくす。神を祭ること神在すがごとくす」、すなわち心情のうちに誠を尽くして祈ることが大切であると考えていたものと思われる。

『燕石雑志』（「鬼神論」）において馬琴は、「聖人《せいじん》鬼神《きしん》の徳を称して、其の上に在《ある》が如く其の左右に在《ある》が如しといふ。実にその上にあり、その左右に在《ある》にはあらず。これを祭祀《まつる》ときは在《ある》がごとし。人の冤鬼疫鬼《えんきえきき》を見るも亦かくの如し。その気に触《ふ》る、ときは眼前《まのあたり》に在《ある》が如し」と記しており、その章句の解釈をきわめて伊藤仁斎の学に近いところでおこなっていることがわかる。したがって為朝が生祠に祭られるという話のうえでの「生祠」の意味は、かぎりなく「神霊（御霊）に祈る」の意味であり、人の高徳を称えるという意味あいとはいささか隔たりをおくものであったに違いない。

なお後藤氏の注記される、『八犬伝』の犬塚信乃が五十子《いさらご》の城を開城し、あらゆる住民に金銭、兵糧米を惜しみなく配分した仁慈《じんじ》の行為に対し、生祠が建てられたという話についてさらにいえば、馬琴は村民の科白に「明日より君が生祠《いきみたま》を、村毎に建、戸戸《いへごと》に祭りて、御恩を子孫に伝へまつらん」（岩波文庫『八犬伝』五266）と記しており、「生祠」に「いきみたま」と振り仮名を付すことによって、信乃を親の如く慕って「生御霊《いきみたま》」として拝礼したことを示唆している。『弓張月』を執筆する当時から一貫して変らぬ、馬琴の人間の霊《たま》・魂《たましい》に対する格別の思いが浮き彫りとなって見える趣向といってよかろう。いずれにせよ為朝は、生きるといえども神として祭祀され、或いは死すといえども「彼人《かのひと》こゝに在《いま》すが如く」現身《うつしみ》のように現れ活躍する、その様な超現実の物語の主人公として描かれることになるのである。

孔子《こうし》春秋《しゆんじう》を作《つくり》て、乱臣賊子《らんしんぞくし》おそれ、董狐《とうこ》筆《ふで》を絶《たち》て、三晋《さんしん》おの〱奪《うばへ》り。こゝに書記《かきしる》すことどもは、夢物《ゆめもの》がたりに似《に》たりといへども、好憎《こうぞう》を捨《すて》て理義《りぎ》をたづね、情欲《じようよく》を省《はぶ》きて公論《こうろん》を取《と》らば、八郎《はちらう》は是《これ》、富貴《ふうき》の人《ひと》、為朝《ためとも》の徳《とく》、吁《あゝ》至《いた》れる哉《かな》。（残篇巻五、下430）

『春秋』は、魯国の歴史（隠公から哀公に至る二百四十二年間の事跡）を孔子が編年体に編集したと伝えられる史書であり、世に名高い「春秋の筆法」（記載事実の選択と表現方法を指す）を特徴とし、歴史への批判をおこなった書といわれている。また、春秋時代の晋の史官であった董孤は権勢を怖れず歴史の真実をまげずに記したことにより、「董孤の筆」と称されており、その董孤が筆を絶つと、たちまち晋の国は、三晋（韓・趙・魏）と称する臣下が国を争って衰えたといわれる。

このように馬琴が挙げる孔子の『春秋』、董孤の史書、いずれも世の乱臣や賊子がこれを怖れて、善悪の判断を正しくし、世の乱《みだれ》が治まると賞賛された書物であり、それに続く馬琴の「こゝに書記《かきしる》すことどもは、夢物《ゆめもの》かたりに似《に》たりといへども」以下の文辞は、いみじくも『弓張月』に記した為朝の人物像は、右の二書に並べても恥じぬ、かならずや世の人々の蒙を啓《ひら》くに足るものであるという自負、すなわち馬琴独自の文学的筆法による「史書として有益の書である」と文外に唱え、立場表明をする言葉と読み取れる。

まえもって「この弓張月は、すべて風を捕り影を追ふの草子物語なるに」と記し、いよいよ『保元物語』の世界から離れて独自の物語世界に読者を誘う橋渡しの言葉とした、馬琴のまさしく「夢物《ゆめもの》かたり」に似て夢物語ならぬ為朝の渡琉物語は、ここに閉じられることになる。

第五章　馬琴と『西遊記』

『西遊真詮』口絵　玄奘三蔵

一　金仙玄奘

それにしても本作は、為朝の最期を宗教的に実に混沌とさせ描いたものと思う。馬琴は『西遊記』の玄奘三蔵が、天竺国から大乗経を取経するための旅を成就するというその満願を果たす日に、ついに不朽の法身となる物語と深く関わる、丶大《ちゆだい》をのちに描く。そのような『八犬伝』の丶大法師の登場をまたなければ、当時の読者にはとうてい理解できない為朝の最期と言ってよい。

さて『西遊記』第十一回に、大唐の皇帝太宗が催すことになった水陸大会《すいりくだいえ》の大施餓鬼《だいせがき》（生前の悪業のせいで餓鬼道におち飢えに苦しむ亡者を弔うために食物を供える）の法要を執り行う壇主として、玄奘三蔵法師が選出されるくだりがあり、そこに三蔵の生い立ちについて記す次のような詩と文が見られる。

　霊通《ひじり》はもともと名は金蝉《こんぜん》
　仏《ほとけ》の教え聞き入れず
　塵凡《げかい》に生まれ変わらされ
　俗世で網にとらえられ
　生まれたとたんに御災難
　生まれぬうちに賊に逢《あ》う
　父は海州　陳状元《ちんじようげん》
　外公《そふ》（母の父）は兵馬を統《す》べる長《おさ》

生まれて江《かわ》に流されて
水に順い浪《なみ》泱を逐《お》う
流れ着いたは金山寺

……（以下略）

その日、選ばれたのは玄奘法師で、この人、幼少のころから、僧となり、母の胎《はら》から出るとすぐ、精進を守り、戒をうけました。……　玄奘はもともと栄華を好まず、ひたすら仏道の修行に励んでおります。調べてみると、根源もよく、徳行も高く、何千何万もの経典に通暁し、仏道・仙道万般の心得があります。（『西遊記』二30〜31＝岩波文庫本の巻・頁で示す。以下同）

右の生い立ちの記が史実でないことは言うまでもないが、実際の伝記である『大唐大慈恩寺三蔵法師伝』によれば、法師は幼少から人品とくにすぐれて聡明であり、とりわけ経典の奥義に通じ、古《いにしえ》を愛して聖人を尊ぶ、学問好きの少年であったとあり、儒家の精神を忘れずに仏道に生きようとしたことがよくわかる。世徳堂本『西遊記』は、玄奘がこの物語に登場するはじめから仏道を志し、「仏道・仙道万般の心得がある」とするが、仏道はともかく、なぜ仙道の心得があると記すのであろうか。そして三蔵の前身・前生は、詩によれば「金蟬《こんぜん》」という名で、のちにわかることには如来の第二の弟子であったが、仏の教えの最中にぼんやりとしてよく聞かずにいたことから、「東土」に投胎され、すなわち、かりにこの世で人間の父母をもつ子として生まれ変わらせられたのである。つまり、母の胎内にあるときから定められていた苦難の道が始まり、江《かわ》に流され、水に順《したが》い浪《なみ》泱を遂《お》って、下流の金山寺に漂着すると、遷安《せんあん》和尚に養育されて僧になったとある。

このような説話の形式をふむ、伝説上の玄奘の前生名が「金蟬《こんぜん》」（第十一回、二30）、或いは「金蟬長老」（第三十二回、四75）と呼ばれることの意味について『西遊記』（四〜十）の訳者中野美代子氏は次のように注記されている。

なお、金蟬ということばは煉丹書に頻出し、鉛汞による煉丹で生じた聖胎が三百日にして胎を出ることを「金蟬脱殻《だっかく》」と称する（『三峯老人丹訣』）が、『西遊記』第十五回の挿入詩（二一三八頁）にも、そのまま用いられる。また『歴代神仙通鑑』巻五によれば、釈迦が中国に来て道教を学んだという燃灯道人の別名は金蟬子である。もっとも燃灯道人の名は、『妙法蓮華経』巻五「如来寿量品《ほん》」に見える燃灯仏に由来するであろう。『西遊記』第五回（一一三三頁）にも燃灯古仏が登場している。いずれにせよ、三蔵の前世の名を金蟬子とした背景には、一見仏教の色彩が濃厚な『西遊記』に、道教徒の側からの巧妙な仕掛けが施されていることを示唆している。（四369〜370、訳注）

神仙の術を会得した道士が、鉛汞《えんこう》（なまりと水銀を鼎《かなえ》にいれて練って作る煉丹《れんたん》・不老不死の妙薬）より生じた聖胎（陰陽の性によらぬ純陽の胎胞に宿る胎子の意か）が、あたかも蟬のように脱殻することを金蟬脱殻というのであり、その語義からして玄奘の前生名には道教的な意味が秘匿されていることを、中野氏は指摘されている。

しかも『西遊記』は、三蔵が前生からのこれもさだめでふたたび成仏するときがくると、すでに神仙の法術をも会得した「金仙（こんせん・きんせん）」となることを想定し、その語義あるいは音にも通じる多重の意味をもたせた「金蟬」を、三蔵の前生名としたのではあるまいか。『西遊記』（百回本）の第九十八回に、金蟬子が玄奘にとっての、まさしく名詮自性の前生名であったことを明らかにする、次のようなくだりが見られる。

それは、長安の都で太宗がとりおこなった大施餓鬼法会の最終の日に、皇帝から「天竺国大雷音寺」に座す如来の所へ大乗経を頂きに行くよう命じられた玄奘が、空前の困難な旅に出発する物語からはじまる。

途中のいたる所で孫悟空らの大なる助けを得てもなお大難儀の連続する、その長途の旅がようやく終わりに近づき、三蔵法師は霊山のふもとから頂上にある大雷音寺《だいらいおんじ》を目ざして行くが、山中で一すじの川にぶつかり、渡し場である凌雲渡《りょううんのわたし》の舟に乗りこれを渡って行った。すると上流から玄奘の死体が流れて来るのを、自分の目で眺めるという実に奇妙なことが起こる。玄奘ははじめは、その遺体が自身の抜け殻であることに気づかなかったが、悟空にそれを教えられるのである。

舟はゆったりと進み、ほどなくして、凌雲渡の対岸に着きました。すると三蔵、身をひるがえし、いともかるがると、岸にとび移ったものです。そのことを詠んだ詩があります——

凡胎《ぼんたい》の骨肉より脱却し

全てを愛すはこれ元神

行《ぎょう》満ちて今こそ成仏し

六六の塵を洗浄したり

これぞまことに、いわゆる広大なる智慧、彼岸《ひがん》にのぼる無極《むごく》〔この上なく尊い＝筆者注〕の法と申せましょう。師弟四人が岸にあがってふりむいたときには、船頭の姿は、底なし舟もろとも、影もかたちも消え去っているのでした。そこではじめて、悟空が、あの船頭は接引仏祖だったのだと申しますと、三蔵もはっと悟ったようでした。くるりとうしろに向きなおって、三人の弟子たちに感謝することしきりです。すると悟空、

「おたがい、かた苦しいお礼なんて、なしにしましょうや。もちつもたれつなんですからね。おれたちは、お師匠さまのおかげで解脱し、仏門にはいって功を積み、なんとか正果を得ることができたんです。お師匠さまも、おれたちに保護され、教えをきちんと守ったからこそ、めでたく凡胎を脱することができたんです。」（十267～268）

こうして玄奘が、接引仏祖《せついんぶつそ》の示現である船頭に引接《いんじょう》され、実は底なしの舟であったにもかかわらず、川を渡ることができたという一条が、まさに此岸《しがん》より彼岸《ひがん》へとひとまたぎすること、玄奘の示す仏教説話の形式をふむものであることはいうまでもない。

それにしても三蔵はその川において、原文（「脱却胎胞骨肉相親相愛是元神今朝行満方成仏」）に見れば、文字通り胎胞骨肉から脱け出て、あらゆるものを愛する元神《げんしん》、すなわち身体から離脱し自由になった霊魂となり、しかも今朝行《ぎょう》が満《みち》て成仏すると詠まれているのである。つまり、仏教的な見地からすれば、それは凡胎を脱却して悟りに達した玄奘を謳う詩と見られるが、同時に三蔵の遺体が川を流れるという、きわめてリアルに描かれた金蝉脱殻の法は、彼がもはや、みずからの肉体から元神・霊魂を自在にさせたことを意味しており、とりもなおさず道家に言われる本格的な神仙となったことが暗示されている。そのうえで玄奘は「広大なる智慧」と「彼岸にのぼる無極の法」、すなわち仏の境地に到達したと記されるのである。

上述の三蔵がめでたく本生の仏子に戻るというくだりにおいてさえ、『西遊記』はみごとなまでに道教的な結実として、仙体を得ること、すなわち仏であり仙にもなるものと描いている。

そして、馬琴が『八犬伝』第九輯（巻五十二）において執筆した、丶大和尚の「生きながら尸解して」「生きながら蝉脱しぬる者」（二つの文辞をあわせて仙化するの意味となる）となり、ゆえに天地を自在に往来することのできる「金仙《きんせん》」と称えられるにふさわしい神僧となったこと、さかのぼっては『弓張月』の為朝が、琉球において福禄寿仙の応護を受け「生きながら神となりて」（このあと為朝が昇仙することに見て、ここでの生きながらなる神とは、やはり尸解蝉脱に等しき神仙となるの意味であろう）、讃岐院の引接のもとに日本国へ飛び帰ると、白峯の山陵に自殺の体を示し、脱仙《だっせん》（馬琴の造語、仙人の胎を脱殻するの意に用いる）して、示寂《じじゃく》・成仏するが、さらに「天地に徜徉《せうよう》し、人の為に生を利し、死を救はん」と誓う、神仙の如き仏（馬琴が金仙と号する仏）となることを思い起こさずにいられない。

上述にもふれるが、馬琴の考える「金仙」の意味についていま一度記しておこう。金仙の本来の語義は、梵語でカナカムニ（迦那伽牟尼）と呼ばれる仏（賢劫中の第二仏又は過去七仏中の第五仏）の漢訳名「金寂」、或いは「金仙人」（秦語）にあり、仏名の一つであった（『智度論』九）。しかし、音訳による「金仙」ということばは、道教世界に育った人々によって、本来の語義である仏の尊称とは別に、最高位の神仙を指す別称とされるにいたったのである。

『西遊記』第一回に、美猴王《びこうおう》（孫悟空と名付けられる以前の名）が不老不死の法術を求めて、仙人の列に入れてもらおうと門をたたいた不老長生の須菩提祖師《しゅぼだいそし》と呼ばれる道士が登場する。あたかも仏の弟子のごとき名号《みょうごう》（須菩提は、仏弟子の一人スプーティの音訳）をもちながら道士であるという、この玄妙不可思議な須菩提師について詠む詩には、

大覚金仙《だいかくこんせん》（仏の尊称）さながらの垢没《くな》き姿にして
西方妙相は菩提に祖《のっと》る
不生不滅は三三の行
全気全神は万々の慈
空寂自然にして変化に随い
真如の本性は之を為すに任す
天と寿《よわい》を同じくする荘厳の体

歴劫《とこしえ》に明心《みょうしん》の大法師ならん（一30～32）

とあり、右によれば『西遊記』は、須菩提祖師がそれとたとえられる大覚金仙の汚れない御姿は、まさに西方の仏教世界におけるすぐれた御姿とおなじであり、菩提（仏の知・道・覚の三つの悟り、いわゆる大覚）の大なる基《もとい》であると讃美している。つまりここでいわれる菩提とは仏典における「大覚」のことであり、あわせてさながら大覚金仙と称えられる須菩提祖師の名号にも掛ける、二重の意味を表わすものと思う。そしてあらゆる修業を経て、「天と寿を同じくする」神仙であり、かつ大覚金仙の「荘厳の体」にひとしき様態の永遠の悟りに入った不生不滅の大法師であることが詠まれている。

北宋の徽宗帝《きそうてい》（一一〇一～一一二五）は神仙をこのんで、如来をあえて道教的に大覚金仙と呼んだといわれるが、右の詩の大覚金仙についても、その内容から見て、いわゆる仏の尊称である以上に、如来仏を指しているものと思われる。

ここにおいて、馬琴が『八犬伝』の、大和尚に語らせる菩提達磨や一休禅師の如き高僧をたたえて呼ぶ金仙の名が、仏教世界の金仙に道教世界の息を吹き込んだ、『西遊記』の金仙とは全く同一ではないが、仏と仙の同源思想をかいま見せる微妙な用語であることを、いよいよ確信する。

さらに馬琴が『弓張月』で為朝の最期を描くにさいし、あまりに通常でない書き方をしていることに再び目をむけると、『西遊記』の玄奘が霊山《りょうせん》の凌雲渡《りょううんのわたし》に到り、そのときまさに会得した金蝉脱殻の法という道教の術により、わが凡胎から元神を脱け出させ霊魂不滅の仏となる変現の妙を示すところに、ほぼかさなる筆致であることが、おのずから透けて見えてくる。

上述に私は、このような為朝の成仏を丶大の例になぞらえ、金仙となることが予見されるととらえているが、これをさらに玄奘の解脱成仏《げだつじょうぶつ》になぞらえれば、永遠の生を享《う》けてすべてのものを愛する元神になるともいえよう。

大乗仏教が否定する霊魂の不滅を、こうして道教の側からくり返し説いてみせる『西遊記』にとって「元神」と称える霊魂の肉体を離れて自由になること、永遠の魂の問題を主題に記す詩あり文あることは、道家の思想を大胆に示してあまりなく、大乗経取経の旅の苦難に苦しむ三蔵の物語において、ことさら異彩をはなつのである。

二　『西遊真詮』をめぐって

『西遊記』の一書に『西遊真詮』と題する清刊本のテキストがある。明版の『西遊記』（以下、現行の世徳堂百回本を指す）の本文をいささか書き変える箇所があり、明版が削除した玄奘三蔵生い立ちの物語一回分を復活させるなどの異同があるほか、百回の物語全部に悟一子《ごいっし》が批評をくわえて記す『西遊記』である。その書『西遊真詮』において悟一子は『西遊記』作者を、明版『西遊記』の陳元之《ちんげんし》の序に記されている「何侯王《かこうおう》」ではなく三教合一思想にたつ道教の一派である全真《ぜんしん》の道士丘長春《きゅうちょうしゅん》に擬しており、各回の批評において『西遊記』が、いかに三教同源の思想に傾倒し書かれた作であるかを考証し、その立場からの『西遊記』解釈を大胆にあらわしている。

とりわけ驚嘆させられるのは、西天取経の長途の旅に出た玄奘三蔵が、いよいよ仏祖の住まう霊鷲《りょうじゅ》の高峰を仰ぎ見て霊山を登りはじめた所でぶつかった凌雲渡《りょううんのわたし》で、金蝉脱殻し成仏をとげる第九十八回についての批評である。玄奘を此岸《しがん》から彼岸《ひがん》に渡す底無し船の船頭、実は「接引祖師」（明版『西遊記』では接引仏祖）を悟一子は「金丹の霊」であるととなえている。道教の人々が死に際して望んだ最高の境地に、金丹（不老長生）の術によって永遠の魂を得るということがあり、それにかけた道教的解釈から、接引祖師（又の名を南無宝幢《ほうどう》光王仏）は、金丹の妙法を玄奘に授ける神霊ととらえているのであろう。

たしかに『西遊記』がこの第九十八回にこめた道家の思想、道教主義《タオイズム》を表わす詩・文の言葉は顕然とし、精読をかさねれば悟一子評を見ずともおのずから透かし見えてくるのである。まず、凌雲渡に至る前夜に玄奘一行は霊山のふもとの玉真観（道教の寺）で金頂大仙に出迎えられる条がある。「仙薬を練りて勝境に住み、長生を修めて俗塵を脱す…」（十257、中野美代子訳）と詩に称えられるその金頂大仙が、玄奘の手を引き引接し、玉真観の裏門から直接霊山へ行ける「本道」を案内する役を任じるという発端からして、まことに奇妙と思われる。大仙は「中空に、五色の祥光につつまれ、瑞気がたなびいている」（十260）その山を指し、霊鷲の高峰、仏祖の住まわれるところであると教える。ここにおいて、凌雲渡より玄奘一行の仰ぎ見た霊山は、もはや実地の山ではなく、天空にそびえる福地の園（極楽）であることが暗示されている。

『西遊記』が凌雲渡にわたす独木橋《まるきばし》は詩に、「単梁細滑渾難渡除足神仙歩彩霞」と詠まれ、細くつるつるとした独木橋は、彩霞《さいか》を踏むことのできる神仙を除いては誰も渡れはしまいという。そこで玄奘を引接すべく現れた船頭の漕ぐ舟も底無しであり、いかにしても玄奘法師がこの河を脚《あし》で渡ることはできないはずであった。しかし悟空が無理やりに底無し舟に玄奘を押しこもうとしたとき、一度水中に落下した法師はまさに凡胎脱殻し、彼は苦も無くその船で対岸に到着したことが詩に詠まれている。悟一子が船頭に化現する接引祖師を金丹の霊と称するのは、玄奘を脱殻させる妙道につかせた船頭の功徳をたたえたものと見える。そして成仙《じょうせん》（仙人となって天に昇り）、成仏した玄奘は身も軽々として、すなわち「元神」となって、中空にある雷音寺の大雄宝殿の如来のもとに、彩霞を踏んで進むのであった。

この回の評の結びに悟一子は、三教帰一による極端な仙仏同源の思想を唱え、玄奘は苦行をおえた満願の日に成仙し、すなわち仏者としては大覚金仙、仙家にいう大羅真仙となって飛昇するものと説く。

仙即仏也仏即仙也仏称大覚金仙称大羅真仙一而二二而一者也結云見性明心忝仏祖功完行満即飛昇。（『西遊真詮』第九十八回）

『西遊記』を玄奘の大乗経取経の大旅行の事跡を主軸にする仏教世界の物語と読む立場からすれば、実に衒学的で奇妙な評語と言わざるを得ない。

馬琴はこのような悟一子評『西遊真詮』にたいし多大な関心を寄せていたことがわかる。まず同書に載せられた尤侗《ゆうとう》の序文により、尤侗が悟一子の批評をよく解読して『西遊記』と華厳経の関係を察知し、ついに『西遊記』の作者を三教の忠臣といわれる丘長春《きゆうちようしゆん》であると認識することが出来たものと、馬琴は自作『金毘羅船利生纜《こんぴらふねりしようのともづな》』（以下『金毘羅船』）第八編の序文に執筆している。

『里見八犬伝の世界』第十二章（第三〜四節）を通して、信多純一氏は『八犬伝』と『西遊記』悟道の書理解を顕彰する上での貴重な言であるとし、この序をめぐってみごとな論を展開されている。

氏はまず、『金毘羅船』のごとき『西遊記』の翻案であることを露わにする書に、『西遊記』が悟道の書であるとの隠微を顕彰し、「嗚呼西遊の一書意味深長。字々金玉を和解《やわらけ》たる。原本越《こゝ》に四十二回。本集やうやく第八編にも、折々出る観音ひらき、扉の半丁取入たる、序にでも切《せめ》て作者の本心、生地露《きぢあらは》して、述ること恁《しか》なり」と記すほど尤侗序（ひいては悟一子評）への思い入れを、改めて発言する意中が奈辺にあったのであろうかという疑問を投じ、それがただに『西遊記』翻案書であることの標榜を目的とする所為ではなく、「これと同時進行の畢生の書『八犬伝』の隠微表白と関わるものと感得出来る。『八犬伝』が隠微に『西遊記』に大きく拠っていることを既に見て来た今、それは歴然であろう」（『里見八犬伝の世界』409）と結ばれている。

このように、天保二年刊の『金毘羅船』第八編の序文に見る馬琴の悟一子評『西遊真詮』をめぐる記述が、ひそかに『八犬伝』第八輯以降の執筆にむけて所期する思いをこめた文と感得されたのである。

さらに信多氏が指摘されているように馬琴は、文政十二年五月十六日「日記」に、

一　唐本西遊記七の巻、披閲。金毘羅船合巻著述の為也。

と記すが、同二十九日には『金毘羅船』版元泉市に「西遊記唐本入用ニ付、仲間中セリニ而、本差越候様、申遣ス」と依頼しており、翌六月五日の「日記」にも画工英泉を仲介にして泉市に「唐本西遊記入用の事も申つぎくれ候様、頼ミ遣ス」とあり、何か早急に、座右にしていたはずの世徳堂本『西遊記』とは別版のテキスト入手を強く望んでいた様子が手に取るようにわかる。そして同年十一月七日の「日記」に、

一　昼前、英泉来ル。……英泉、四大奇書之内、西遊記・三国志、払物のよしニて、一帙携来て、見せらる。西遊記ハ入用ニ候間、泉市に申すゝめ、かひとらせ、此方差越し候様いたし度旨、談じおく。……

とあり、この時点で馬琴が入手する運びとなった唐本『西遊記』が、『金毘羅船』執筆のために用いていた明版とは別の、悟一子評『西遊真詮』であった確率はきわめて高いものと思われる。残念ながら文政十三年中の日記は失われており、確認はしえないが、同年中に執筆された『金毘羅船』第八編の序（「文政十四年春正月吉日」の年記をすり込んでおり、同十三年十二月十日の改元以前の筆によることがわかる）に、尤侗の序を精読しなければ書けなかったはずの記述をおこなっていることから、それは歴然である。

馬琴がこの時期、にわかに『西遊真詮』を求めようとした状況が何かできたと見るべきではなかろうか。

ともあれ、同書を無事に入手したとみえ、馬琴がわが意をえた思いでその喜びを押さえきれずに記した賛同の辞、それが『金毘羅船』第八編（天保二年春上梓）の序であったと窺える。不思議な事に、右の序文を附した第八編を

もって馬琴は合巻本『金毘羅船』を中止する。それ迄の世徳堂本による、みずからの『西遊記』理解にくわえて、『西遊記』は華厳経の世界が強く関わる作品であるとの認識に目覚めた馬琴は、対『西遊記』世界への情熱を、上述の信多氏の論考に見るごとく、一気に『八犬伝』執筆の上へと昇華させていったに相違ない。

馬琴のこうした思いが、第九輯以降の『八犬伝』に再三附される序文、そして本文中に顕然とするさまを、氏は第九輯巻四十一後序における馬琴の「格物知致《かくぶつちち》」論を通して考察され、それが悟一子評から多大な刺激を受けた馬琴の、己《おの》が作『八犬伝』をも学問を下敷きにした悟道の書たらしめんとする希求につながる表白ではなかったかと説かれている（『里見八犬伝の世界』第十二章第四節）。

それにしても悟一子が『西遊記』は、華厳経の理解なくしては、玄奘一行の西遊取経の旅の本当の意味を知ることはできないと唱えた（尤侗はこれを称し「殆華厳之外篇」と記す）ことの意味を、馬琴はまことに真摯に受けとめ『華厳経』の購入をも望んだのである。天保四年七月の桂窓宛の書簡に「『華厳経』ハ文化中、ある人の蔵本を借覧候ひしか、多用にて読み果さず候ニ付、全部見たく成り」とあり、求めた八十華厳については無理であったが結局六十華厳を三ヶ月の見料で本屋から借り受けたと言う、その間の事情が詳しく記されていた。馬琴が文化三年刊の『絵本西遊記』初編に、乞われて序を投じている時期と何らかの関わりがあったのであろうか。

この『絵本西遊記』は、『通俗西遊記』の訳文に拠り、修訂と省略を加えた『画本西遊全伝』を、江戸で河内屋太助が版木を購入し刊行した書である。『通俗西遊記』の訳者西田維則《これのり》の用いたテキストは『西遊証道書』であったとされ、従って『絵本西遊記』初編巻三には、世徳堂本（明版・百回本）が削除した「陳光蕊任逢災」「江流僧復讎報本」の二話が所載することを特徴とする。馬琴はこのように明らかに清刊本をテキストとする『絵本西遊記』の序に、なぜか明版『西遊記』の序を「秣陵陳元之《まつりょうちんげんし》刊西遊記」と題し、原文そのままで載せているのである。い

かにも手抜きなやり方と見うけるが、信多氏はこれについて、

しかし、ここにはその序に付記して、原の序が「文辞皆金繡」であり言い尽されているとして、そのまま録するとある。この序『史記』「滑稽伝」の文辞、『荘子』「知北遊」の文辞を引くところから始まり、寸言で諷し、道あらざるはない書と位置づけ、「此其書㆓直寓言者㆒哉」とする。すなわち、『西遊記』もまた『荘子』的寓言の書と位置づけている。馬琴の『西遊記』観もまたその線上にあったと見てよいであろう。（『里見八犬伝の世界』404）

と指摘されており、貴重な船載本であった世徳堂『西遊記』を所有していたと見られる馬琴が、原本の序を開示することにより、『絵本西遊記』の格調を高めようと考えたうえでの転載であったかと忖度する。そしてこうした時期に、悟一子評『西遊真詮』についての、およその知識をえていたという可能性もなかったとは言えまい。

さて『西遊真詮』第百回の悟一子評に凌雲渡《りょううんのわたし》での玄奘についての次のような解釈を見る。

長春子丘真人留伝此書　本以金丹至道　開示後世　特借玄奘取経故事　宣暢敷演　明三蔵之麗殻成真　由尽悾而罪命　三徒之幻身成真　由修命而尽性　雖各有漸頓安勉之殊　而成功則一　皆大覚金仙也　分而為五則各成一聖　合而為一則共成一真　皆真乙金丹也　後人不識為仙家大道　而目為仏氏小説……

長春子《ちょうしゅんし》、丘真人《きゅうしんじん》は此の書を留伝し、本《もと》より金丹至道を以《もっ》て後世に開示す。特《た》だ玄奘が取経の故事を借るのみ。宣暢《せんちょう》・敷演《ふえん》し、三蔵の麗殻《れいかく》真となるは、悾《まこと》を尽して命を罪するに由《よ》り、三徒の幻身真となるは、命を修めて性を尽すに由るを明らかにす。各《おのおの》斬頓《ぜんとん》・安勉（遅速や難易）の殊《こと》（異）なる有りと雖《いえど》も、成功すれば則ち一《いっ》なり。皆大覚金仙なり。分けて五と為《な》せば、則ち各《おのおの》一聖と成る。合わせて一と為せば、則ち共《ともども》一真《いっしん》と成る。皆真乙金丹《しんいつきんたん》なり。後人《こうじん》、仙家の大道為《た》るを識《し》らずして、仏氏の小説為りと目《もく》す。……

悟一子によれば、この『西遊真詮』の作者丘長春は、玄奘取経の故事を借り、もって金丹道を後世に開示したという。すなわち三蔵の麗殻《れいかく》（聖なる体）は取経の旅の苦難に悾《まこと》を尽して大覚金仙となり、悟空ら三徒の幻身・身体も、それぞれ玄奘を助ける命《めい》を修め、性を善に尽して功成れば皆大覚金仙となるというのである。

馬琴は右のごとき悟一子評を目にして、『八犬伝』、大の最期を大覚金仙「仙仏聖人之霊魂」となる物語に執筆しようと意中に秘めたのではあるまいか。

馬琴が『弓張月』で為朝の白峯から退場するところを描いたさいには、「金仙」の二文字を秘匿し、一見不可解な文辞をつづっているが、のちの『八犬伝』では富山の岩窟《いわむろ》で入定するゝ大を描くにさきがけ、唐の達磨、わが日本の一休和尚の二人を「金仙」と称えたあとに、里見家の菩提寺延命寺の職を願い下げたゝ大が、かき消えるように富山の岩窟に入定《にゅうじょう》する様を、大覚金仙に比定し描いているものと思う。弟子の念戌《ねんじゅつ》がゝ大を追って行ったその岩窟には、凄まじい磐石《ばんじゃく》が建掛けられて入処《いりくち》を塞いでおり、

こゝも亦浮世《またうきよ》の人の訪来《とひく》れば空ゆく雲に身をまかせてん（『八犬伝』十280＝岩波文庫本の巻・頁で示す。以下同）

と詠まれた古歌が書き写されていたとある。

念戌はせめていま一度、わが師との別れの対面を切望したが、「縦多力雄《たとひたちからを》の神」なりとも開くことは不可能な磐《いわ》戸《と》の前に立ち、師は「原来対面《さてはたいめん》を饒《ゆる》されず」と悟り、一人跪《ひざまず》きつつ念仏して下山する。

念戌が心の内で師との最後の別れをはたすこのくだりを挿絵にした図（図21）が第九輯巻五十二に載せられている。左右見開きの同図右側の磐戸に写された古歌のあたりから白雲が上天に向かってわきたち、それが左画面の上天に座したゝ大、伏姫神、そして神女をかこむ須弥の四天王の足下に棚引く様が描かれている。さらにその磐石の下には富山の神童として育った八犬士の首《おびと》とされる犬江親兵衛がぬかづき、念戌が合掌礼拝する姿が見られる。盤

図21　『南総里見八犬伝』第九輯巻五十二　挿絵

戸の古歌の「そらゆく雲に身をまかせてん」の歌意そのままを効かせていることは、生きながらに尸解蝉脱したヽ大がここにいたって昇天成仏する様を描いたモンタージュ絵にほかなるまい。

悟一子評にならっていえば、この図により、ヽ大は成仙成仏し元神となる、まさに「金丹の霊」となり、以後は「人の為に生を利し、死を救はん」（『弓張月』下426）とする金仙大覚となることが予見されるのである。

『弓張月』（第六十七回）でも為朝が琉球の八頭山《ややま》から昇仙する様を描く挿絵（39頁・図6）が見られるが、これと右のヽ大昇天の図は、絵柄、構図が相似しており、二図の関係は恐らく『西遊記』大団円の玄奘とその弟子達が八大金剛の駆って来た雲の上に迎えられ、ふたたび霊山の如来のもとに帰るくだりをふまえた宗教的図柄（図22）をヒントにしたものと見える。

ちなみに世徳堂本『西遊記』と李卓吾先生批評の

図22　『西遊記』第百回　挿絵

『西遊記』それぞれの該当箇所の挿絵を見ると、馬琴が所蔵していた世徳堂本よりも、李卓吾評『西遊記』の図柄と、『弓張月』の挿絵の相似していることに気づく。そこに馬琴、或いは北斎の想像力だけで描いたとは思えぬ類似性を感じるのである。

それにしても、保元の争乱に強弓の名腕とうたわれた源家の猛将八郎為朝の最期を『西遊記』の玄奘法師の成仙成仏に比定し描こうとしたのはなぜであったろうか。馬琴の意図するところは容易に推量しかねるが、すでに『弓張月』後篇巻一において、次のごとき文脈を見る。

「寔《まこと》に夷《えびす》ごゝろにも、われを思ふ事の等閑《なほざり》ならぬは、その言葉にあらはれて、いふ処《ところ》も又理《ことはり》なきにあらねど、張騫《ちやうけん》が河限《かげん》をきはめ、玄奘《げんしよう》が経を取りし例《ためし》を思へば、共に数万里《すまんり》の険阻《けんそ》を凌《しのげ》りその欲するところ、大丈夫《ますらを》の志願、当《まさ》に、如比《しか》なるべし……」（上247）

崇徳上皇側の敗戦により虜《とりこ》となった為朝が遠流となった伊豆の大嶋から、流人の身で嶋々の巡覧を決行したとき、なかでも鬼が嶋に押し渡ろうとする段で、従者が危険であるから中止するよう強くいさめたのに対する為朝の返答である。いかに黒潮の激流に逆らうとはいえ、このていどの巡嶋を、張騫が黄河の源流を見極めに出かけたという大旅行や、まして玄奘の天竺への取経の旅の大偉業に例える為朝の科白は、なにより馬琴が、この後篇巻一執筆の時点で、『西遊記』の玄奘を大いに意識し、為朝渡琉後の波乱万丈の物語を構想していたことをうかがわせる、一行の表白であったと思われる。しかし、そもそも武将である為朝の物語を玄奘の世界にかさねて描くことの強引さを十分承知していた馬琴が、次なる『八犬伝』の、丶大法師こそを『西遊記』の世界を骨子とする物語に描く重要な人物像、すなわち玄奘に相当する和尚と構想したことは、いよいよ明白と思われる。

すでに信多氏は、三蔵法師と丶大の問題を考察され『八犬伝』と『西遊記』との関連を、とりわけ直接的に明示する事柄として、九輯巻二十一に里見義成が、三蔵法師取経の長旅と、丶大法師が八犬士の所有する八玉《はちぎょく》を求めて長い旅をした、そのはてしない抖擻行脚《とそうあんぎゃ》（仏道修行の旅）をかさねて称賛し、丶大を内兄《しょうと》とし称えたいとまで言っている科白のある箇所（七330）を挙げられている。そして、

> この丶大をして三蔵法師の大業にも比せしめた言辞は、ただの彼馬琴の博学のなさしめた比定引用ではなく、『八犬伝』と『西遊記』の骨格・根底において相関していることを示す、大作の中にさりげなく投げこんだ作者の重要な示唆であったと思う。（『里見八犬伝の世界』384）

と考察されている。その示唆をもとにして氏が以後の論で展開された、『八犬伝』が『西遊記』にいかに拠っているかを解読された論考を読むとき、私はいよいよ馬琴が、為朝から丶大へと、まさに連串《れんかん》させて玄奘三蔵の大覚金仙となる物語を己が作にとりこみ、『西遊記』に負けぬわが日本における三教同源思想にもとづく「悟道」の世界を根本とする作品『八犬伝』の完成をめざしたものと確信する。

三　『弓張月』から『八犬伝』へ——三教一致の書をめざして

悟一子は「三教は聖一」と題する思想をもとに、『西遊真詮』の評語を終始一貫して記すのであるが、馬琴も『西遊記』に通底する三教同源の精神については、早くから着目していた様子がある。

『弓張月』続篇巻三で、土中より実に怪異な出場をする幻術師もしくは道士矇雲の科白に次のような言が見られる。

「……西方《さいほう》に聖人あり。よく衆生《しゆぜう》を済度《さいど》して、苦を脱《ぬき》楽を与《あた》ふ。すなはちこれを仏《ほとけ》と号《なづく》。亦東方《とうぼう》に聖人あり。よく凡夫《ぼんぶ》を哀憐《あいれん》して、福を授《さづけ》禍《わざはひ》を祓《はら》ふ。死して亡《ほろび》ざるが故に、これを神《かみ》と称す。亦中央《ちうわう》に聖人あり。真《しん》を修め寿《じゆ》を保《たもち》、天地とともに滅《ほろぶ》る事なし。すなはちこれを仙《ひじり》と呼べり。わが道這個《しやこ》の三《みつ》を摂《かね》て、神通出没不可思《しんつうしゆつぼつふかし》議《ぎ》なり。……」（下23〜24）

そもそも、矇雲にみずからを三教（神・仏・道）の聖人であると名乗らせていることも奇妙であるが、ここで馬琴が三教を修めた者をすなわち「聖人」と称することも通常ではあるまい。

『西遊記』第十一回に、唐の太宗が冥界から戻り、地獄巡りで見せられた亡者達の為に施餓鬼法要を催行しようと決意し、大史丞《だいしのじよう》傅奕《ふえき》に詔《みことのり》するが、彼はたちまち上疏《じようそ》し仏法廃止を進言する条がある。しかし、宰相の蕭瑀《しょうう》は、

「仏法興自朝引善遏悪冥助国理無廃棄仏聖人也非聖人也非聖者無法請寘厳刑」

「仏法興ってすでに久しく、善を広め悪を遏《と》めて、国家を助けてまいりました。理として廃棄するわけにはまいりませぬ。仏は聖人。聖を非《そし》る者は法を無《なみ》するもの、なにとぞ厳刑に処せられますよう」（二28、小野忍訳）

と反論を唱えた。そこで太宗が、大僕卿《だいぼくけい》の張道源、中書令張子衡《ちょうしこう》を呼んで、仏事を営めばその応報やいかにと尋ねたところ、二臣は次のように答える。

「仏在清浄仁恕果正仏空周武帝以三教分次而大慧禅師有賛幽遠歴衆供養而無不顕五祖投胎達摩現象自古以来皆云三教至尊而不可　不可廃伏乞陛下聖　明裁」

「仏は、清浄仁恕のなかに在り、果は正しく仏は空でございます。周の武帝が三教（儒・仏・道）に序列を設けましたが、大慧禅師《だいえぜんじ》が幽遠を賛《たた》え、歴代の僧侶が奉じ、かつ顕示してまいり、こうして五祖が投胎し、達磨《だるま》が象《すがた》を現わしたのでございます。むかしから、だれでもみな申しております、三教は至尊なり、毀《こぼ》つべからず、廃すべからず、と。なにとぞ陛下の御眼力をもちまして御裁断くださいますよう」（二29、小野忍訳）

このように『西遊記』は、いかにも太宗の臣下の科白にさりげなく、大慧禅師が法理の幽遠をたたえて以来、やがて達磨が開祖となった禅の教えによれば、三教の教えには上下なく、その根本は同源であるとする、まさに三教帰一の思想をすべり込ませている。悟一子は、この大慧禅師云々の箇所（『西遊真詮』の本文では第十二回中の文）については、とくに批評することはなく、続く世徳堂本第十二回の話に見る、大唐の洛《みやこ》に大乗経をもたらすための善《ぜん》知識《ちしき》を捜すために天界から降った南海菩薩が、その大役に玄奘が選ばれたのを見届けて、帰天するさい、空中より散下《さんげ》した一枚の書きつけの文言をめぐる解釈を記し、その結びに、いわば究極の仙仏同根の思想を表白している。

南海菩薩のその一筆には、

礼上大唐君西方有妙文程途十万八千里大乗進慇懃此経回国能超鬼出群若有肯去者求正果

礼して大唐の君に上《たてまつ》る。西方に妙文有り。程途は十万八千里、大乗を慇懃《ねんごろ》に進《たてまつ》る。此の経、上国（あなたの国）に回りなば、能く鬼（亡者）を超《すく》って、群より出ださしめん。若し去《ゆ》くことを肯《うべな》う者有らば、正果《さとり》を求

めえて金身《こんしん》（仏）とならん。（二57、小野忍訳）

とあり、悟一子はこの空中より落下する簡帖《かんじょう》の内に言う、その妙文とは「即金丹之正道也」とし、以下西天に往くことになった玄奘がなぜ三蔵と名乗ることになったのか、すなわち「三蔵」とはどのようないわれをもつ名前であるかを説く。

仏家では五千四十八巻の経を一蔵と為し、合わせて一万五千一百四十四巻をもって三蔵と称し、道家では三家の五行（金水を以て一家一蔵と為し、木火の一家一蔵、土の一家一蔵）をもって三蔵と為し、儒家は天・地・鬼（陰陽二気の良能）をもって三蔵と為すと言い、そのとき玄奘はすでに三蔵の真経を一体に包み、三家の五行をも学んでいたので、仏・道の三蔵を一号に合わせ、「三蔵法師」の雅号と為ったと解釈している。つまりここで悟一子は、「三蔵」とは経典の大乗仏法を指すのみではなく、道家の五行説、さらに儒家の天地陰陽論にも用いられる語義であるという、いささか衒学的な解説を行い、故に三蔵法師の名は、第九十八回で金蝉脱殻という道家の妙法を得る玄奘の運命を予見させる、いわば名詮自証の号であることを示唆している。

さて馬琴に立ち戻れば、摩訶不思議な道人、幻術師という人物造型の曚雲に、三教の聖人を名乗らせる科白はいかに見てもそぐわず、したがって馬琴がそこにこめた隠微、すなわち全真派《ぜんしん》の道士のイメージを曚雲にかさねて見せる筆法のあることに気づいた読者も、これまでに皆無であったと言ってよいのではなかろうか。

『弓張月』執筆期の馬琴が、全真教の教えに三教同源が根幹をなすことを知っていたのかどうかは不明である。すくなくとも『西遊記』に登場する道士全真についての関心はあったものと見られるが、或いは『西遊証道書』（虞集《ぐしゅう》序）、『西遊真詮』（尤侗序）に、『西遊記』作者として丘長春《きゅうちょうしゅん》の名が挙げられていることを、風聞により知っていた可能性も無くはあるまい。ここで全真教について、いささかふれておきたい。

道教研究者の窪徳忠氏によれば、全真教開祖の王重陽《おうちょうよう》は、始めに儒学を学び、後に五十歳近くなって神仙（伝説にその神仙は呂洞賓《りょどうひん》、鍾離権《しょうりけん》の化身）と出会い金丹道の口訣《くけつ》を授けられ、道士となるが、さらに禅僧と交わり、厳しい修業や荒行に励んだあげく、一一六三年に儒・仏・道三教の同源論に立ち、いずれかといえば禅の要素を強くとり入れた全真教の教団をひらいたと言う。王重陽の死後、七高弟の一人であった丘長春がチンギス＝ハンに招かれて出掛け、モンゴルにまでその勢力を広げたと言われ、その旅行記を弟子の李志常が書いた『長春真人西遊記』が備わる。

窪徳忠氏はさらに、

全真教の勢力は仏教や他の道教教団を圧倒していたが、『老子八十一化図』という『化胡経《かこきょう》』の一種をつくったことをきっかけとして仏教側とのあいだに論争がおこり、全真教は敗れた。そのために一時教勢が衰えたが、間もなく勢いを取りもどして、以前と同様の状態となり、天師道《てんしどう》〔道教の始祖者・後漢の張道陵の教えをいう＝筆者注〕と道教界を二分する勢いをもちつつ元《げん》朝末期に及んだ。（講談社学術文庫『道教の神々』102）

と考証され、次代明朝では全真・正一《しょういつ》の二派に分けて統制したため、全真教も衰退して行ったと説かれている。

しかし明代に完成した現行の『西遊記』（世徳堂百回本）全編に顕在する三教平等の思想、そして玄奘をはじめ、とりわけ孫悟空の造型に仙仏同根の思想による性格が顕著であることは、馬琴の『西遊記』観を論じる立場を離れて見ても、非常に興味深く思うところである。清朝康熙三十三年（一六九四）の尤侗序文が付く『西遊真詮』の悟一子評は、まさにその全真教の、老子化胡説までを視野に入れた三教主義により解釈された『西遊記』論と言える。

この、ほとんど禅宗の修行僧とおなじ厳しい戒律をまもる全真派の道士のイメージは、曚雲より、『八犬伝』第九輯巻三十三で谷山《やつやま》の風外道人《ふうがいどうじん》と称する道士に扮する丶大和尚にこそ、よりいっそう反映されているように思う。

いわゆる幻《まぼろし》の関東大戦争で里見家が戦う相手、管領山内顕定、定正をあざむく卜筮者《うらない》赤岩百中こと犬村大角は、顕定らにつげていわく、「師にて候風外道人は、其法術無量にて鬼神《きしん》を役《えき》し、風を呼び、雲を起し、雨を降す。其妙其術、古《いにしへ》の役　小角《えんのしょうかく》に伯仲せり」（『八犬伝』九28）と、風外道人をあたかも上古の役行者に擬してたたえるのみならず、馬琴はこの丶大が扮する風外の姿を、信多氏が指摘されているとおり、『八犬伝』二輯巻二の挿絵「妙の功徳煩悩《くどくぼんのう》の雲霧を披《ひらく》」に描かれた役行者（神変大菩薩）図にかさねて見せるのである（『里見八犬伝の世界』258）。

そして、風外道人こと丶大禅師にひそかに『西遊記』で「突然、鍾南山《しょうなんざん》から全真派の道士がやって来た。風を呼び雨を降らせ、石を金に変えるなどのことが出来るという」（『西遊記』四232）とある全真派の道士（実は天界の文殊菩薩に仕える青毛の獅子の化現）の造型を暗に敷いているものと見える。百中が師の風外道人の隠棲する谷山に、顕定、定正両将を案内する段に、次のような丶大の様態が描かれている。

這山《このやま》の半腹《なから》に、上古《いにしへ》の穴居《けつきよ》の迹かとおぼしき、一箇《ひとつ》の横穴《よこあな》ありけり。この洞内《ほらのうち》に、菰莚《こもむしろ》才《わずか》に一枚布《ひとひらしき》て、端然《たんねん》と結跏趺座《けつかふざ》したる、一個《ひとり》の衰法師《よろぼうし》居り、形貌《かたち》は痩て、千歳《ちとせ》の松の如く、手脚《てあし》は細りて蟠《わだかま》る竹根《たけのね》に似たり。髯《ひげ》は黒からず、又白からず、既に二毛《じもう》を見るといふべき、頭髪《かみのけ》も亦伸《のび》たる、身には、故《ふ》りたる単《ひとへ》の浄衣《じやうえ》を被《き》て、海《み》松《る》の像《ごと》くに破れ掻垂《かきたれ》たる、墨染の麻の裳法衣《こしごろも》を纏《まと》ひつゝ、眼《まなこ》を閉《とぢ》て合掌したる、其《そ》が身辺《ほとり》には、髑髏《どくろ》に灰を装《もり》て、香炉《かふろ》に代《かへ》しに、焼《たけ》る抹香の煙《けぶり》、靡《なび》きもやらず消《きえ》つゝ、起《たつ》めり。……（『八犬伝』九29）

この風外道人の出場は、およそ丶大の本性に似あわぬ、いかにも幻術師蠓雲出場のくだりに相似した筆致で表わされていることに気づく。いかに多数の里見の戦士たちを死から守るためとはいえ、丶大は犬坂毛野の進言により風火の計を用い、甕襲《みかそ》の玉（『日本書紀』「垂仁紀」に載る丹波の国桑田郡の人甕襲の飼う犬、足往《あゆき》が噛み殺した貉《むじな》の腹中にあった八尺瓊《やさかに》の勾玉《まがたま》）に祈って奇風《くしかぜ》と火を起こし、敵の大軍を撃破し、死者を生ずるという、仏道にあるまじき戦闘の中心人物になる。馬琴はこの時のゝ大の造型に風外道人の像《すがた》を借りて、鬼神（天地自然を自在に動かす）ほどの仙術を会得した神仙にかさねて見せたかったのではあるまいか。

後段第九輯巻五十二には、ゝ大が近頃、生きながらにして「尸解《しかい》に等しき蝉脱《せんだつ》」をとげたのではという噂のしきりであることをめぐって、犬士の親兵衛、戌孝《もりたか》、そして政木孝嗣らが館《やかた》義成をかこんでかわす問答がくりひろげられる。そのなかで、孝嗣が「禅師の道徳をもて推《お》す時は、尸解《しかい》に等しき蝉脱《せんだつ》の、通力《つうりき》をや得給ひけん、虚談《そらごと》にはあらじ」と唱え、そもそも道教の方術である「尸解蝉脱」と、ゝ大禅師の道徳高き聖人であることを結ぶ、一見理に合わぬ解釈を唱えていることに注目したい。これを聞いて義成は、次のごとく反論する。

「……ゝ大は、素《もと》より老実なる出家人なり。世の常言《ことわざ》にいはずや、正法《しょうほう》に不思議なし。非除《よしゃ》ゝ大は、道徳熟して、通力自在なりとても、幻術外道《げどう》に等しかるべき、出没不測《ふしき》の行ひあらば、君子は反《かへつ》て信ずべからず。……」

（『八犬伝』十259）

つまり義成は、生あるうちに「尸解蝉脱」に等しき出没自在の妙法を得るなどという奇特な法は、取りも直さず幻術外道にひとしきものとみなし、いかに、ゝ大の道徳が熟していようとも、仏者にあり難き現象であると断言している。

さて、馬琴がいみじくも政木に投げかけさせた発言の、禅師の道徳とは、普通に考えられる仁義道徳に代表される倫理道徳ではなく、いずれといえば「老子道徳経」に説かれた、宇宙の根本を「道」や「無」と名づけ、それに適合する無為自然に即して考える、その人間道徳を指すものと思われる。なぜなら政木孝嗣、里見義成の会話をうけて、馬琴は犬村礼儀《まさのり》（大角）にこう結ばせている。

「……禅師の出没不測《ふしぎ》なるも、那《かの》幻術には同じからで、目今《たゞいま》孝嗣《たかつぐ》がいへる如く、尸解《しかい》に等しき蝉脱《せんだつ》ならんか。譬《たとへ》ば無学の朴訥法師《ぼくとつほうし》、或《あるひ》は無智の愚夫愚婦も、行住坐臥《ぎようぢゆうざぐわ》に念仏して、極楽往生を楽《ねが》ふ者は、おのづからに、死期を知りて、其日《そのひ》に至りて死するも是《これ》あり。況《まいて》や、大禅師は、正直無欲の活仏《いきほとけ》なり。……身は生《いき》ながら尸解して、心神《たましひ》富山《とやま》に往還《ゆきき》する事、是なしとすべからず。……」（『八犬伝』十259～260）

ここで礼儀が唱えるのは、いかな無学の「朴訥法師《ぼくとつほうし》」であれ、無智の「愚夫愚婦」であっても、人は無念無想で心を落ちつけ、よく己《おのれ》を虚《むな》しくして念仏するならば、予《かね》てよりみずからの死期を知るという測りがたいことさえおこるのであり、ましてや、大ほどの無欲な「活仏」とまで称えられる法師が、伏姫菩提のために「虚静《きよせい》」の心で念仏するとき、すでに「心神《たましひ》」がその身から脱け出て自在になることが出来《しゆつたい》して、何の不思議であろうか、という旨意《しい》である。この「心神《たましひ》」は『西遊記』にたびたび記される「元神《げんしん》」にまさしく符合する意味をもつ、馬琴一流の言葉と考える。そして礼儀の解釈の根本にあるのは、馬琴が昔年（文政元年）に上梓した『玄同放言』（第三十三人事）の「尼妙円」の一項に、「苟《いやしくも》その心虚静なれば、思邪《おもひよこしま》なし。思《ヒ》邪なきものは、則聖人の心なり」と説き、老荘思想に依拠する馬琴の虚静論を展開させているところにつながるものと思う。したがって礼儀の言う「愚婦」のたとえは、享保（一七一六～三五）頃の実話で、百姓の寡婦が両眼失明してのち、悟るところあり、ただひたすら地蔵菩薩に念仏を唱えて人々に利益をもたらし、ついに自分の死期をいつと知り、その日に念仏往生したという『玄同放言』妙円尼の奇譚をさすものと思われる。

また「朴訥の法師」の例は、これも『八犬伝』第九輯巻二十ですでに語られる、もと里見季基《すえもと》（義実の父）の馬の鑣奴《くちとり》であった十十八《ととはち》という忠僕が、結城《ゆうき》の合戦で、季基戦没《うちじに》の際を見とどけ、主人の亡骸を背負いその菩提を弔うための寺を能化院に求め、師の坊に自分も祝髪を願って、浄西という法名をいただくその浄西法師を指すものと思う。正直無欲の貧しい僧でありながら、地蔵堂を守り朝夕念仏の声にあけくれて六、七年の月日をおくった浄西は、やがて死期を知りはたしてその日に端然と合掌し息たえたとある（妙円・浄西はともに死期を「悟る」のではなく「知る」とあるところに注目されたい）。

信多氏は、かの能化院につかわされた勝軍地蔵、辻堂の浄西の石地蔵、逸匹寺にあった十体の石地蔵と、地蔵菩薩の霊験譚が続く『八犬伝』の展開について論じる中で、「この浄西法師こそ、『玄同放言』で馬琴や崋山を感心させた妙円尼の化現であろう」と読み解かれている。さらに氏は、馬琴が『玄同放言』において妙円尼の虚静について説くしだいで、『荀子《じゅんし》』『孔子家語《こうしけご》』を引き、それが『老子』に依拠していること、さらに『荘子』を援用する記事を詳細に引かれ、これらがすなわち、

『八犬伝』の『中庸』を引いての「冥福」の論の展開、この書の『中庸』『中庸発揮』等を引いての「虚静」論の展開に馬琴の翻案態度の傾向と精神構造を見る。『玄同放言』という随筆の妙円尼を、『八犬伝』中の浄西法師に転化した馬琴の作為は、如上の考証で確かめられると共に、馬琴のこの種随筆の描出意図もまた浮き上がってくるように思われる。（『里見八犬伝の世界』220）

と考究されている。

はたしてこのように妙円尼から浄西法師へと連関された「虚静」の問題が開示されたのを見た今、大団円真近の丶大の金蝉脱殻の法を説くその条で、馬琴が隠微に『老子道徳経』をもとにし、犬村礼儀に言わせた言葉の深意がおのずから氷解する思いである。

それは上述の義成の問答において、馬琴がすでに「幽遠」な世界を奉じ、『西遊記』（の作者）が唱える「教は聖一なり」とする思想に合致する己が思想をすべりこませた道徳観であったと思う。馬琴が『西遊記』が示すこの道

家の思想を実にみごとに読み解いていたことを示唆する、上述の、大和尚をめぐる道徳論の展開にあらためて感嘆を禁じえない思いがする。その点、悟一子評はあまりにも道教の「金丹の正道」に傾倒し過ぎ、今にして読めばいささか滑稽な文辞が顕著である。

管見にして、日本語による悟一子評『西遊真詮』を研究する本格的な論というもの見ていないので私見を述べるに過ぎないが、悟一子は三教聖一思想により『西遊真詮』の批評をおこなうものの、その視座はいかにも道家思想に立つと言ってよかろう。ちなみに『西遊真詮』には、世徳堂本『西遊記』が道教にたいし、あまりに否定的な言葉を記す箇所を削除ないし、書き改める例が見られる。

馬琴がこうした悟一子評『西遊真詮』から大いなる刺激をうけ、『華厳経』の精読に挑むなどの足跡まで残していることは上述のとおりである。しかし『西遊記』が、儒・仏・道三教の教えの映発し合う様を、実に動的な物語世界に封じこめて描き切ったことを、真に文学的に読み解いたのは、悟一子以上に馬琴の方であったかと思われる。

『玄同放言』には、「虚静」論の他にも馬琴が『八犬伝』読者を意識した随筆を所載するが、とくに冒頭巻一の「天象」論三項をとおして、天地自然の現象を陰陽二元にとらえる。一読のかぎりでは、いかにも『易』の大極論をなぞっているのみと見えるが、さらにそこから説く魂魄論を発揮する内容であり、八犬士誕生からその終焉までの物語全編にこめられた、まことに玄妙な霊魂《たま》の現象、鬼神の隠微を解読するために、『八犬伝』読者にとつて必読の読物であったと言える。

なお、この『玄同放言』の天象論三項が、『八犬伝』のみならず、先行作品である『弓張月』に表わした数々の霊魂《たま》の物語にからめて読んでも有用な、いわば跡付けの意味を持たせた感のある馬琴の魂魄論であることについては、さらに結章で取り挙げ論じるものとしたい。

ところで、馬琴は右の「第三天象・鳴呼物語《をこのものがたり》」において、すでに天地の無辺はいかに「老仏、儒《はかせ》」の教えによっても「その高遠《クク》して至り極むるによしなき」すなわち無極であることを唱えている。「天道」の道、すなわち「道徳」本来の意味を説く三教の教えが、おのおのことなるにもかかわらず「天を尊み日を敬ふ」という、その究極の論においては「彼我の分別《わいだめ》、遠きことかは、かう揣《はか》りつゝ、われはしも、三教その道異なれども、その理は一致ならんとおもへり」と述べ、己が三教帰一の思想を表白する。

ちなみに右の記述に先立つくだりで、馬琴はこのように述べている。

嘗大明三蔵聖経目録を閲するに、仏説阿弥陀経二巻、仏説無量寿経二巻、大阿弥陀経二巻、大日経攝念誦随行法、仏説阿弥陀経疏、与　他経　合本各一巻あり、みな真経なり、考ふべし、……（『玄同放言』巻一上「第三天象」）

と、「大明三蔵聖経目録」にまで目を通したことを示しており、大乗経の注釈にはいかなることが説かれているのか、当時よりそれを学ぼうとする姿勢が高かったことを如実に物語っている。このように『玄同放言』「第三天象」の天道論に見るかぎりでも、馬琴がすでに『西遊記』から汲みとった三教同源の思想とは、『西遊記』が記す大慧《だいえ》禅師の唱える「幽遠」を、禅師の注釈した『大日経疏《だいにちきようしよ》』（理を表わす胎蔵法を説く密教の根本経典、華厳経などで中心になる仏、毘盧遮那《びるしやな》経の注釈、各巻あり）の世界と、一体となる教義であると察知していたもようが次第に浮かび上がって見えてくるように思う。

そして仏典解釈にこうした強い関心を寄せたのも、ひとえに『西遊記』が隠微のうちに示す老仏思想を、より深く理解しようとする馬琴の飽くなき探求による所為ではなかったろうか。

いま一つ、『玄同放言』巻二の「老仏老和尚」の項に、一休禅師肉筆の落款《らつかん》「順一休天下老和尚」をめぐっての、馬琴自身の老仏思想への傾倒をうかがわせる一考が記されているのを見る。馬琴はそこで、いかに一休禅師が、宗《そう》曇花《どんげ》（仏教では三千年に一度花が咲くといわれる優曇華《うどんげ》の中でも尊いもの）の嗣法《しほう》にして道徳道号偕《ともに》高かりしといえども、さすがにみずからを「天下老和尚」と号する僭称《せんしょう》をいぶかり、やはり世上にいわれる後小松帝の落胤であるという、ひそかな誇りがあったものと推測している。そして、明の建文帝が、一休在世の頃に僧となっておなじく「天下老仏」、「天下老和尚」を名乗ったことは、実に「和漢同年の佳対《かつい》ならずや」と、唱えている。

ところで馬琴が、一休は「道徳道号」共に高しと称えるわけは、そもそも一休の修めた禅学のうちに学んだ老子の道徳を指し、したがって道家の思想をもあわせて会得したというのであろう。『玄同放言』を執筆して二十数年後の『八犬伝』において言及した一休を、尸解蝉脱、金仙仏となす意味がよくわかるように思う。

馬琴がこの『玄同放言』上梓のときから、恐らく十四年後（『金毘羅船』第八上梓の天保二年当時）に、『西遊真詮』をひもといたものと見て、尤侗が序に『西遊記』はほとんど『華厳経』の外篇《げへん》なりと記すとおり、悟一子の『西遊真詮』批評も、『西遊記』がそうした「一即一切、一切即一」の世界観を主体に成立する書であると解読する書物《かきもの》であることを知るまでの道程は、実はあとわずかであったとみてよいであろう。

その馬琴が、悟一子評に見る徹底した老仏・老子の学と仏教の教え、道家の思想から捉えた『西遊記』の世界に、さらなる刺激を受け、いっそう『西遊記』を愛書としたことは、もはや疑いえないことと思われる。『八犬伝』大団円真近から、丶大和尚をいよいよ金仙仏に昇らせる筆を走らせ、八犬士についても「其終《をはり》詳《つまびらか》ならず。皆地仙に倣《な》りて、富山に在り」と記し、八犬士らも八仙となって山中に遊戯《ゆうげ》する様を挿絵に描かせているのも、まさに悟一子が説く「金丹の正道」にはせる、馬琴の遥かな思いの表現であったと、私は考える。

馬琴はまことに、道教世界の神々と遊ぶ『西遊記』の趣向を大いに受容する『弓張月』の執筆にあき足らず、さらに『西遊記』が物語に書き尽した三教悟道の教えにも負けぬ、わが日本を代表する「悟道」の物語たる『八犬伝』を、二十八年という信じ難い年月をこえて、ついに完成させたのである。

結章

前篇巻之一　口絵　源為朝

『弓張月』完成後の随筆『玄同放言』巻三（「詰《ナジル》二金聖歎ヲ一」）において、馬琴は『三国志演義』は史実に徹底した歴史小説と世に言われるが、実際は虚実相半《あいなか》ばする演義体《えんぎたい》小説（中国で、歴史上の事実をもとにし、それを俗語により、興味深く展開させた小説。『三国志演義』は史書「三国志」にもとづく演義小説の代表作）であると捉えている。また、『水滸伝』については、小説の指標となる大傑作には違いないが、いかにも勧善懲悪の精神に欠ける作であること、くわえて趣向に凝りすぎて作り花のようであると断じている。さらに、『西遊記』についても言及し、勧懲を大切にする営為において、小説の本道を重んじる第一の妙作として挙げるべきであるが、怪異性にかたむく話が多く、しかも男女の情愛の趣きを描くところが皆無であるという欠点を挙げている。

『弓張月』を読み終えた今、中国古典を代表する三作をめぐる馬琴のこうした小説観を読み、彼が小説家として目指す座標は、すでに『弓張月』執筆時期から変わらぬものであったということを改めて確認する思いである。すなわち、『三国志演義』を歴史小説の最高峰とし、『西遊記』を勧懲の精神を教えることに最もすぐれた小説と仰ぐこと、そして作為に過ぎると批判する『水滸伝』であるが、その趣向の面白さに内心感嘆する思いを透かし見せている。『玄同放言』は『八犬伝』読者に読まれることを視座に入れ刊行された書であることを承知するが、鬼神論の問題においてそうであったように、この『玄同放言』から馬琴の文学的思想はすでに『弓張月』時代にほぼ確立するところであったと思われる。

なにより『三国志演義』の世界を強く意識した馬琴が、史実と虚構二つの要素をないまぜにした源為朝の史的物語を完成させるという姿勢で、『弓張月』の執筆に臨んだことは容易に想像しうる。前篇巻頭表紙の見返し図に「弓張月記」と「為朝外伝」と二様に分けて印字してある意匠に、馬琴の創作意図が汲めることは「序章」で記す通りであった。

しかし正史三国志に基づき演義する『三国志演義』に比べるべくもなく、そもそも『弓張月』には為朝の正史が備わらないのである。つまり、馬琴が『参考保元物語』を史書と認識しながら、その書で記す為朝が大嶋で自殺したことを否定し、歴史の書き替えをするわけである。為朝が保元の戦いに出る以前に一度琉球入りするという史書に無い話を執筆することは、まさに「虚構」の要素と見られるが、歴史上は死んだはずの為朝が琉球で活躍するという展開は、馬琴が『琉球神道記』や『中山《ちゆうざん》伝信録』に見る為朝渡琉の記事に依拠したとは言え、「伝奇」の世界にふみこんでいることは言うまでもあるまい。『三国志演義』の行なった史実と虚構の物語のありかたを熟知していた馬琴が、『弓張月』ではその肝心な史実を物語化するという基調において最も悩んだであろうことを推測する。

私は『弓張月』において男女、親子、主従の間に生じる情念により出現する鬼神の物語が特筆されていることにとりわけ注目してきたものである。そしてそれは、馬琴が為朝の死を生の世界に引き戻すために構想した、すなわち『弓張月』全編を鬼神思想により牽引するという小説作法を実践した結果であったと読み解いてきた。その苦心により、馬琴は『西遊記』の妖怪変化物の活躍に終始する怪異小説とは、およそ性格の異なる怪異現象、『西遊記』に不足する情感の世界を写す鬼神の物語を描くことに成功したものと思う。

しかし、主人公為朝が鬼神の現れであるという次元において、歴史小説を展開するということは本質的に不可能なはずであった。琉球関係の記録を参照して出来る限り、彼国の地名、宗教、風俗などの事実を写すことに忠実であった営為にもかかわらず、『弓張月』の為朝と琉球の物語を史的小説であるとは捉え難いからである。『弓張月』を我が国で初の本格的歴史小説に仕立てようとした馬琴の創意にもかかわらず、『保元物語』の世界を離れて後の為朝渡琉以降の物語は史的に見た危うさから、演義体小説というよりは、まるで夢物語か志怪《しかい》小説（六朝時代の怪異のことを述べた小説）に変容したかの印象を受けるのである。

『弓張月』は読者の人気絶大となり、馬琴は近世ではじめて小説の印税で暮らせる作家となったと言われる。しかし、馬琴自身『弓張月』完成の後、本作を以て『三国志演義』に負けぬ演義体小説が書けたなどと納得してはいなかった。馬琴が次に『南総里見八犬伝』を構想するのは、何よりその執念をうかがわせるものと思う。

さて『八犬伝』において、いよいよ本格的な演義体小説の執筆に取りかかろうとしたとき、馬琴の胸中にあったのは、実に『西遊記』に見るごとき、史実を完全に虚構の世界に移し物語化するというゆきかたであった。実在した玄奘三蔵法師がインドへの取経の旅を実現させた史実を、ほとんどファンタスティックに大唐の都からの玄奘と三徒弟による「ゆきてかえりし物語」として描いた、その『西遊記』であった。『西遊記』の玄奘の前世は仏であり、仮にこの世で母の胎を借り誕生した。悟空は石の猿として生まれる。『八犬伝』の里見氏は歴史上の人物であるが、八犬士は、その里見の伏姫の胎から出生した八つの霊玉が八方に散り、さらに各々の母の胎を借り、この世に誕生する不思議な未生《みしょう》の子等である。このような虚実ないまぜの物語の発端からして『八犬伝』は『西遊記』世界を追う構想をもつものと思う。馬琴が、悟一子の評語により『西遊記』を宗教的シンクレティズム（儒教、仏教、道教）の教えの書であると悟ったのは、『弓張月』の為朝最期を描く以前のことであり、ゆえに為朝の最期を日本の三教帰一（儒・道、仏、神道）思想において描いたと私は見る。さらにその悟道の旅を、大法師に行脚させる『八犬伝』の一大構想が生まれたことは、信多純一氏がつとに論じられている通りである（『里見八犬伝の世界』）。

ところで『馬琴日記』「天保二年六月三日」の記事に、夕方屋代太郎宅に行き貸借中の書物を返却するが、その折、「去冬及約束候、椿説弓張月、書名椿説の出処、水滸伝・拍案驚奇・金瓶梅、所引、具ニ注之、今日持参、進上」、「其後、椿説出処解、半紙二枚ニ書直」と二項に書名「椿説」につき太郎に教示した記事が出る。一見これらの書に「椿説」の記事が出ていてそれを引いて説明するかのような書き方であるが、実は当該書には出てこない。

「椿説」は「珍説」に通じることは自明であり、さらに鎮西八郎為朝の「鎮西」にも通じようか。しかしこれで半紙二枚にも考証が及ぶものであろうか。そこで馬琴がそこに挙げる四書にからめて「椿」に目をむける時、筆者の立場、また本書に通底するところのものに深く関わる「椿」の背景が浮上する。『荘子』「逍遥遊」に「上古大椿ト云者アリ。八千歳ヲ以テ春トナス。八千歳ヲ以テ秋トナス」。『荘子翼』「南華新伝」には「冥霊大椿ニシカズ」と見え、「大椿」は古来不老の霊木とされてきた。『円機活法』「椿」には「霊椿」と数項にでる。

『水滸伝』には、梁山泊の宋江ら遂に天子の招安を得て官軍となり、遼を征討し、河北に田虎、転じて淮西《わいせい》の王慶の反乱を次々に征する。このときまで梁山泊の同士一人も欠けることはなかった。ところが、大団円近くなり、江南の方臘《ほうろう》の反乱に遭う。これより一転同士陸続と戦死し、その同士の陰魂が宋江の夢に現じ、幽魂瓢蕩し奇異を現わす。例えば水軍張順、潜って城門に向かうが水簾にかかり、敵の知るところとなり弓箭や石に打たれて水中に死す。しかし張順の亡魂は水中を離れず、竜神の取り立てにより竜宮にとどまり神となる。そして兄張横の身体をかりて敵の武将方天定を倒し、彼の馬を奪って宋江のもとに帰着する。宋江が不審をたてると自分は弟の張順であり、ここに来たと云うや倒れる。助け起こすと覚醒し張横は、ここは黄泉ではないかと不審がるが、汝は死んでいない張順に憑かれて敵を討ち今現われたのだと宋江に説かれて大いに哭《こく》するという奇話がある。

征伐終り官を得た宋江らは、讒臣らにより朝廷下賜の薬酒に毒殺される。呉用は宋江・李達が南柯の夢に現われ、楚州南門外の二人の墓に招かれる。同様同時に異夢に招集された花榮とともに双々木に懸り縊死する。いずれも魂魄仁兄のもとに聚合せんことを望み、死生契合せんことを願った奇譚であった。帝の夢にも宋江・李達が現じ、その幽魂帝を梁山泊に招じ、彼らの毒殺されたことを知らされ、結果彼らを神と祭り梁山泊に祠堂を建て、宋江らの神像を造り奉じる。霊験あらたかにて百姓祭事絶えずと、長大な小説は結ばれる。

『拍案驚奇』この書は、異夢・南柯の夢といった記事は再々現われるが、巻二十三「小妹病起続前縁」の姉興娘の霊が妹慶娘に憑き、その身体を借りて恋人崔生に添い一年を経て、最後はその思いを篭めて三人合葬される奇話がある。また巻三十「王大使威行部下」では、王家にかつて投宿した父子三人が謀殺される。その娘の冤仇《えんきゅう》がまず王家の娘と生まれ、両親の鐘愛を受けながら五年の害病で夫婦の多額の費えと大きな歎きを与えて亡くなる。次に隣家の娘とまた生まれ変わり、その王家の娘亡日の斎供をめぐって奇譚があり、隣家の娘は父子三人が謀殺された前世の話を王夫婦に示し、夫婦は驚怖し時をおかず両人共に死ぬという報仇の話がのる。ほかにも前世の悪業で転生するといった類話は多い。

さて『金瓶梅』は、『水滸伝』第二十五回の西門慶《せいもんけい》・潘金蓮《はんきんれん》の情話をそのまま利用し彼らの登場から第一回がはじまる。以下この色欲・金権を欲しいままに生きる富裕階級の一代男西門慶を中心に葛藤する妻妾らの長大な物語は、作者の時代の人間生活、男女の情態を描きつくして見事であり、『水滸伝』の世界とは主題が全く異なるが、道教好きで有名だった徽宗《きそう》皇帝の時代を設定していることからも、道教、神仙思想の色濃い世界を展開することにおいて明らかに共通する。すなわち、人間の死後の霊魂の不可思議や南柯の夢の霊力を取り上げ描くところに自ずから重なる要素が多大である。とりわけ『金瓶梅』大団円では、好色にひたりその秘薬の過飲ですでに若死にした西門慶をはじめ、彼に負けず人道にもとる悪業の果に惨殺された金蓮、同様の男女らの亡霊が、寺の老師により、仏が世尊に伝える解冤の経呪を受けると、成仏するのではなく、一同托生し還魂が約束される。そしてこの奇異、老師が西門慶の生れ変わりである一子孝哥《こうか》の出家引摂のための法力であり、出家に抵抗する母親に南柯の夢を示し、ことが成るや老師も考哥も一陣の清風とともに消え去るところでこの長大な小説は終焉する。

これらの帰するところ馬琴の「椿説出処解」二枚の内容が自ずから示唆される。すなわち「椿説」の世界は、霊魂不滅・神霊の世界でもあることを述べる。さらにその道教的物語世界を開示する各書からの例示が記され、『椿説弓張月』の題意、ひいては各書と通じるところの世界が示されていたと見て間違いないものと思う。

なお、馬琴の合巻本『新編金瓶梅』（天保二年～弘化四年）第十輯において、それまで色欲非道のかぎりを尽くした主人公西門啓と阿蓮は、兄武太郎の仇打ちと弟武二郎から八つ裂きに殺される。すると亡者は、両頭八足の怪異な犬に生まれ変わり、見世物小屋にさらされ「啓蓮犬」と呼ばれる。その異形の犬が幼い姫をあやめたかどで「たらの木」の下に生き埋めにされると、さらにその木の枝葉から黒い毒虫が生じ人間に触れ毒死させる怪異がおこる。しかし西門啓の母陸水《くがみ》の尼がおこなう大施餓鬼の法要により、さしもの二人の亡魂も、他の登場人物たちの亡霊とともに善悪並んで解脱成仏する。それから時をへて、武二郎とその妻千早は病によらずして同時に死ぬが、入棺の後尸解蟬脱し、水界の神仙となる（千早は前身が竜宮の乙姫であり、仮に人間界におかれていた）。翻案と称しても、登場人物の性情とその名に類似があるほか、全編の筋書きは原作とはあまり関わりがないが、馬琴は『金瓶梅』大団円における大事な局面に重ねてこの長編合巻を同様に仏教の祈りと神仙思想のうちに終わらせている。上述の屋代太郎への文書を清書した当時、馬琴は『金瓶梅』翻案を準備中であり、従って『新編金瓶梅』の世界にも「椿説」の語義を意識し、その趣旨を十分取りこもうと構想していたのであろう。『椿説弓張月』前編上梓から二十数年を経てなお、その書名の由来にこだわる馬琴の熱意は計り知れないものがある。

『大和物語』百三十二に、次の歌物語がある。

同じ帝《みかど》の御時、躬恒《みつね》をめして、月のいとおもしろき夜、御あそびなどありて、「月を弓張《ゆみはり》といふは何《なに》の心ぞ。其《そ》のよしつかうまつれ」とおほせたまうければ、御階《みはし》のもとにさぶらひて、つかうまつりける、

てる月を弓張としもいふことは山べをさしていればなりけり（日本古典文学大系本）

このように凡河内躬恒《おおしこうちのみつね》は、帝（醍醐天皇）の御下問に当意即妙な歌を詠んだ。

また、『平家物語』巻四の「鵺《ぬえ》」に、近衛院御在位の時、御所の上に夜な夜な怪しき黒雲たちきて、院の御脳《ごのう》はなはだしきことがあり、源平両家の兵共《つわものども》の中から警固のために、弓の名手源三位頼政《げんさんみよりまさ》が召しだされ、一矢にしてその「変化《へんげ》の物」の正体（かしらは猿、むくろは狸、尾はくちなは、手足は虎の姿なり。なく声鵺にぞにたりける）を射落とす。

主上御感《しゅしやうぎよかん》のあまりに、師子王《ししわう》という御剣《ぎよけん》をくだされけり。宇治の左大臣殿是《これ》を給はりついで、頼政にたばんとて、御前《おんまへ》〔の〕きざはしをなからばかりおりさせ給へるところに、比《ころ》は卯月十日あまりの事なれば、雲井《くもゐ》に郭公《くわつこう》二声三こゑ音づれてぞとほりける。其時《そのとき》左大臣殿

ほとゝぎす名をも雲井にあぐるかな

とおほせられかけたりければ、頼政右の膝をつき、左の袖をひろげ、月をすこしそばめにかけつゝ、

弓はり月のゐるにまかせて

と仕《つかまつ》り、御剣を給（ツ）てまかりいづ。「弓矢をと（ツ）てならびなきのみならず、歌道もすぐれたりけり」とぞ、君も臣も御感ありける。（日本古典文学大系本）

とある。この頼政の返歌は、あきらかに『大和物語』の躬恒の歌を下敷きにするものであった。

わが『弓張月』でも前篇第一回の早々に、この源三位頼政が紫宸殿《ししんでん》の上に飛来する怪鳥《けちよう》を雲の中に射て、「その

名芳《かうば》しく」上げた故事を、信西入道の口を借りて言わせている（前篇巻一、上79）。

さらに『平家物語』「鵺」で、頼政が怪鳥を射落とした後、

黒雲《こくうん》一村立来《むらたち》て、御殿の上にたなびいたり。頼政き(ッ)とみあげたれば、雲のなかにあやしき物の姿あり。これをゐそんずる物ならば、世にあるべしとはおもはざりけり。さりながら矢と(ッ)てつがひ、南無八幡大菩薩と、心のうちに祈念して、よ(ッ)ぴいてひやうどゐる。手ごたへしてはたとあたる。「ゑたりをう」と矢さけびをこそしたりける。井《ゐ》の早太《はやた》つ(ッ)とより、おつるところをと(ッ)ておさへて、つゞけさまに九《こゝの》かたなぞさいたりける。

とある。さらに二条院の時、また鵺が禁中にいで、宸襟を悩ませ、先例をもって頼政がふたたび召された。ころは皐月二十日あまりの宵、鵺はただ一声鳴いて二声とも鳴かず、

目さす共しらぬやみではあり、すがたかたちもみえざれば、矢つぼをいづくともさだめがたし。頼政はかりことに、まづおほかぶらをと(ッ)てつがひ、鵺の声しつる内裏のうへへぞいあげたる。鵺かぶらのをとにおどろいて、虚空にしばしひゝめいたり。二の矢に小鏑と(ッ)てつがひ、ひ(イ)ふつとゐき(ッ)て、鵺とかぶらとならべて前にぞおとしたる。

と記されている。

この『平家物語』の叙述をもちいて、馬琴は『弓張月』曚雲の最後の場面をつぎのように形成する。

曚雲《もううん》猛《にはか》に風を起し、雲を呼びて空中へ、登らんとする処を、舜天丸《すてまる》は姑巴嶋《こはしま》にて、三所《さんしよ》の神に斎祀《いはひまつ》りし桃の箭《や》に、義家《よしいへ》と識《しるし》たる、黄金牌《こがねのふだ》をとりそえつゝ、弓を満月のごとく彎固《ひきかた》めて、且《しばら》く祈念し給へば、忽然《こつぜん》として白鳩《しらはと》両翼《には》、旗竿《はたさを》の上に翔《まひ》とゞまり、何処《いづこ》とはなく空中に、鶴の鳴声《なくこゑ》聞こえしかば、念願《ねんぐわん》成就《ぜうじゆ》とたのもしく、

弦音《つるおと》高《たか》く兵《ひやう》と射る。その箭流《やなが》る、星のごとく、矇雲が吭《のどぶえ》砕《くだ》て、箆《の》ぶかにぐさと射込《いこみ》たまへば、しばしも堪《たへ》ず馬上より、仰《のけ》さまに撞《どう》と堕《おつ》。為朝得たりと馬より飛《とび》をり、彼宝剣《かのほうけん》をとりなほして、九刀《こゝのかたな》刺徹《さしとほ》し、怯《ひる》むところを押伏《おしふ》せて、首《かうべ》を弗《ふつ》と掻落《かきおと》し給へば、天俄頃《そらにはか》に結陰《かきくもり》、大雨盆《たいうぼん》を覆《かへ》すがごとく、四面《しめん》野干玉《ぬばたま》の闇となりて、しばしは善悪《あやめ》もわかざりけり。（残篇巻三、下384）

怪鳥に比すべき矇雲の最期を、馬琴は『平家物語』頼政の「鵺《ぬえ》」退治の二局面を巧みにあわせて描出して見せる。一つは雲井の郭公《かつこう》、一つは闇での鵺の声をたよりに、祈念して見事に射落としとって押さえ、九刀《ここのかたな》で刺し通し退治する表現を、雲を呼び、空中に逃れんとする矇雲を祈念して、鵺の声をたよりに弓を満月のごとく引き絞り射落とし、得たりと九刀刺し通し、押し伏せ首掻き落とす。そして俄に大雨野干玉《ぬばたま》の闇のようになったと翻案する。

大団円で宿敵矇雲を倒す場面で、この『平家物語』頼政の故事を用いた馬琴の意図はどのあたりにあったのであろうか。大団円直前の第六十七回の最終行に、「天の原、ふりさけ見れば八重雲の、霞にまぎれて見えずなりぬ」（下418）と、謡曲「羽衣」の詞を効かせて為朝昇仙の姿を表し、次いで大団円における、琉球に板舞《いたまい》という遊戯のあることにかけ、「これは為朝昇仙《せうせん》して、雲の中《うち》へ入り給ふ状《かたち》を表《ひやう》せり」（下421）と、あえて『中山伝信録』の板舞の記述の潤色をほどこす文辞がある。この二つに併せて、さらに矇雲退治のこの場面を加味するならば、その弓技と文の道により雲井に名を上げた頼政、それ以上の比類なき弓取り為朝が『弓張月』の最期に「功成《こうなり》名遂《なとげ》て」雲井にあがり昇仙してゆく結局に最もふさわしい場となることを、馬琴は確信していたに相違ない。

『大和物語』を原拠とし、さらに『平家物語』で倍加した「弓張月」の語の持つ豊かなイメージを、本来の「弦月」の象《かたち》をこえて、「照る月」が山に入る姿と、山辺にむけて射る弓の象《かたち》とを見事にかさねて見せるのである。大団円を迎えるにあたり、馬琴は読者がこうした文化的位相の上に共通に立って、『弓張月』を読んでほしいと願う心をひそかに表しているのではあるまいか。

前篇巻四の本文には弓が月の象《かたち》に似せて作られたとする故事が引かれ、それをめぐる馬琴の考証が記されている。矢をつがえるときの象《かたち》は「上弦《よひづき》」に、引き絞るときは「望月《もちづき》」に、放ってのちは「下弦《ありあけ》」にたとえられると言う。そして三十日間の月が見せる変化は即ち「一弓」の上に見ることが出来ると称え、月はそもそも表裏陰陽の徳を備え、それに象《かた》どられた弓は月と同じく天地の徳を備えていると説くのである。馬琴は、こうした月の陰陽の力に関連づけて、為朝をはじめ主要人物たちを陰陽鬼神思想で描くという構想もあわせて抱いていたものと思う。

『水滸伝』・『拍案驚奇』・『金瓶梅』の霊異の物語に着目し、とりわけ『西遊記』に見る志怪小説の要素から受けた確かな影響をとどめる『弓張月』であるが、さらに『西遊記』悟道の書の精神に深く傾倒し、しかも日本古来の文化全体を広く見渡した上で三教同源の思想をいよいよ固めて書く力とし、『椿説弓張月』を完成させたのである。その執筆にかけて、一杯に引き絞った弦を放つ精神で挑んだ存念が結実し、発揮され、まさに馬琴の出世作となった作品が「椿説」の『弓張月』であった。

後　記

近年の馬琴研究者の間において、馬琴の位置付けは、依然として「博識の戯作者」程度にとどまる。信多純一氏はこうした馬琴に対する理解、世評を嘆じ、決然と『八犬伝』作者馬琴を大学問の人、学者以上の学者と位置付けられた。

私の『椿説弓張月』の位置付けは、『八犬伝』につながるその前駆の書であり、まさに同質の文学性をもつ書であることを論じたが、これら畢生の二書を馬琴自身はどう位置付けていたのであろう。たしかにそれまでの作品が、なべて戯作といってよいものであるのに対し、この二書に関してはそれらとは異質の、まったく次元のことなる文学世界を目指す作と考えていたのではあるまいか。したがって作者としての意識もこの段階から戯作とは離れて、「物の本」の作者、すなわち古典に準ずる作品の作者として、高みに立っていたにちがいない。

実は馬琴自身がそれを告白していた。文化八年刊の『烹雑の記』下之巻「実録の誤脱 読書の益附ス」に記す。

もし書《しよ》を読《よみ》て倦《うむ》ことなく、苦学年《くがくとし》を積《つむ》ことあらば、必《かならず》至る所あらん。いと嗚呼《をこ》なる言《こと》にはあれど、予は二十余歳より青雲《せいうん》の念《おもひ》を絶《たち》て、をさ〳〵塵埃《じんあい》に玄同《げんどう》し、楽推《らくすい》して身を終らんことをねがへり。さるからに、世の譏《そしり》を誘《いざなふ》ことも少からず。われを知るものは戯作《げさく》のうへにあり。我を知ざるものも又戯作のうへにあり。筆に耕《たがや》し意に織《おり》て、余《よ》あれば史書を購《あがなふ》のみ。戯作は人に益なくとも、われには損益《そんゑき》相半《あひなかば》す。われもし漫戯《まんげ》の書《しよ》を編《あま》ずば、何の余財ありて架《たな》に幾巻《いくまき》の書《ふみ》を置べき。しかれども学《まなび》て人の為にする。語曰。古之学者為レ己、今之学者為レ人。漫戯の意匠に羞《はづ》るの故に、今なほ庭《には》の訓《をしへ》を闕《かく》人は、四十を超てこそ、志《こゝろざし》の定《さだま》るものなれ。孟子曰我四十不レ動レ心。わが齢《よはひ》はや半百に遠くもあらず。言《こと》を児孫《じそん》に加《くはえ》んとして、漫《すゞろ》にその端《はし》をひらきつ。
たつきのため戯作漫戯の執筆に永年親しんできたが、四十を超えて自分も志ある書をいよいよ執筆すべき年がきたという自負を表明した文辞ととらえられよう。

まさしくその『弓張月』は文化四年に前編を発刊し同八年三月に完結する。馬琴四十一にはじまり、四十五歳にしてなる。『烹雑の記』もまた同八年に編まれている。この随筆に標榜されているのは、今後は中国白話四大奇書にも負けぬ世界を目指す馬琴のまさに文学者魂の張りであり、実に『弓張月』で人気作家の地位を不動のものにした、時期にかなった馬琴の心情吐露と読み解ける。やがて一生をかける『八犬伝』の構想をすでに腹中にすることを予感させる随筆内容と言えよう。なおそこで、馬琴は「われを知らざるものも又戯作のうへにあり」ととなえ、自分の戯作には、多くの学識のもとに苦心し編んだ部分があるにもかゝわらず、そのくだりに読者がいっこうに気づいてくれぬことへの心情を吐露している。戯作により余財を得て書物を購入し、それから学んだ知識を読者へ還元するという馬琴の言が、ただの強弁でないことは、後の合巻『金毘羅船利生纜』と『西遊真詮』の問題などからも十分にうかがえるところである。

家督をつぐべき愛息琴嶺に先立たれた馬琴は、結局死ぬまで戯作から離れることができなかった。しかしこのときの「戯作は人に益なくとも、われには損益相半す」という馬琴一流のアイロニカルな筆致から汲みとれるのは、なによりも今までも今後も自分は「戯作者」と呼ばれるだろうが、そのひと括りにされたくないという意志を強固に示すことであったろう。

私が『南総里見八犬伝』をはじめて手にしたのは、今から二十年前のことであった。そのきっかけは、近年『馬

琴の大夢　里見八犬伝の世界』（岩波書店、二〇〇四年）を刊行された信多純一氏のお薦めによるものであり、以後どれくらいの時間をへて全巻を読み終えたものか、もはや思い出すことが出来ない。しかし、当時より『八犬伝』の研究を進めておられた信多氏に、私は『八犬伝』に見つけた興味深いことや、曲亭馬琴の難しい文章についての読解を助けて頂くための書簡を、そのつどお送りしたことを懐かしく思い出す。今から見れば、つたない感想文に過ぎぬものであったが、氏は毎回それについての批評を書き送って下さり、私は自分の『八犬伝』理解のほどが進むことを楽しみにしつつ、いつしか大長編文学『八犬伝』の謎多き世界に魅入られていったのである。

このようにして、『八犬伝』を完読し終えた頃であろうか。あるきっかけがあり、三島由紀夫の『豊饒の海』四部作を読むことになり、その第一巻『春の雪』、『奔馬』と読み進むうちに本作の内容、文章において、『八犬伝』と重なる不思議な局面のあることに気付く。あまりに異質な組み合わせに半信半疑ながらも、三島があの衝撃的な自決を決行する直前に、馬琴の『椿説弓張月』を歌舞伎台本に仕立てたこと、しかも国立劇場で同作を上演するため、大変熱をいれて演出まで引き受けていたことに見て、まずは『弓張月』に対する何か特別な思い入れがあったに違いないと推測した。

やがて私は、三島の絶筆となる『日本文学小史』（以下『小史』）において、文学史上これほど高く馬琴の存在を評価した見識を見ないという、実に独自な三島由紀夫の馬琴観のあることに大変な刺激を受けることになる。信多氏も早くから文学史として特異な本書に注目されていた。『小史』は、表層的には未完の書と言えよう。従ってこれまで三島文学の研究者たちには敬遠されてか、それについて正面から取り組む本格的な論は管見に入らなかった。

従って、この謎めいた『小史』における馬琴の存在をめぐり、日本古典文学の世界を広く熟知し、しかも『八犬伝』を通して馬琴の文学性を高く評価する信多氏に論じてもらうことを私は秘かに切望していた。果たして「三島由紀夫『日本文学小史』と馬琴」が発表されたのは、『里見八犬伝の世界』が上梓されてのちの平成十七年（二〇〇五）のことである。そしてこのたび、拙著『馬琴　椿説弓張月の世界—半月の陰を追う—』と共に、『小史』と馬琴をめぐる、いわば文学史上にその類を見ない「文化意志」という独自な柱をたてて捉えた三島の馬琴観をみごとに読み解く信多氏のその論考が、あわせて掲載される運びとなったことは、まさに望外の喜びである。

『弓張月』の研究に本格的に取り組み始めたときから、現代文学の天才三島がこの作品をどう読んでいたのかという関心が絶えず心にかかり、ついに私の馬琴解釈の規範のひとつとしたことを思えば、まことに不思議なめぐりあわせの実現となったのである。

思えば、『弓張月』の作品論をまとめることにかけ十数年をすごしてきた。『八犬伝』の例ほどではないにせよ、すでに世に馬琴の衒学趣味といわれる考証記事が作中にかなり登場する。それを無視しては、当然、作品の真価に触れえないと考え、研究する以上は対峙することになるが、その間、『弓張月』版本をはじめ必要な文献資料の提供は無論、その読み方、新資料の教示にいたるまで、あらゆる面で信多純一氏のご指導に頼ったことをここに、心より感謝申し上げたい。

因みに『八犬伝』とでは比べようにならぬが、『弓張月』の挿絵の中にも、版本によらなければ細部がわからず、作品内容と絡めて見るべき大事な画面がいくつかある。研究者によっては、北斎描く挿絵の魅力が『弓張月』の人気を煽り、つまり馬琴の文章表現の力より、北斎の絵の手柄が上に立ち、『弓張月』に躍動感を与えているという。しかし、北斎ほどの絵師がこの時ばかりは明らかに馬琴の指示に従って描いたと見られる図案があり、版本においてその箇所を指摘することができたことは幸いであった。

本書の校正途中の本年（二〇〇九）十月二十四日夜、信多純一氏より興奮気味の電話を頂いた。明日で終了の、大阪市立美術館での日本初の大規模展「道教の美術」に出かけられ、その展示作品群から実に『八犬伝』の作品本質にかかわる道教世界を感得されたとの教示の電話であり、信多氏が先著『里見八犬伝の世界』で問題にされた『西遊記』の構成骨格をなす水陸大会、大施餓鬼に関する展示部門「地獄と冥界・十王思想」の中国絵画群が多数出品されていて、氏が『八犬伝』の構想と『西遊記』で取り上げられた水陸大会の濫觴である梁武帝の逸話、阿難の餓鬼救済図がそれら六道絵に必ずくみこまれており、明の版本「十王図及び水陸道場図」（逸題）まで作られ流布している事実、つまり道教における水陸大会法会の重要性が立証できたことに興奮されての所為であった。大衆相手の『金毘羅船利生纜』においても同様にこの筋は設定されていたが、水陸大会を太い骨格とする『西遊記』のこの重要な本性を、馬琴は真摯に受け止め、それを『八犬伝』における「大関目」とし受け止めておられた信多氏の慧眼は、まさに有力な傍証を得たといって過言ではあるまい。

私宛に送るよう手配くださった、その分厚いカタログを拝見して、私自身も大きな驚きと感動を覚えずにはいられなかった。神仙福禄寿、星宿の神々の活躍をはじめ、三教同源の思想、そして道・仏混交の金仙思想など『弓張月』全般にみなぎる道教世界が、仏教とともに招来されて以来、江戸時代を通してわが日本でも脈々と生き続けていた中国文化であったことを、その絵画、美術品、文書が如実に示してくれているのである。『馬琴日記』には、彼がその年ごとに陰陽師から教えられた星供《ほしぐ》（星祭り）の日時をまもり、家内一同と礼拝していた記事をどれほど見ることであろうか。

その道教世界への関心の目をむけさせて下さったのは、ノートルダム清心女子大学教授で道教の研究家鄭正浩氏であった。氏によって私は『弓張月』にこめられた道教世界についての理解を一気に深めることが出来たものと思う。とりわけ氏の著書『漢人社会の礼楽文化と宗教』（風響社、二〇〇九年）に収められている『西遊記』と道教世界についての論考、また星辰信仰をめぐる天文と人事についての論考などから数々のヒントを得ていること、くわえて御家蔵の悟一子評『西遊真詮』を貸与され、中国語の原文の意味などについても多々ご教示頂いたことなど、幾多のご指導にたいし、ここに深謝申し上げたい。なお悟一子による『西遊真詮』評語の翻訳文については、東京都市大学等々力中学校・高等学校教諭樋口久仁氏に依頼し協力を得た。そして『弓張月』研究に着手したころ、岡山大学教授高橋文博氏に、孔子から朱子、そして日本の仁斎、白石などの論じた儒学による鬼神論の解釈をめぐり、なにかとお教え頂いたことを御礼申し上げたい。

この後記の最後に、広島文教女子大学元学長横山邦治氏への謝辞をぜひとも記しておきたい。読本研究の第一人者横山氏が主幹として刊行された『読本研究』に、拙稿「『八犬伝』諸本考」前・後編を掲載して頂くことがなければ、その後の馬琴研究をこうした形をもつに至るまで継続しえたであろうか。在野の者の研究が活字化されたときの喜びが励みとなって、さらに馬琴が水戸徳川斉昭の執筆した「告志篇」に示す強い関心に注目する論を執筆するにいたった。三島のいう馬琴の「文化創造の意志」の何かをいささかつかみ得たのは、馬琴と水戸学を取り挙げた所為と深くかかわるものがあったと思う。こうした道を敷いて下さった横山氏に厚く御礼申し上げたい。またこのように本書を世に出すことができたことは、ひとえに八木書店の社長八木壮一氏、企画の段階から推進頂いた出版部の滝口富夫氏、金子道男氏のご尽力によるものであり、この場を借りて感謝申し上げたい。

今はこの『馬琴　椿説弓張月の世界』を、『弓張月』に為朝や白縫寧王女の鬼神を出現させた魔術師曲亭馬琴への鎮魂として捧げたい。

附

三島由紀夫『日本文学小史』と馬琴

――椿説弓張月・南総里見八犬伝

信多純一

一

三島の衝撃的な自決は、昭和四十五年十一月の出来事である。その前年同じ十一月に、彼は馬琴の『椿説弓張月』を歌舞伎化し、国立劇場で初演した。

昭和五十七年十一月刊行された遺著『日本文学小史』、この未完の遺作は、実に彼の死の年六月の『群像』に、「〝懐風藻〟と〝古今和歌集〟」と題して発表された稿までを全五章にまとめたものである。

この書第一章「方法論」に、彼の扱おうとする十二篇の作品群を列挙する。

（一）神人分離の文化意志としての「古事記」
（二）国民的民族詩の文化意志としての「万葉集」
（三）舶来の教養形成の文化意志をあらはす「和漢朗詠集」
（四）文化意志そのものの最高度の純粋形態たる「源氏物語」
（五）古典主義原理形成の文化意志としての「古今和歌集」
（六）文化意志そのもののもつとも爛熟した病める表現「新古今和歌集」
（七）歴史創造の文化意志としての「神皇正統記」
（八）死と追憶による優雅の文化意志「謡曲」
（九）禅宗の文化意志の代表としての「五山文学」
（一〇）近世民衆文学の文化意志である元禄文学「近松・西鶴・芭蕉」

（一一）失はれた行動原理の復活の文化意志としての「葉隠」
（一二）集大成と観念的体系のマニヤックな文化意志としての曲亭馬琴

この中、刊行された『日本文学小史』（以下『小史』と略称）には（一）古事記（二）万葉集（五）古今和歌集の他、この当初案には含まれていない『懐風藻』が執筆され、他は未完で終った。

この『小史』は、私共日本文学研究に携わる者から見て、小冊子ながら傑作と言わざるを得ない書である。私は勤務先の大学や女子大の国文学生に必読の書として毎年入学時などに推薦してきた。この書は他に類を見ない視点から珠玉の表現で作者・作品の本質を剔抉している。その視点とは、「文化意志」と三島の名付ける〝創造〟の原点をさす。

その書、彼の構想段階の最終章は曲亭馬琴である。世の日本文学史で、元禄文化の担い手近松・西鶴・芭蕉に次いで、秋成等をおかず、ただ一人馬琴を代表者として示すものはまず無い。

この彼のある意味では極端な馬琴認識と、私がこの度岩波書店から『馬琴の大夢　里見八犬伝の世界』（平成十六年九月）と題して刊行した一書で、いみじくも再認識した馬琴巨人像の符合が、標題のごとき論考の執筆を決意せしめたのである。天才三島が標題のみを記して何等原稿を遺していないその空白を、敢えて埋めようとする暴挙ともいえる冒険に挑む決意を。

二

三島の『小史』は、構想章題全てに通底する「文化意志」を以て、通史的に我邦古典を見ようとするものであるが、その「文化意志」とは一体どのような概念を指すのであろうか。

三島は言う。

文化とは創造的文化意志によつて定立されるものであるが…最初は一人のすぐれた個人の決断と選択にかかるものが、時の経《ふ》るにつれて大多数の人々を支配し、つひには、規範となつて無意識裡にすら人々を規制するものになる。

と。そして、さらに、

文化とは、文化内成員の、ものの考へ方、感じ方、生き方、審美観のすべてを、無意識裡にすら支配し、しかも空気や水のやうにその文化共同体の必需品になり、ふだんは空気や水の有難味を意識せずにぞんざいに用ひてゐるものが、それなしには死なねばならぬといふ危機の発見に及んで、強く成員の行動を規制し、その行動を様式化するところのものである。

と規定する。つまり、「文化」は一人の秀れた個人の「文化意志」によって創造されたものが、後文化内成員の生き方・思考・美意識に至るまで支配し、成員の規範となり、行動を様式化するまでになるというのである。したがって「文化」は文学をもその一ジャンルとして包摂するが勿論文化即文学ではない。三島の文学史の中に『葉隠』をも含む所以であろう。

さらに彼は言う。

私の選ぶ文学作品は、このやうな文化が二次的に生んだ作品であるよりも、一時代の文化を形成する端緒となつた意志的な作品群であらう。それこそは私が「文化意思」と名付けるところのものであり、

として、先の十二章の作品群を各時代の文化意志の代表、つまり彼の『小史』の対象たり得るものと考えたのであ

る。

こうして三島は、この文学史を書くことと自体が芸術作品を書くことと同じ営みであり、その文学史は実証主義から無限に遠ざかるものであることを明確に立言する。

そうしてこの文学史の読者に対しても、その資格を問う。彼の文学史が芸術作品と同じである以上その読者は、日本語の「すがた」の絶妙な美しさを直観的に把握出来るような、寛容な感受能力の持主であることをである。

三

かく感性を要求され寛容柔軟に彼の文学史、「文化意志」の叙述に巻き込まれた読者は、その絶妙の作者・作品把握に感嘆する。例えば、『古今和歌集』最終尾の次の表現を見られたい。

われわれの文学史は、古今和歌集にいたつて、日本語といふものの完熟を成就した。文化の時計はそのやうにして、あきらかな亭午を斥《さ》すのだ。ここにあるのは、すべて白昼、未熟も頽廃も知らぬ完全な均衡の勝利である。日本語といふ悍馬は制せられて、跪足《だくあし》も並足も思ひのままの、自在で優美な馬になつた。調教されつくしたものの美しさが、なほ力としての美しさを内包してゐるとき、それをわれわれは本当の意味の古典美と呼ぶことができる。制御された力は芸術においては実に稀にしか見られない。制御されぬ力と、制御の要のない非力との間に、ともすると浮動することを芸術は選ぶからだ。そして古今集の歌は、人々の心を容易《たやす》く動かすことはない。これらの歌人と等しく、力を内に感じ、制御の意味を知つた人の心にしか愬へない。これらの歌は、決して、衰へた末梢神経や疲れた官能や弱者の嘆きをくすぐるやうにはできてゐないからだ。古今集のたとへば「物名《もののな》」の巻のやうな純粋な戯れは、深刻ぶつた近代詩人の貧しい生活からははるか彼方にあつた。古今集全巻を通して、われわれは、いたましさの感情にかられることもなければ、惨苦への感情移入を満足させられることもないのである。

文化の白昼《まひる》を一度経験した民族は、その後何百年、いや千年にもわたつて、自分の創りつつある文化は夕焼けにすぎないのではないかといふ疑念に悩まされる。明治維新ののち、日本文学史はこの永い疑念から自らを解放するために、朝も真昼も夕方もない、或る無時間の世界へ漂ひ出た。この無時間の抽象世界こそ、ヨーロッパ文学の誤解に充ちた移入によつて作り出されたものである。かくて明治以降の近代文学史は、一度としてその「総体としての爛熟」に達しないまま、一つとして様式らしい様式を生まぬまま、貧寒な書生流儀の卵の殻を引きずつて歩く破目になつた。

古今和歌集は決して芸術至上主義の産物ではなかつた。歌として形をなしたものは、氷山の一角にすぎなかつた。この勅撰和歌集を支へる最高の文化集団があり、共通の文化意思を持ち、共通の生活の洗煉をたのしみ、それらの集積の上に、千百十一首を成立たしめたのだつた。或る疑ひやうのない「様式」といふものが、ここに生じたとてふしぎはない。一つの時代が声を合せて、しかも嫋々たる声音《こわね》を朗らかにふりしぼつて、宣言し、樹立した「様式」が。

このように、古今和歌集の特性を巧みな譬喩を交えて鋭く把え、その共通の「文化意志」を摘出し、その文学史的位置付けを見事に行う。さらには近代文学史までも、近代は何等「文化意志」を持たない時代であることをもこの寸言で言い尽して余りがない。このような文学史を今まで我々は持ち得たであろうか。かかる大胆にして犀利な論断を。

四

今一つ、この『小史』の歴史認識を支える重要な「柱」が存する。その「柱」の時代変遷を三島はこれまたきわめて大胆に抽出する。それを次に摘記してみよう。それは『小史』で採り上げた作品毎に顕現してくる。

『古事記』、ここでは倭建命の挿話をもってこの作を代表させ、彼の「神人」的性格を問題とする。その父景行天皇との間の悲劇、それは彼の神的性格を見抜いた人間天皇の畏怖が、わが子の貶黜《へんちゅつ》と戦野に彼を送る行為となり、命の魂を白鳥となって昇天させる結果となった。三島はこれを「神人分離」と呼ぶ。悲劇的文化意志の祖型《アーケタイプ》が倭建命の物語に定立されたというのである。そうして命の詠む歌は、悲しみと強いられた抒情の形をとる。

『万葉集』

三島は壬申の乱以後の人麿時代とずっと後の奈良時代中期の防人の歌とを直結させて考える。そしてその対極に繊細なデカダン大伴家持を対置させる。

人麿においては、倭建命の歌が神人分離の嘆きのうちに、詩の源泉として汲み取ったあの恐るべき兇暴な神的な力、その力から隔てられ、集団的感情へ、清澄な統制的感情へ醇化されていく。

そうして家持に至ってはもはや意志的な抒情に変るとみる。抒情が意志的であるほど人工性を増し、本源的な力は減殺される。防人の歌は強く家持の歌は弱い。なぜなら家持はもはや「運命」を持たぬからである。

『懐風藻』

わが国最古の漢詩集、公的生活の男性のダンディスムであり、政治的言語として採用されたそれが、次第に文学的言語を形成するに至り、支那古代詩の流れを汲む「政治詩」の萌芽がはじめて日本文学史に生れる。

大津皇子の詩業には、英雄的心情・公的感慨は詩に、その相聞の私情・私的情念は歌にというように二元性が見られ、その後のわが文学史を貫流する二元的な文化意志の発祥がうかがわれる。つまり舶来と和風の芸術上のジャンルの使い分けが見られる。この舶来文化つまり支那文化は男性の必須の教養であり、これによって男性の知的優越と統制的性格をはじめて学び取った。また自国文化を鳥瞰視する視点をも得た。こうして政治的言語と文学的言語は、ほとんど共通の有効性を支那文学に見出すようになった。

『古今集』

先に三島の『古今集』認識のまとめは掲出した。彼の文才を余すところなく伝える華麗の文辞に、『古今集』の見事な本質を見出すのであるが、今ここで扱う柱で申せば、彼は『古今集』をどう位置付けているのであろうか。

「やまとうたは、ひとのこころをたねとして、よろづのことの葉とぞなれりける。世中にある人、ことわざしげきものなれば、心におもふことを、見るもの、きくものにつけて、いひいだせるなり。花になくうぐひす、みづにすむかはずのこゑをきけば、いきとしいけるもの、いづれかうたをよまざりける。ちからをもいれずして、あめつちをうごかし、めに見えぬ鬼神をも、あはれとおもはせ、をとこ女のなかをもやはらげ、たけきもの、ふのこゝろをも、なぐさむるは歌なり」

………

この冒頭の一節には、古今和歌集の文化意志が凝結してゐる。花に啼く鶯、水に棲む蛙にまで言及されることは、歌道上の汎神論の提示であり、単なる擬人化ではなくて、古今集における夥しい自然の擬人化は、かうした汎神論を通じて「みやび」の形成に参与し、たとへば梅ですら、歌を通じて官位を賜はることになるのである。

と述べ、ここに「文化意志」と共に「みやび」という「柱」を提示する。さらにこの全自然に対する厳密な再点検が、詩の、精神の、知的王土の領域の確定につながり、事物は事物の秩序の中に整然と配列されることによってのみ「あめつちをうごかす」能力が得られる。

『古今和歌集』の成立と共に、日本の文学史の正統たる「みやび」からは、古代の不羈な荒魂は完全に排除される（このあたりで三島は「神人」的性格、兇暴な神的な力というレベルを「荒魂」の語のレベルに変化させる）。古事記から万葉集にかけて、あれほど奔逸してゐた荒魂は、紀貫之の古代復活の文化意志からかへりみられることなく底流し、つひに後年、「優雅の敵」として、みやびの反措定として姿をあらはすことになる。荒魂は辺境の精神になつた。荒魂が仮りに宿りを定めた漢文学も永住の棲家ではなかつた。古今和歌集は、これを排除して、洗煉と美と優雅の中央集権を企てたが、文学史における都鄙の別は、この後さまざまな形で、千年にわたつて支配的になるのである。

以上が三島の論のあらあらの摘記である。それぞれの時代・作品の「文化意志」を示すと共に、それらに、神人的性格（「荒魂」）・悲しみと強いられた抒情―意志的な抒情―舶来（支那文化）と和風・舶来にともなって男性的特色（知的方法論と統治的性格）――「みやび」が顕在化してくることなどの問題点を剔出する。

この他、各時代を代表する歌などを例示して、その特性を的確に表わしもしている。

三島の『小史』は、こうした特異な独創に富んだ視点から編まれていった。

五

馬琴に関するまとまった三島の論考は、死の前年上演の歌舞伎『椿説弓張月』創作の他は、この『小史』以外に殆ど見当らない。この『小史』での

（一二）集大成と観念的体系のマニヤックな文化意志としての曲亭馬琴

と記す寸言を措いて、うかがい知ることは出来ないのである。

三島は馬琴の『椿説弓張月』を勿論十二分に読みこなし、殆どその世界の範囲で創作している。この書を三島は「日本古典文学大系」昭和三十七年刊、後藤丹治校注『椿説弓張月』を用いて読破したと思われる。その蔵書目録（『定本三島由紀夫書誌』所収）には、岩波書店刊「日本古典文学大系」全百巻及索引二巻揃が記載され、これ以外のテキストはまず考えられないからである。

馬琴の代表的著作と言えば、この作の他に『南総里見八犬伝』を措いてはない。三島が個人は殆どないその『小史』の中で一人馬琴を特筆するのに、『椿説弓張月』一作でもって位置付けるのは到底無理であろう。

果してその蔵書目録には、

日本名著全集刊行会「日本名著全集　江戸文芸之部」1、2西鶴名作集 上下 13読本集　20修紫田舎源氏 上 16、17、18南総里見八犬伝 上中下

が記載されている。当時『八犬伝』全文を読むには岩波文庫本十冊か、この原本影印縮刷全三冊を用いる他はなく、名著全集が挿絵をも持ったもっとも良いテキストであった。

この馬琴読本代表二作を以てすれば、三島の『小史』候補作に十分足る傑作であると言える。

これまでに三島の『日本文学小史』と馬琴（主に『椿説弓張月』）とにふれた論考がある。中公文庫『椿説弓張月』三島由紀夫著の磯田光一氏解説がそれである。

氏は三島の本劇主人公為朝像の捉え方に言及し、次のように説く。

この問題を思想的な側面から眺めるならば、この作品と平行して『日本文学小史』が書かれていた点が理解の手がかりの一つを与えてくれる。『日本文学小史』にみられる『古事記』のとらえ方ひとつをとってみても、皇位の保持者たる景行天皇よりも、反逆者たる倭建命の心情のうちにいっそう本質的なものがあるとする考え方は、悲劇的な敗北者のうちに〝詩〟の源泉があるという人間観のあらわれと思われる。

ついで磯田氏は本劇の作劇法、その結末にふれ、

このような構成法そのものを、あまり見えすいたものと考える人もあるであろうし、神的な力による予定調和に楽天主義をみいだす人もあるかもしれない。しかしここで『椿説弓張月』の作者であった馬琴が、同時に『南総里見八犬伝』の作者でもあり、勧善懲悪の倫理を文学化したことを考えてみるべきであろう。江戸時代の倫理秩序を、江藤淳氏に倣って〝朱子学的世界像〟とみるならば、悪が善によって超克されるという朱子学的世界の倫理規範を文学化したのが馬琴であったともみることができる。明治以後の近代は、この江戸時代の規範を突きくずすことによって自らを確立したが、それが芸術にあっては〝様式〟の喪失をもたらした。このとき歌舞伎の様式を固守しつつ、遠く失われた勧善懲悪の空間を、虚構を承知で復元したのがこの作品であったということができよう。

ここでもう一度『日本文学小史』に触れておくと、その全構想のうちでは、馬琴は「集大成と観念体系のマニヤックな文化意志」と規定されている。つまり三島由紀夫は、馬琴のうちに古典主義の規範の集約点をみていたのである。そしてさらに、自決前の三島が〝朱子学〟にたいして〝陽明学〟や〝葉隠〟を評価したことを考え合わせるならば、秩序の論理にたいする行動の倫理が、英雄的な悲劇性としてこの作品の為朝のうちに投影されているのが理解されよう。

以上のように結論されている。なお、この磯田氏は『日本文学小史』講談社版（昭和五七年）の解説をも一七頁にわたって行っている。

この三島の『日本文学小史』と馬琴作品に関する氏の把握は、どうやら馬琴理解の従来のあやまちに起因しているところが大きいと思われるが、私には到底うなずけないものがある。

〝陽明学〟や〝葉隠〟を評価する三島が、〝朱子学〟の倫理規範を文学化した馬琴を、己がきびしい査定で厳選した『小史』の栄誉ある最後の一人として選び入れたというのであろうか。三島は一人の秀れた「文化意志」は一文化の創造にもつながると高い位置付けを与えている。その「集大成と観念体系のマニヤックな文化意志」の体現者として特記されている馬琴をである。

また、三島が馬琴を「古典主義の規範の集約点とみていた」という氏の捉え方についても私は全く否定的であると言わざるを得ない。

六

三島の馬琴作品の捉え方を知るには、彼の歌舞伎作品『椿説弓張月』における原作脚色のあり方を見るのがもっとも捷径であろうし、またこれが殆ど唯一の方法であろう。

この歌舞伎は三巻からなり、上は伊豆国大嶋の場、中は讃岐白峯・肥後木原山中（山塞）・薩南海上と経めぐり、下は琉球国（北谷斎場・夫婦宿・運天海浜宵宮）と場面設定がある。この脚色は、文辞をも含めて馬琴原作の枠内での出来事である。

馬琴原作の前編六冊、後編六冊、続編六冊、拾遺編（上下）十冊という長編を劇化するに当って、三島が特に留意した点は何であったか。

それについては作者自身の言がある。〝「弓張月」の劇化と演出〟と題して昭和四十四年十一月七日「毎日新聞」夕刊に載せた文章である。そこで次のごとく記している。

私は、為朝が大嶋へ流されるまでの場面を悉くカットして、大嶋から話をはじめ、大嶋の場面を、時代物の二段目の切《きり》のような体裁にして、重々しい院本製《まるほんじたて》にしつらえ、それ以前の挿話（たとえば寧王女と為朝の、鶴と珠の交換）をここにはめ込み、以後のすべての伏線をこの一場に盛り込み、エピロオグの宵宮の場面と対照させて、新院（崇徳上皇）の御忌日の祭を以て幕をあけ、「為朝の故忠」という主題に集中することにした。

………

全篇、つねに海が背後にあり（私は歌舞伎の海の場面が大好きだ）、英雄為朝はつねに挫折し、つねに決戦の機を逸し、つねに死へ、「故忠への回帰」に心を誘われる。彼がのぞんだ平家征伐の花々しい合戦の機会は、ついに彼を訪れないのである。

あらゆる戯曲が告白を内包している、というのは私の持論だが、作者自身のことを云えば、為朝のその挫折、その花々しい運命からの疎外、その「未完の英雄」のイメージは、そしてその清澄高邁な性格は、私の理想の姿であり、力を入れて書いた半面、私には堕落と悪への嗜欲もひそみ、その夢は、雪のふりしきる中に美女たちの手で虐殺される武藤太に化身している。

この文章の中で、三島は主人公為朝の生き方（それは馬琴の描いたそれであるが）を自己の理想に投影させ、その「故忠への回帰」を主題としたことを明記している。

「故忠への回帰」とは何を指すのか。三島はその劇中で次のように記す。

紀平治　……我君には、流所《るしょ》に在って故忠を忘れず、八月二十六日の、新院の御忌日には、御具足もきらびやかに、弔いたもうお志。

………

為朝　……新院薨去と聞えてより、願いは一つ白峯の、おん陵《みささぎ》に詣でしのち、その場を去らず腹掻ッ切り、へ潔く相果てんこと。（上の巻）

為朝　……君十善万乗の聖主として、錦帳を北闕の月に輝やかせ給いしも、今は懐土《かいど》望郷の魂、玉体を南海の俗に混ず。さぞや御無念に思し召つらん。微臣為朝、もはや勢い尽き、力究まッて、孤忠を述ぶる由もなく、せめては後世のお供に後れしを、つぐのい参らせんため参じたり。（中の巻）

このような台詞の中で、「故忠」「孤忠」と再度現れる。これは馬琴作品の上で、いかにもして新院を窃《ぬすみ》出し進らせ、ふた、び御旗を華洛《みやこ》にす、めて、彼君の御代となし、父が孤忠を全《まつたう》すべう思ひしに、新院崩御《かんさり》ましく〳〵たれば、今は宿願を果すによしなし。……倘《もし》官軍の向ふとならば、潔く腹かき切て、屍《かはね》をこの嶋に曝《さら》し、忠を黄泉に竭《つく》すべし。（後篇巻二）

とてもかくても死おくれし、玉の緒を風にまかして、讃岐国に押渡り、新院の陵《みさゝぎ》に参りて、臣が孤忠を訴奉り、かしこけれど御廟を首《まくら》にして、腹を切らんものをとひとりごち、（後篇巻四）

とある為朝の宿念を指す。すなわち、今や為朝の脳裏には、白峯に詣でて崇徳院御陵の前で、腹掻き切り追腹することこそ唯一孤忠（故忠）を全うする道と定めた、その思いしかないのである。

三島も劇大団円で、

為朝　……のこる望みは今生を、武士の一念に結ばんため、おん陵《みささぎ》に詣でし上、腹掻き切って果てたやと、思えど便も荒波の、（下の巻）

と記しており、馬琴の為朝理解と一致する。為朝は再三再四この思いを述べるが、これを「回帰」と三島は捉えたものと考える。

三島の脚色の上で、今一つ大きい要素は、崇徳上皇の霊の大きい存在であろう。中之巻白峯の場で、為朝が御陵で切腹しようとした時、手が俄かにしびれ刀をとり落すところで、前駆の武士や腰輿《ようよ》を舁く烏天狗、武臣等を従えた上皇の霊が出現する。為朝を無視して酒宴が始まる。鶏明に一同が消えるが、夢かと茫然とする為朝の前に、院の天盃が残り、夢ではなかったと悟る。

上皇は中之巻薩南海上の場でも天狗をつかわして、為朝荒天に沈む船を救い、為朝も「これぞ正しく新院の御神助、チェ忝なや」と謝す。さらに大団円では、口に天盃をくわえた白馬が現われ、為朝は上皇の白峯よりお迎えの神馬をつかわされたと悟り、これに乗じて、天空に去る。この他原作同様妻白縫の魂の活躍も見られる。

以上を通観すると、三島は局面を多少脚色し替てはいるが、馬琴の作内容に大凡乗って仕組んでおり、原作にあった崇徳院への孤忠を全うする神的性格を帯びた為朝像をそのまま引き継ぎ、原作に横溢する魂魄の世界にも抵抗なく没入している。

七

再び磯田氏の論評に戻れば、氏の前掲馬琴の位置付けは、坪内逍遙に代表される勧善懲悪の朱子学的段階から一歩も出ていないという『八犬伝』認識に拠るところが大きいことによると思われる。それは国文学界のこれまでの馬琴認識にも通じるものであった。

しかし、私はこの度公刊した『馬琴の大夢　里見八犬伝の世界』において、こうした従来の馬琴認識はきわめて浅薄であったことを世に問うた。勿論表層的には、これまでの永い認識どおりの内容であることは言うまでもないが、その奥にある何層にもわたって張りめぐらされた隠された世界は、途方もなく大きく、深く、複雑であることを剔出したのである。

私の『八犬伝』研究の契機は、昭和五十五年に刊行された高田衛氏の『八犬伝の世界』（中公新書）に刺戟されたことによる。それは氏の肇輯口絵「白地蔵之図《かくれあそびのづ》」の解釈、すなわちこの図に馬琴の寓意を読み取るその姿勢に賛同し、『八犬伝』の他の絵の寓意・謎を追うことになる。『室町時代物語集』に『富士山本地』（延宝八年［一六八〇］

刊）なる書が収められているが、その書の挿絵を見ていて、中の一図と『八犬伝』の二輯巻二「妙経の功徳煩悩の雲霧を披《ひらく》」図との間に直接的な関連を感得する。『八犬伝』の絵柄は、左方波上に役行者が屹立し、その前方に玉梓の霊が蓮花を散らし持って立つ。右前方波間の岩の上に金碗大輔が鉄砲を持って立つ図であり、『冨士山本地』の方は、役行者が伊豆から毎日海上を渡って富士山に詣でる図であった。

これをきっかけに『冨士山本地』と『八犬伝』の間に、この挿絵にとどまらず作品全体にわたって翻案や趣向取りなどの関係が多く見られることを知る。とりわけ、『八犬伝』肇輯口絵全七図に『八犬伝』世界の隠微が何層にも秘められていることを悟るのである。

里見八犬士はそれぞれ仁義礼智忠信孝悌の水晶の玉を持って生まれる。伏姫が幼時役行者から授った数珠の玉であったが、玉梓その怨念を受けついだ妖犬八房を父とし、伏姫を母として各地に誕生した八士がそれぞれこの玉を持って活躍してゆく。この玉の問題にしても物語レベルとして筋のおもしろさ程度にしか、これまで受け取ってこなかったのであるが、本地物として見る場合、申子の際祈った神仏から夢に玉を得て母親は懐妊し、出生するという型の上にのることを知る。

本地物はそうして生れた申子が、前世の因縁で持つ宿縁を晴らすため、三熱の苦をこの世で経て、漸く成仏成神する型を持つ。したがって八犬士もそれぞれに大きな苦難が待ち受けていて、それを試した後彼等は八仙となって富山山上に在り、同時に彼等の玉は伏姫を守る四天王の玉眼となるのであって、正しく彼等は神人一致の霊《たま》（玉）の世界を生きる者達であった。

しかし、馬琴は彼等を中世的本地物の世界のみに生きさせなかった。彼等や主要人物は全て古代の神たちの分身でもあったという構造を持たせる。例えば稀代の悪女玉梓、彼女の怨念がこの作終局まで瑤曳し、八犬士らを苦しめるが、彼女はただに怨みをのんで処刑された一女性ではなく、役行者と対抗したあの葛城の一言主神でもあった。肇輯口絵第三図の玉梓図の衣裳のデザインの中で、「一琴鶯《（言嘘）》神」であると馬琴は発信していた。

伏姫は富山で神となったと文中で示されているが、彼女は富士山の神木花開耶姫ということになる。姫は天孫瓊々杵尊の妻であった。姫は一夜の懐娠を尊に疑われ、無戸室に入って火中に三子を無事出産し疑を晴らした。その時火闌降尊・彦火々出見尊・火明命を生む。その第二子山幸彦事彦火々出見尊が伏姫の父里見義実に比定されている。神話での親子関係を逆転させている。義実は鯛ならぬ鯉を求めて川辺をさすらい、塩土翁に当たる金碗八郎孝吉に助けられ、彼の導きで国盗りをすることが出来た。

従ってこうした神話的世界にからんで、端役の人物までが五月縄成神《さばえなすかみ》であり、悪女船虫は富士山の霊猪、仁田四郎に殺された大猪実は富士の山神であったりする。

さらに彦火々出見尊は当時夷神として知られていたことから、金碗八郎を貧乏大黒とし、その子金碗大輔改め、ゝ《ちゅ》大《だい》を布袋といった福神の性格をも付与している。

彼等はさらにその上に仙人の分身という面も加わる。義実は金（琴）高仙人、金碗八郎は蝦蟇《がま》仙人であり、八犬士は後富山にて成仙し、八仙人となるというように、一体分身の神・仏・仙にまたがる選ばれた人達として描かれていることを知るのである。

この安房富山実は富士山という鍵をもって解くならば、『八犬伝』の人物や事件の数々の意味するところが次々と明らかになる。三国一の霊峰富士は、もともと説話世界では神仏仙にまたがる世界を内包していた。この永い歴史と伝統をもつ名山を舞台に、馬琴は己が凡ゆる知識を傾け、その叙事抒情の展開、筋・趣向を縦横無窮に織りなし、作品形成をしてゆく。

このようにして馬琴は、富士山をめぐる一大世界を形成してゆくが、彼の創作姿勢はこの段階にとどまらず、より深いところを目指す。それは本作を構想する段階から始まるが、当時稗史小説をとり巻く状況の中に、中国小説の問題があった。『水滸伝』や『三国史演義』『封神演義』等々が彼等作者の前に立ちはだかっていた。馬琴はそれらの中で『西遊記』をとりわけ注目した。彼はこれを悟道の書と捉える。すなわち『西遊記』は『華厳経』「入法界品」の善財童子五十三知識参という心法を、玄奘達一行の九九八十一難にうつしたということである。『西遊記』諸本中、悟一子評『西遊真詮』の本の存在がその性格を明示しており、馬琴はこの書を熟知していた。

そこで『西遊記』を隠微に『八犬伝』の下敷にすることを企てる。それは実に『西遊記』の全体構造を『八犬伝』に応用することにあった。

『西遊記』は孫悟空という神猿の誕生がまず描かれ、次に釈迦如来の大乗経東方布教の発願があり、観音に命じて長安に赴かせる。長安では唐の太宗が龍王を助けてやるという言葉に背いたため殺され、冥土に赴き、幸い甦ることが出来たが、冥土の亡者達のため、水陸大会の大法会を約束した。その大会が成就するためには新しく大乗仏典が必要となる経緯、つまり如来の発願に添った経緯を設定し、玄奘三蔵とそれを助ける孫悟空等従者の力で、さらには観音の庇護の下に、彼等は八十一難を超えてその業を大成させた。そして遂に真の水陸大会は修され、玄奘らも成仏するという筋のものである。

馬琴はこの大筋を採り、太宗に対するに里見義実、太宗の龍王への舌過に対するに義実の玉梓への一言の偽りという状況設定を行う。

『西遊記』の印度へ聖なる大乗仏典を頂きに行くという玄奘法師らの八十一難の大業を、各地に散った八霊玉の持主八犬士を求め苦難の抖擻行脚を重ね、八士の玉を聯串、一つに貫ぬく、大法師（金碗大輔、富山で剃髪して、大と名乗る）の大業に当てる。

そして、『西遊記』の大きい要素、太宗の冥土での負債、水陸大会の約束を果さねばならず、その際大乗仏典が必要となり天竺へ取経の旅に出る訳であるが、その大事の水陸大会を、『八犬伝』では作中に位置づけるため「管領戦」という一大決戦を八犬士聯串後に置く。ここで、大に大きい役割、敵を討つに僧にあるまじき詐術をもってしても果すという役割を科し、その彼によって大勝後敵味方の水陸大会が見事果され、死者成仏の印《しるし》はみかその玉の散華という形で実証されていった。

みかその玉は、玉梓の怨念の憑いた八房に乳を与えた狸が持つ悪玉であり、陰陽の理で展開する本作の中で大きい役割を果す陰の玉であるが、これがこの水陸大会の場で、金蓮金花と変じ、空中に散華していく。

この二玉のあり方を見ても、馬琴の趣意・構想は明らかであるが、従来さほど注目されてこなかった。それは『八犬伝』が霊《たま》・玉物語であるという神的霊的世界の物語であることに気付かなかったからであろう。

馬琴は、こうした神秘的世界をさらに大きい思想で包みこむ。彼には『夢想兵衛胡蝶物語』（文化九年刊）という『荘子』にからめた小説がある。その中で『荘子』「斉物論」の有名な「胡蝶夢」を翻訳して、

荘子が夢に胡蝶となるか、胡蝶の夢に荘子となるか、覚て後なほ疑へり。物の変化かぎりなし。

と記すが、この思想を『八犬伝』の作に重ねている。つまり現実と夢が交り合い「物化」した状態、換言すれば『八犬伝』が馬琴か、馬琴が『八犬伝』か、全く同化した心境を述べているのに気付かされる。

彼は『八犬伝』序を「夢」で始め、最後の「回外剰筆」も夢で結ぶ。とりわけ夢の中で夢を見る入れ子構造を「回外剰筆」はとっているのであるが、これらは『荘子』の「大夢」の域にあることを示す。「至精の夢」という語も用いるが、この言葉を馬琴は『蠡海集《れいかいしゅう》』（正保二年漢籍和刻本）から引用している。ここに、「魂と物とが接《まじわ》る」ところで「至精の夢」を見るとある。

夢の問題は、魂そして魄とつながる。魂魄論は当然儒学でも問題となる「鬼神論」へとつながるのである。馬琴は己が随筆を、彼の作品に潜めた自己の思想開示や、隠微を解く鍵として公刊してきた。『煮雑の記』『燕石雑志』『玄同放言』などがそれで、これらの書は馬琴研究にとって必須の参考書であった。その『煮雑の記』（文化八年刊）巻中「夢に冥土」の一章で、彼は夢と鬼神論の関係を明示している。

『八犬伝』という長大作を殆ど最後まで牽引する力は、実に玉梓という一女性の怨念であった。その怨念は狸について八房に移り、八房は富山山中にあって法華経読誦を怠らぬ伏姫の傍で夙怨《うらみ》を散《はら》し、共に菩提心を発《おこ》す。そのところで一往の夙怨は消えるのであるが、その激しい夙怨は余怨となって、狸・妙椿尼に移り、みかその玉をもって八犬士を苦しめる。その意味で玉梓の怨念は終始里見家に仇をし続けるのであるが、こうした激しい執念のこもった怨み、またそれを持ち続ける女は、実は「鬼神論」（特に新井白石の論）の上で、鬼神たり得る十分の資格を持った者であった。勿論「一言嘘神」という神性を与えられてはいるが、儒教的な意味でも鬼神の資格を有する者であった。なお、馬琴の儒学は朱子学一辺倒ではなく、古義学に深く傾倒していた。

こうしたところに『八犬伝』の底の深さを知ることが出来、大学問の人としての馬琴の偉大さを知らされる。『八犬伝』とはこのように多層多重の世界を有する一大長編作品であった。

八

さて三島はこの馬琴を、「集大成と観念的体系のマニヤックな文化意志」の持主と把握した。これは『八犬伝』を主に意識した場合の把え方と見て間違いない。

勿論私がこの度読解したような立場では無かった筈である。私の場合はこの神仏儒道にまたがるような馬琴の作品世界を「玄同」という立場で理解した。

『玄同放言』の亀田鵬斎の序に、馬琴が序を乞いに来た時、まずこの随筆の題名を話題にのせ、その意味を質ねたところ、馬琴はその昔蘇東坡が汨突羹《いつとつこう》を作ったが、自分もこれに倣い、別に一羹を作った。魚肉蔬菜甘脆苦渋、悉くこれを聚て羹中に和し、雑煮にして膳に供する。これを名付て玄同羹という。この書も又この羹の如きものと答えた条りがある。

『老子』の「和二其光一、同二其塵一、之謂二玄同一」の義であり、馬琴はその号の一つにも「玄同」を用いる。『八犬伝』八輯自序で「閲《スル》二儒書仏経。諸子百家之書《ヲ》一時号《ス》二玄同《ト》一」と記しており、私はこの語を用いてその姿勢・行為を述べたのである。

三島は、『八犬伝』作中に神仏儒道にまたがる生硬な表現が多く散りばめられているその点から、感覚的に馬琴のこうした姿勢・体質、その世界を的確に捉えていたと思われる。

昭和四十二年十一月、三島は中村光夫と四度の対談を行った（『対談■人間と文学』昭和四十三年講談社刊）。その最終回で次のような会話が交された。文学者が自分の「根」を文章に生かそうとする時、発展過程で派生的なものも一杯に出てくる。その派生的なものも全部統合するような原理がどこかにある筈だが、それは結局文学の中に世界を包括するということにつながる。そうした話題の中での次の三島の発言である。

……そういう世界包括的なものを文学で完全に図式化されちゃったら、だれも動かせないでしょう。日本だったら「源氏」がある意味でそうかもしれないし、宗教ではありませんけれども馬琴が一生懸命考えたことはそういうことじゃないか。仁義礼智忠信孝悌ああいうものをもってきて、人間世界を完全にそういうふうに分類して、長い小説を書いて、そうして人間世界を全部解釈し尽くして死のうと思ったんでしょう。いまみると、なかなかそうなっていないけれども。

中村　なるほどね。

三島　小説家というのはきっとそういう欲望が奥にひそんでいるのだと思うな。

中村　そういうのがひそんでいる小説家はよほど上等だよ。

三島　でも馬琴は……。

中村　あれは偉い。

三島　決してバカにしたものではない。馬琴の教養体系からいってああいうものしか出てこないし、そういうものを方便にして人間世界を包んでしまおうとしたんだからね。プルーストだってそれをやりたかったんだろう。……

この重要な話題の中で、『八犬伝』を採り上げた三島は、明らかに馬琴をきわめて高く評価し、彼の本質を見抜いていたことを知る。当時の人として儒教的限界はあるが、八玉の徳目の持主八犬士の目指し実現していった多彩な行為、それを方便にして馬琴は自己の文学に人間世界を包みこもうとしたと捉え、「集大成と観念的体系」で人間世界を描き切ろうとしたマニヤックなまでの馬琴を、三島は鋭く高く評価していたことを知るのである。マニヤックと記したのは、『椿説弓張月』であれ、『八犬伝』であれ、作中にしきりに自分をのぞかせて考証や考えを執拗に披瀝する馬琴の性向をかく捉えたものと忖度する。さらには、馬琴のあくなき学問的・宗教的・収集的性向をも言うのであろう。

如上、『小史』に記された馬琴に対する條目の意味するところは、この対談で三島が言おうとしたことと完全に一致まではしていないが、殆ど同趣旨と思われ、さほど間違いなく理解し了えたと思う。

しかし、『小史』は先に記したように、本文部ではそれぞれその時代の中心的な「柱」を立て、所論を展開させている。未稿に終った馬琴の章のその柱とは何か、それを今やかなりはっきりと補記出来ると考える。

それは、「荒魂への回帰」であろう。そして「神人一致への回帰」でもあった。

三島は、『小史』第一の作品『古事記』において、「神人一致」の倭建命の「神人分離」の悲劇をもってこの時代の「文化意志」を代表させていた。

馬琴は、『椿説弓張月』続篇巻一で為朝の妻白縫に、倭建命に殉じて暴風の海に入水した弟橘姫の心操《こころばせ》を重ね描いた。それは文章中に明示されている。三島も己が歌舞伎『椿説弓張月』中の巻でその場面を同様に用いた。

馬琴描く為朝こそ倭建命の「荒魂」を持ち、神人一致に描かれる英雄であり、故忠（孤忠）に殉じて崇徳上皇の白峯御陵の前で割腹し果てることでその生を全うすることに執した男であった。

三島もその為朝の故忠・孤忠を全うせんとする姿勢を同様、作の中心に捉えた。そして馬琴の描く為朝の「生《いけ》りといふとも神に斉し」（残篇巻五）「神人来兮《きたれり》」と謡われる神人一致の姿に、江戸末期に至って『古事記』世界にも回帰した馬琴の「文化意志」にふれて感動を覚えたに違いない。

さらに、『八犬伝』に至っては八犬士の霊性、霊《たま》(玉)の人々であり功成り名遂げて富山(実は富士山)に登仙するあり方、正に神人一致の世界であり彼等は神仙の分身であるあり方に、『椿説弓張月』同様の「柱」と「文化意志」を見たに違いないと考える。

加えて、『小史』に言う「荒魂が仮りに宿りを定めた漢文学」(「古今和歌集」)、その硬質の漢文脈を備えたこの二大小説の背骨もまた、三島の『小史』を支える一つの「柱」であったのである。

馬琴の二大小説は、三島の選ばれ尽した『小史』の上に、古代回帰の「文化意志」「神人性」「荒魂」、さらに「舶来文学」を持った江戸期の稀有な作品として、十分加わり得る資格を有していたことになる。

九

私は以上、三島の未稿で終った(一二)馬琴の文化意志を代弁して稿しきたった。私の最近刊行した著作に見た馬琴の文化意志、これを三島が同じく理解していたと感得し、昂る心のままに大膽に挑戦してみたのである。

三島の『小史』を読解し、彼の意図心情に分け入るにつれ、さらにその帰結として、彼自身の『小史』への位置づけを思わざるを得ない。近代ヨーロッパ文学の誤解に充ちた移入によって無時間の抽象世界に漂い出て、一度として「総体としての爛熟」に達しないまま貧寒な書生流儀の卵の殻を引きずって歩く近代文学史と記す。この痛烈な批判を下す三島が主観的、芸術作品としての『小史』(一三)番目に、自己の文学の「文化意志」を位置させていない筈はないと見るのは、決して僻目ではあるまい。

馬琴をこの『小史』に補筆してきた私の眼からは、三島の文学の「文化意志」の基調、その「柱」は馬琴の延長上に位置すると見えてくる。

例えば前記の〝「弓張月」の劇化と演出〟で、

為朝のその挫折、その花々しい運命からの疎外、その「未完の英雄」のイメージは、そしてその清澄高邁な性格は、私の理想であり、……

と記した如く、この為朝の像には三島が重なって見える。為朝の「孤忠」「故忠」に殉じる姿、それは〝（十一）失はれた行動原理の復活の文化意志としての「葉隠」〟の著者山本常朝の主君鍋島光茂公への殉死の想い、追腹禁令ゆえの「故忠への常なる回帰」と重なることは三島は当然意識し続けていたに違いない。

さらに馬琴の為朝は再三崇徳上皇の御陵にて追腹を遂げることを思い、実際その景は上皇の迎えで白馬に乗って昇天した後、御廟の柱に身を倚《よせ》かけ、腹を十文字にかき切っていた武士、その死骸がある夜忽然と失せていたという後日譚で示される。彼は上皇の引接によって「生ながら神」となり、日本に飛帰って白峯に示寂したと馬琴は説明を加えている。すなわち為朝の神人性を描いて余りがないのであるが、三島は己れの文業にもそれを重ねて考えていた。

『対話■日本人論』（昭和四十一年番町書房刊）で三島は林房雄を相手に次の如く述べる。

三島　神風連のことを研究していて、おもしろく思ったのは、かれらは孝明天皇の攘夷の御志を、明治政府が完全に転倒させ、廃刀令を出したことに対して怒り、「非先王之法服不敢服、非先王之法言不敢言、非先王之徳行不敢行」という思想を抱いていた。万世一系ということと、「先帝への忠義」ということが、一つの矛盾のない精神的な中核として統合されていた天皇観が、僕には興味が深いのです。

三島　（神風連）人生の目的は昇天すること、天に昇ることです。神になることです。これは神仙の道の影響がずいぶん入っていますね。こういうことしか考えてなかったわけですね。そうしてこれの徹底していることといったら。完全なひとつの人間の考え方の徹底という点では、純粋無垢だと思いますがね。
（第六話　天皇と神）

林　それは審美、または倫理的な問題でしょう。魂の美しさ、それを文学者としての君が認めることは当然なことだ。
（第五話　日本人と日本）

この二つを結ぶ時、「故忠・孤忠」を貫ぬき、昇天して生きながらの神となる為朝像とつながり、それをこのように認識する三島の理想・願望と重なってくる。

『小史』には初めの構想になかった『懐風藻』が加わった。舶来文化漢文学の時代的意義を述べるが、しかしこの変更は三島の大津皇子への感情移入、芸術作品としての「文学小史」ゆえに許された、作者の心の投影こそ本当の意図ではなかったか。

その数篇の詩に、「離騒」のやうな幾多の政治的寓喩を読むことも不可能ではないが、私はこれを読み取らうとは思はぬ。しかし、ひとたび叛心を抱いた者の胸を吹き抜ける風のものさびしさは、千三百年後の今日のわれわれの胸にも直ちに通ふのだ。この凄涼たる風がひとたび胸中に起った以上、人は最終的実行を以てしか、つひにこれを癒やす術《すべ》を知らぬ。

「最終的実行」が死を意味していることは言うまでもない。また彼は次のようにも述べる。

これら（筆者註和歌）にあらはれた大津皇子の、いかにも万葉的な、飾り気のない素朴な官能の直叙に比べると、「懐風藻」の皇子は、いかに一種の自己劇化のきらびやかさに包まれてゐることだらう。皇子の政治行為自体が、すでに荒魂の自然な発露としてではなく、このやうな外来文化による詩的壮麗化の手続を経ることなしには、又、自己英雄化といふドラマタイゼイションなしには、発現しなくなつてゐたのではないかと思はれる。

『小史』の編者磯田光一氏もこの所の解説に、〝大津皇子〟を〝三島由紀夫〟と置きかえてみればおのずからはっきりするはずと指摘されている。

村松剛氏『三島由紀夫の世界』（平成二年新潮社刊）に、

> ついで彼はある親しい日本の批評家の三島論について不平を洩らし、また『日本文学小史』のつづきを「群像」に書いたので、これはぜひ読んでほしいといった。

と記されているが、これが自決の年六月刊行の「〝懐風藻〟と〝古今和歌集〟」であった。

古典を扱った『日本文学小史』、これはただの過去の史的変遷を辿るだけの文学史ではない。近代文学史をも脚下に見て高く飛翔し、着下点に自らの文業を見定めている。勿論自らの文業が古典、伝統を継承していることを踏まえながら、その己が文業の完結する時点をこの時見定めていた。

「やはり文士もできれば非常にドラマチックに、きれいに死ねば、文学も生きるのだけれども、なかなか文学が生きるような死に方をした方はいない。」と林房雄との対談で述べる三島は、「孤忠」（三島の場合は故忠でなく孤忠であろう）に殉じる形で割腹死し、神として昇天することで『小史』の自らの項を完結させた。『小史』を芸術作品として読んだ私にはこのように書かれざる部分が見えてくるのである。

あとがき

本稿は平成十七年三月、ノートルダム清心女子大学発行の「キリスト教文化研究所年報第二十七号」に掲載されたものである。

私が『馬琴の大夢　里見八犬伝の世界』執筆に際し朝倉瑠嶺子氏に一方ならぬ示唆や援助を受けたが、それに伴い、夫君文市氏も共々資料提供等にお力添え頂いた。其の縁あって本稿を氏の退職記念論文集に所載させて頂いた。私としてはきわめて短期に執筆した文章である。右の拙著において、偉大な馬琴の「文化意思」に触れ得た興奮がこの臆説を一気に書かしめたのであり、三島にならって申すと、本稿も私の一作品といえようか。

このたび朝倉氏の著作が公刊されるにあたり、編集子の勧めもあって、ゆかりある本稿をも付載することになった。

＊　＊　＊

「解頤《かいい》」、わが馬琴先生はこの文字の揮毫を多く残す。すでに三軸の真筆の所在を知るのであるが、その書には脇書してかく記す。

名士本来如画餅　古人原不好真龍

と。馬琴先生の好んで座右銘とする言葉であろう。

昔、楚の人葉公甚だ画龍を好み、真龍が現われると恐れ遁走し、肝魂もなかった。けだし名を好むも実を好まない譬えとされる。

里見八犬伝の著者馬琴も世人は博識の戯作者としか扱わず、よって先生頤《おとがい》を解き思う。笑うべし世人贋者を悦び真物を怖ると。先生自己の文学を真龍と自負するも世人は画龍のかき手と称え、真の読み手を得なかった。世に屹立するもその理解者の遂に現われぬことを三嘆している。曰く百年・二百年の知己を待つと。

朝倉女史平生先生を敬愛し、その文雅に浸り其の研究に携わること二十有余年、ここに大作『椿説弓張月』に対峙すること十有余年、漸くにしてその書に真龍を観る。解先生そのあぎとに触れるを怒らず、かえってこれを許し嘉す。

女史はすなわち、筋をのみ追う読者の理解の及ばぬ境を、見えざる世界を現出してみせたのである。霊界・鬼神の異次元世界をこの作全てを覆う世界として、見事に摘出してみせた。馬琴自身『椿説』にその想いを籠めていたことを明らかに示してみせたのであった。そしてその世界こそ、続く『里見八犬伝』の世界の前駆でもあったのだ。私が『馬琴の大夢　里見八犬伝の世界』研究で、はじめ『富士山の本地』を中心に考察をかさねている時、朝倉氏は『椿説弓張月』の中で鬼神・夢神の考究を重ね、私も次第にそれの重要性に気付かされるようになる。そして『八犬伝』こそ其の面で馬琴がさらに追求し、創作面で実践をしていた作品であったことを知らされる。実に女史こそはじめて真龍を怖れず見事に捕らえてみせた人というべきであろう。本書が画期的研究であり、拙著の姉妹篇たる所以である。

ここに、本書が新しい馬琴研究の基点たることを述べ、広く江湖に推す次第である。

平成二十一年一月十五日

（しのだ　じゅんいち・大阪大学名誉教授）

【著者略歴】

朝倉 瑠嶺子（あさくら るみこ）

1940年生まれ。成城学園卒。世界文化社編集部に勤務後、退職。
1989年に岡山大学・ノートルダム清心女子大学にて聴講以来、
信多純一氏に師事。

〔論文〕
「『南総里見八犬伝』諸本考」（『読本研究』六・七輯、1992・1993年）
「馬琴と水戸学―告志篇をめぐって」（『読本研究』十輯、1996年）等

馬琴 椿説弓張月の世界 ―半月の陰を追う―

2010年2月18日 初版第一刷発行　定価（本体8,000円＋税）

著者 朝倉瑠嶺子
発行者 八木壮一

発行所 株式会社 八木書店
〒101-0052 東京都千代田区神田小川町3-8
電話 03-3291-2961（営業）
03-3291-2969（編集）
03-3291-6300（FAX）
E-mail pub@books-yagi.co.jp
Web http://www.books-yagi.co.jp/pub

印刷所 上毛印刷
製本所 牧製本印刷
用紙 中性紙使用

ISBN978-4-8406-9658-6